Cuatro en el Jardín

RICK HOCKER

2015 Favorito de los Lectores

Ganador del Premio Internacional del Libro

ISBN: 978-0-9915577-4-5
Número de Control de la Biblioteca del Congreso: 2014905871
Impreso en los Estados Unidos de América
Diciembre de 2020

Sitio web del autor: www.rickhocker.com

Imagen de portada diseñada por Tomasz Zawadzki
Sitio web del artista: www.drawinglair.neocities.org

Dedicación

En dedicación a Dios que me dio la idea de este libro y me obligó a escribirlo. Gracias a mi maestra de escritura, Sue Clark, quien me dio las habilidades para escribir este libro y pulirlo. Gracias adicionales a Sue Clark y David Brin que ayudaron a editar el manuscrito. Y gracias a Mark Gebhardt, Pilar Toledo, Cindy Lipton, John DiGennaro, Alex Davis, Jack Pantaleo y Barbara Cole Brooks por sus comentarios. Un agradecimiento especial a Jorge Carrillo-Moreno por traducir este libro al español y por haberse prestado como voluntario para realizar esta tarea. Muchas gracias a Carlos Gómez Cañas por editar la versión en español y por utilizar su mirada e intuición de autor para asegurar que la traducción al español haya sido fiel al espíritu del manuscrito original.

Prefacio

Cada uno de nosotros nace hambriento. Hambriento de significado. Hambriento de conexión. Hambriento de amor.

Creo que la respuesta a nuestra hambre se encuentra en Dios. No me refiero al Dios de nuestro entendimiento, sino al Dios que trasciende nuestro entendimiento, el Dios inescrutable que desafía las definiciones e imaginaciones hechas por el hombre. No capturamos ni sometemos a Dios con la finalidad de estudiarlo o controlarlo. Más bien, miramos y nos maravillamos para poder ser transformados. Aprendiendo a confiar, permitimos que nuestros pensamientos limitados desaparezcan, liberándonos para experimentar a Dios y para encontrar el significado y la conexión que anhelamos.

—Rick Hocker

Capítulo 1

Nacimiento

La cálida luz del sol tocó mi piel por primera vez. Con tierno cuidado por su preciada carga, los tres Maestros pusieron mi cuerpo sin vida sobre la hierba suave en un prado del bosque. El trébol disperso se agitó con la brisa que hizo temblar los cipreses cercanos. Mi cuerpo maduro tenía las extremidades firmes y el pelo largo hasta los hombros. Creador había preparado el cuerpo para recibir mi alma.

Los Maestros, delgados como humanos, se arrodillaron a mi alrededor y esperaron a que despertara a la vida. Cada Maestro poseía un par de alas gigantes con plumas, además de un par de brazos. Cada punta del ala se conectaba a la punta del ala más cercana de los demás con los dedos enganchados, creando un recinto circular alrededor de nosotros cuatro, un anillo de plumas conmigo en su centro. Sus ojos centelleando, me miraron y sonrieron con amorosa adoración.

Creador había dado a los Maestros encargos sobre mí. Los había nombrado para que me enseñaran acerca de Él. Pronto descubrirían que era lento para aprender y confiar.

Mis primeros pensamientos emergieron como burbujas que surgen de aguas profundas y secretas, que luego se rompen, liberando su contenido para que yo reflexionara. Mi conciencia se centró en mí mismo, yo solo. Exploré el espacio interior que habitaba, todo un universo de ser.

Jadeé, chupando mi primera corriente de aire con codicia. Después, sentí el rítmico ascenso y descenso de mi pecho con cada respiración. El calor penetró la parte delantera de mi cuerpo.

Algo suave y fresco me presionó la espalda. Suspiros calmantes susurraban en mis oídos. Cada sensación me intrigó y dio estructura a mi mundo.

Cuando abrí los ojos, la abrumadora luz me hizo apretarlos. Luego, entrecerré los ojos y alejé la vista de la luz brillante por encima de mí, permitiendo que mis ojos se ajustaran al brillo. Mi respiración se aceleró al ver una deslumbrante exhibición de patrones, colores y movimiento.

Me senté a examinar mi entorno, pero no podía distinguir unas formas de las otras dentro del total de la información visual que me inundaba. Tras practicar la concentración, pude discernir formas, aunque no las entendía. Aún no podía comprender que estaba sentado al interior de un claro del bosque, rodeado por tres criaturas arrodilladas que pensé que no eran más que paisajes.

Debajo de mí, una densa capa de hojas verdes y flexibles amortiguaba mi cuerpo. Pasé la mano sobre su textura suave y vi las hojas encajarse de nuevo en su lugar. Impulsado por la curiosidad, extendí mi mano para tocar una forma grande, sin saber que estaba tocando a una de las criaturas aladas. No tenían género, pero me refiero a ellos como masculinos en esta historia.

La criatura respondió colocando su mano sobre mi cabeza, sorprendiéndome. En su garganta, plumas de esmeralda iridiscentes brillaban a la luz del sol. Las puntas de sus alas y sus grandes ojos también eran de color verde esmeralda. Su enorme nariz se curvaba como un pico hacia la parte superior de su cabeza cubierta con plumas. Las plumas de sus alas y cabeza eran de color gris-marrón, moteadas con manchas oscuras en forma de "V". Su cuerpo tenía una piel lisa del color de la rubia arenisca.

Con una voz melodiosa y alegre, dijo: —Bienaventurado eres tú, formado por la sabiduría y el poder de Creador, dotado de vida por Su gracia abundante. Eres obra de Creador, hecha de amor y por amor. Se regocija por tu nacimiento y se deleita en tu ser. Debido a que te ama, serás llamado Amado. Mi nombre es Manna. Expreso las palabras de Creador.

Las otras dos criaturas se movieron para posicionarse frente a Manna. Con sonidos agitados, reconfiguraron sus alas mientras caían en una posición de rodillas frente a mí, manteniendo sus alas unidas.

La criatura de la izquierda colocó ambas manos sobre su pecho y extendió sus enormes alas. Tenía la misma forma que Manna, pero con ojos, garganta y puntas de las alas de rubí. Era el más grande de los tres, con un pecho ancho. —Me llamo Ennoia. Desentraño la mente de Creador —dijo con una voz imponente y rotunda—. Manna no es el único que habla por él. Hablo cuando Creador revela Sus pensamientos más íntimos. —Ennoia contrajo sus alas y se quedó en silencio.

La tercera criatura sonrió y me miró con expresivos ojos azul zafiro que coincidían con sus puntas de garganta y alas. Tenía la constitución física más pequeña y unas plumas sobresaliendo de su lugar en lo alto de su cabeza. —Soy Aable. —El sonido de su voz era alto y nítido—. No soy un hablador como esos dos —dijo, mirando a las otras criaturas—. Hago las obras de Creador. Mi especialidad son las obras, no las palabras.

Perdí la pista de mí mismo mientras veía esta actividad cautivadora jugar ante mí. Mi habilidad para entenderlos me sorprendió. Escuché, tratando de captar cada palabra.

Manna se inclinó hacia adelante y puso su mano sobre mi pierna. —Creador te ha dado el conocimiento del lenguaje y la capacidad de hablar para que puedas entendernos y comunicarte con nosotros. Haz preguntas y habla libremente. Te enseñaremos todo lo que necesitas saber. Somos tus siervos.

Al inclinarse, los tres seres dejaron caer sus alas al suelo.

Interpreté este gesto como significado de que yo era el ser dominante en este cuarteto. Como tal, tomé la iniciativa y dije mis primeras palabras.

Capítulo 2

Primeros

—¿Quién es Creador? Me maravillé de oír las palabras salir de mi boca y sentir mi lengua aletear con voluntad propia.

Las criaturas se miraron entre sí.

Ennoia dijo: —Creador es hacedor de todo lo que es, ha sido y será. Él es la fuente y el destino de todas las cosas, la única vida de la que ahora eres parte, Aquel que. . . .

Con creciente curiosidad, toqué la boca de Ennoia, tratando de entender la conexión entre sus movimientos y los sonidos que emanaban de ella. Los sonidos se detuvieron cuando mis dedos cayeron en los labios de Ennoia.

—Esa es suficiente explicación por ahora —dijo Aable a Ennoia.

Aable fijó sus vívidos ojos azules en mí. —Levántate, Amado.

Los tres seres alados se pusieron de pie simultáneamente.

Queriendo imitarlos, yo también me paré. Cuando miré hacia abajo y vi el suelo muy por debajo de mí, me mareé. Me tambaleé, luego caí hacia atrás y aterricé en mi trasero. Desconcertado, me quedé mirando a Aable, preguntándome por qué había fracasado en mi primera tarea.

—Te ayudaré —dijo Aable. Me puso de pie sin romper sus vínculos con Manna y Ennoia. Después de que conseguí mi equilibrio, solté a Aable. Esta vez, de pie sin ayuda, me sentí seguro, no inestable o mareado como antes.

—Cuando te caigas, te ayudaremos —dijo Aable.

Ennoia hizo un sonido grave en su garganta. —Lo que Aable quiso decir. —Miró a Aable y le tocó el brazo, y luego me miró—, es que la fuente de toda ayuda es Creador solo. Siempre que se necesite ayuda, Él te ayudará. Nuestros roles son como maestros y guías, pero Creador es Aquel en quien confiar plenamente.

Apreté las cejas. —¿Qué es confiar?

—Confiar significa encargar el bienestar de uno a otro —dijo Ennoia.

—Eso no servirá. —Aable, agitando sus manos hacia Ennoia—. Tus palabras son demasiado profundas para que los novatos las entiendan. Y tú, Manna, tu lenguaje florido hace que sea difícil para los novatos entenderte. Digo que las palabras sencillas son lo mejor.

—Las palabras sencillas son a menudo mejores —dijo Manna—, pero, como saben, debemos hablar para provocar que la mente reflexione, induzca al corazón a abrirse, inspire al espíritu a adorar y coaccione al alma para descubrir los tesoros escondidos dentro de las palabras.

—Tienes razón. —dijo Aable—. Las palabras deben ser elegidas de acuerdo a su efecto. Pero esta vez, hagamos las cosas más fáciles para el novato. —Aable se volvió hacia mí—. Amado, confiar significa depender con fe de alguien.

—Creo que lo entiendo—le dije—. Pero, ¿por qué debería confiar en Creador si no lo conozco?

—Llegas a conocerlo eligiendo confiar en él —dijo Ennoia—. Te enseñaremos a confiar en Creador.

Quería conocer a Creador, pero este método sonaba demasiado complicado. —¿Por qué no puedes mostrarme a Creador?

—Aún no sabes cómo percibirlo —dijo Manna.

No entendía lo que Manna quería decir. ¿Mis ojos necesitaban más práctica para concentrarse? ¿Tenía otros sentidos que necesitaban desarrollarse? Descubrí que la respuesta era no.

Ahora con más confianza estando erguido, me incliné sobre un pie y probé mi peso. Luego cambié mi peso sobre mi otro pie. Basándome en el conocimiento impartido al nacer, supe que "caminar" significaba mover los pies hacia adelante de una manera alterna. Di un paso con un pie, luego el otro, y repetí la secuencia. Me tambaleé a través de la pradera alejándome de los maestros.

—Espera. ¿Adónde vas? —Manna me llamó.

Me interceptaron antes de que ganara mucha distancia. Manna agarró mi mano y dijo: —No puedes ir vagando. Ven con nosotros. Tenemos muchas cosas que mostrarte.

Ennoia tomó la delantera, sus alas relajadas en la mitad del cuerpo. Manna y Aable viajaron detrás de él, el exterior de sus alas se curvaba hacia adelante para enlazar sus alas. Me colocaron entre Manna y Aable, cada uno sosteniendo una de mis manos, sus alas internas formando un arco sobre mi cabeza. Los tres seres caminaron con zancadas sincronizadas, deslizándose sobre sus piernas huesudas como tres garzas acechando. Con una marcha incómoda, traté de mantenerme a la par, consciente de cada paso, fascinado por esta forma de viajar.

Quería tocar los cipreses cercanos, así que solté mis manos y corrí hacia ellos. Cuando llegué al árbol más cercano, pasé los dedos sobre sus hojas aplanadas con forma de encaje. Los Maestros me alcanzaron. Manna dijo: —Tienes que quedarte con nosotros.

Los Maestros me rodearon. Manna y Aable me agarraron de las manos y los tres me guiaron de regreso al lugar donde me había escapado. Reanudamos nuestra ruta original y ritmo constante. Sin previo aviso, el arco alado cayó para convertirse en una barrera emplumada detrás de mí, encajonándome. No me gustó el confinamiento. Cada vez que yo disminuía la velocidad, Manna y Aable presionaban sus alas contra mi espalda para empujarme hacia adelante. Después de unos cuantos pinchazos contundentes, comencé a buscar la oportunidad de escapar.

Manna, que me acompañaba a la derecha, sermoneó. —Todo lo que ves ha sido hecho por Creador. El suelo debajo de ti es el mundo. El vasto espacio sobre ti es el cielo. El objeto brillante en el cielo es el sol que proporciona luz al mundo. . . .

Con estos primeros pasos, comencé mi viaje de vida, sin saber lo poco que podía influir en su curso.

Capítulo 3

Iniciación

Los Maestros me llevaron a la arboleda de cipreses. Plantas prolíficas y vides ambiciosas florecían por el suelo, restringiendo por dónde se podía caminar. Los Maestros siguieron un camino desgastado y estrecho que nos obligó a viajar en fila. Yo era el tercero en la línea con Aable detrás de mí. Las alas de Aable se extendieron hacia adelante a la altura de la cintura para unirse a las alas de Manna, delante de mí, encerrándome en un espacio estrecho. Los Maestros tenían ganchos a la mitad de las alas, así como en las puntas de las alas. Ennoia tomó el frente, con sus alas dobladas hacia atrás para unirse a las alas de Manna.

Giré mi cabeza tratando de capturar cada detalle a mi alrededor. La variedad, el arte y la extravagancia del mundo de Creador me sorprendieron. Casi todas las plantas estaban en plena floración, cubiertas de tonos deslumbrantes que goteaban en grupos que iban desvaneciéndose o que se regaban al cielo como fuentes estáticas. Enormes árboles musgosos se alzaban sobre nosotros, sombreándonos con sus amplias copas. Las plantas y los árboles se balanceaban bajo una cálida brisa, sus hojas brillaban con un resplandor interior. Vi un panorama de maravilla sin fin. Mi pecho se sentía como si hubiera estallado de asombro irreprimible.

A lo largo del camino, los tallos extendidos de las flores de lirios escarlata llamaron mi atención. Cuando nos detuvimos por un momento, extendí las manos por encima de las alas de Aable para acariciar sus pétalos de seda antes de que la procesión reanudara su avance. El confinamiento y la marcha forzada me frustraron. ¿Por qué no podría explorar este mundo en mis propios términos?

—¿Dónde está Creador? —pregunté.

—En todas partes —dijo Ennoia.

Miré a mi alrededor, pero no vi a nadie. ¿Se escondía Creador, vigilándonos desde detrás del follaje? ¿Por qué se escondería Creador de mí?

Una multitud de olores me inundó. Los aromas picantes de algunas flores permanecieron mucho tiempo después de haberlas pasado. Otras tenían un perfume dulce e intoxicante que me hicieron tomar respiraciones más lentas y profundas para prolongar la sensación.

Mantuvimos un ritmo lento y constante. Mientras caminábamos, los Maestros identificaron varias plantas y árboles, describiendo cada uno con deleite, como si estuvieran viendo esas maravillas por primera vez, también. Compartí su alegría infecciosa.

Un tallo alto de flores agrupadas y púrpuras me llamó la atención. Cuando nos acercamos a la planta, dije, —Deténganse. Quiero ver.

Los Maestros se detuvieron. Estaba agradecido por el respiro.

—Esa planta es un guante de zorro —dijo Manna.

—Zorro . . . guante —Aable se rió—. Me encanta ese nombre.

Los maestros levantaron sus alas para que pudiera echar un vistazo más de cerca. Vi cosas pequeñas volando hacia las flores.

—Esas son abejas —dijo Manna.

Puse mis manos sobre mis rodillas y me incliné para ver las abejas descender, y luego me arrastré en las flores. —¿Las abejas son parte de las flores?

—Las abejas son criaturas separadas. Mira hacia el suelo y hacia las plantas. Verás muchas criaturas pequeñas llamadas insectos.

Para mi asombro, vi insectos por todas partes. Cuando Aable señaló una mantis religiosa de hoja, bien camuflada, dejé de respirar del asombro. Recogí una abeja que había aterrizado en una flor cercana. Se retorció entre mis dedos.

—¡Ay! Un fuerte pinchazo de dolor me apuñaló el pulgar. Liberé la abeja. Luego batí mi mano para sacudir el dolor, pero el dolor persistió.

—Ah, Amado, —dijo Manna. —La abeja te picó para que la soltaras. A partir de ahora, descubrirás que las decisiones que tomes tienen consecuencias. La abeja actuó por instinto. Pero puedes elegir tus acciones. —Manna me señaló.

—¿No debería haber tocado la abeja?

—La lección es que, si tocas una abeja, puedes o no ser picado. Si tocas una abeja o no, depende de ti, no de nosotros.

Los Maestros no estaban siendo útiles. —¿Cómo puedo saber la respuesta?

—Debes tomar muchas de esas decisiones en tu viaje. Tus decisiones determinarán tu vida.

Maldita sea, miré a Manna. ¿Qué tenían que ver sus palabras con las abejas?

—El novato está confundido —dijo Aable a los demás—. Deberíamos ayudar.

—No —dijo Ennoia—. No debemos intervenir. La incertidumbre puede ser un impulso para buscar la verdad.

—¿Deberíamos ayudar o no? Debemos ser unánimes en todas las cosas —dijo Manna con voz firme—. Vamos a discutir esto hasta que se restablezca la unidad.

Los Maestros extendieron sus alas, creando una cúpula emplumada sobre sus cuerpos. Sus voces se apagaron.

Volviendo mi atención a mi pulgar lesionado, seguí agitando mi mano, todavía con la esperanza de que al hacerlo pondría fin al dolor palpitante.

Consideré el riesgo de tocar una abeja de nuevo. Manna dijo que puedo o no ser picado. Sin un resultado predecible, ¿cómo podría evaluar el riesgo? Mirando a los árboles, fingí estar distraído, con la esperanza de evitar tener que comprometerme con una decisión. ¿Por qué tenía que decidir? ¿Por qué importaba? Me molestaba la responsabilidad impuesta. Una abeja no tenía que tomar decisiones. ¿Por qué no podía ser como la abeja y experimentar la vida a medida que transcurre?

Capítulo 4

Criaturas

Algo se lanzó entre las altísimas ramas por encima de nosotros. Estudié el denso follaje superior, pero no vi nada más que hojas. ¿Fue Creador que se movió a través de los árboles? Los Maestros, que se habían dispersado, se acercaron a mí.

—No te muevas, Amado. No hagas ruidos fuertes —dijo Aable. Extendió una palma abierta delante de su pecho.

Algo se abalanzó sobre la palma de Aable. La criatura era verde y suave, más pequeña que mi puño. Se encontraba sobre dos patas, sacudiendo su cabeza amarilla, mirando en todas direcciones. Me inflaba con alegría. —¿Qué es? Es maravilloso—le susurré.

—Es un pájaro —susurró Manna.

Cautivado, observé el pájaro, aunque no mostró interés en mí. Arriesgando otra posible picadura, traté de tocar el pájaro, pero me sorprendió al salir volando. Ver el pájaro comportarse por su propia voluntad me emocionó. ¿Creador sintió lo mismo por mí? ¿O estaba desinteresado como el pájaro?

Los Maestros se parecían al pájaro en muchos sentidos. Sus narices tenían forma de picos. Tenían plumas, alas y patas finas y huesudas. —¿Ustedes son pájaros?

—No somos pájaros —Ennoia—. Lo que nosotros somos está más allá de lo que puedes comprender.

Después, los Maestros me llevaron a un amplio prado donde una manada de animales ágiles y de color marrón claro pastaba en medio de una hierba alta de color verde pálido. Los Maestros se detuvieron y levantaron sus alas. Observamos la manada desde la distancia. —Esos animales son antílopes —dijo Manna—. ¿No son excelentes? Los Maestros revolotearon sus alas con satisfacción.

Cautivado por sus formas simplificadas y movimientos ágiles. Me acerqué a los antílopes para tocarlos, pero se retiraron con saltos poderosos. Traté una y otra vez de acercarme, creyendo que me aceptarían, pero se alejaban cada vez. Decepcionado, regresé a donde esperaban los Maestros. Ennoia estaba frente a Manna y Aable. Sus plumas de rubí en la garganta brillaban a la luz del sol.

—Alabamos tu persistencia —dijo Manna—, pero la persistencia se vuelve tonta cuando los resultados no cambian.

—Haz que se detengan para que pueda tocarlos —le dije, mirando a Manna, cuyos ojos esmeraldas se encontraron con mi mirada.

Ennoia levantó sus alas y extendió sus plumas, proyectando la sombra de su cuerpo. —No. Tú eres el que debe parar. No nos mandas —dijo Ennoia. Sus ojos rojos brillaron.

Sus alas extendidas revelaron plumas doradas ocultas y sacó las alas de Manna y Aable por encima de sus cabezas. Su postura amenazante y su tono agudo me hicieron sentir pequeño e impotente. No podía mirarles a los ojos.

—Dejaremos los antílopes, ahora —dijo Ennoia.

Los Maestros me rodearon, tomaron mis manos y bajaron sus alas para encerrarme. Empezaron a caminar, obligándome a ir con ellos. Viajaron cerca de los árboles en el borde del prado. Caminé lentamente, cautivo dentro de mi jaula itinerante, arrastrando mis pies y resoplando.

—No te enojes, Amado —dijo Manna—. Tu bienestar nos importa mucho al igual que el de los antílopes.

Sólo presté atención parcial a sus palabras.

Más tarde, recuperé mi curiosidad cuando nos encontramos con una pequeña criatura de patas cortas que buscaba comida. Su espalda estaba cubierta de muchas espinas cortas. Manna lo llamó erizo. Los maestros levantaron sus alas para que yo pudiera examinar al animal, pero se alejó, acelerando al acercarme.

Ninguno de los animales me permitió acercarme. ¿Había algo

en mí que les hiciera mantener la distancia? ¿Mantenía Creador Su distancia por la misma razón?

Llegamos al borde de algo inmenso y plano. Los maestros se detuvieron, levantaron sus alas y me permitieron estudiarlo. El cielo y los árboles cercanos se reflejaban en su superficie. Sin embargo, mientras seguía mirando, pude ver el suelo y la vegetación debajo de esta extraña sustancia, a través de su caparazón oscurecido.

—Eso es agua —dijo Manna—. El agua es transparente y refleja su entorno. Pon tu mano en ella.

Me incliné y metí la mano en la sustancia fría y gruesa. Su superficie retrocedió en respuesta a mi intrusión no deseada. Saqué mi mano y dije: —¿Está viva el agua?

—No, pero mantiene vivas las plantas y los animales, incluyéndote a ti. Esa sensación de sequedad en la boca es sed. Pon un poco de agua en tu boca.

Puse mis dedos mojados en mi boca. A medida que el agua humedecía mis labios y pasaba entre ellos, la frialdad goteaba por mi garganta y me refrescaba. Queriendo más, me arrodillé y bajé la cara al agua para poder beber.

Cuando vi mi cara reflejada en el agua, olvidé mi sed. Miré y bebí en la belleza de mi propia imagen. Estudié las complejas curvas de mi nariz y labios, la forma suave de mis mejillas y mandíbula, la delicada textura de mi cabello y mis exquisitos ojos. Mirando a mis pupilas, vi algo infinito y eterno. Intrigado por este descubrimiento, miré más lejos, pero el misterioso mundo detrás de mis pupilas se me escapó.

—Ves tu forma — Manna—. Eres el único humano que Creador ha hecho.

Capítulo 5

Individuación

—Eres único en comparación con todas las otras criaturas que has visto hoy en día —dijo Manna—. La esencia de Creador se infunde en todo ser viviente, pero dentro de ti, únicamente, se ha puesto una conexión especial, un umbilicentro por el cual tienes acceso directo a Él. Percibiste a Creador a través de tu umbilicentro cuando miraste tus ojos.

Seguí mirando mi reflejo, reacio a mirar hacia otro lado. —¿Es verdad que soy el único humano?

—Sí. Tu umbilicentro es lo que te hace humano.

Miré a los Maestros. —¿Cuándo me encuentro con Creador?

—Pronto — Ennoia—. Él desea tener relación contigo. Te enseñaremos cómo conectarte con Él, pero ahora no es el momento.

—¿Por qué no ahora?

—No estás listo todavía. —Las alas de Ennoia comenzaron a levantarse y extenderse, exponiendo sus plumas doradas. Su postura indicaba que mi deseo sería negado de nuevo.

Miré mi reflejo y liberé un fuerte suspiro. Mi sed exigía atención urgente, así que recogí agua con mis manos para beber. Todo el tiempo, miré con fascinación mi reflejo, ya que también bebía de sus manos en forma de copa. Esperé a que las ondas se asentaran para poder maravillarme con mi reflejo de nuevo.

Después de saciar mi sed, Manna dijo: —Ven. Continuemos nuestro viaje.

En lugar de encerrarme dentro de sus alas, empezaron a alejarse. Dudé y luego seguí.

Viajamos a lo largo de la amplia orilla del lago. Cruzamos un estrecho arroyo donde el agua fluía del lago, cayendo sobre piedras lisas. En el lado opuesto del lago crecían abedules que estaban cerca del borde del agua. La brisa hizo que las hojas de abedul brillante susurraran al unísono.

De vez en cuando, me agachaba y arrastraba mis dedos por el agua para ver los efectos resultantes. O arrojaba una roca al lago para ver cómo los círculos concéntricos irradiaban desde el punto de impacto. El agua me encantó, dibujando mi mirada mientras trataba de caminar a la par de los Maestros. Vi las imágenes siempre cambiantes de árboles distorsionados y el cielo en la superficie ondulada del lago. Pude haber mirado el agua por siempre.

Los Maestros mantuvieron un ritmo lento y uniforme, a menudo mirando hacia atrás, manteniéndome a la vista. Cada vez que los alcanzaba, los oía hablar entre si.

Cuando los Maestros se alejaron de la orilla, aproveché la oportunidad para dejarlos y explorar el lago por mi cuenta. Libre por fin de su supervisión, jugué entre los árboles, arrojé objetos al lago y agité el borde del agua con un palo para ver el lago llenar los cráteres.

Acerqué mi rostro a mi reflejo para vislumbrar a Creador, pero sólo me vi a mí mismo. Algo dentro de mí necesitaba hacer contacto, experimentarlo de alguna manera. Me metí en el agua con la esperanza de aferrarme a Creador detrás de mí reflejo, pero no pude tocarlo. Debe haber huido cuando agité mi imagen en la superficie del agua.

Vi a un lagarto gris tomando el sol en una roca y me deslicé hasta él. Puse mi mano tan cerca como me atreví, entonces, con un salto rápido, agarré al lagarto. El lagarto escapó excepto por su cola la que quedó en mi mano. Cogí la cola y la miré con asombro. ¿Era esta la razón por la que los animales no querían que los tocara?

—Vuelve—llamé al lagarto, pero no regresó. Quería volver a conectar su cola, aunque no tenía idea de cómo. Culpable por haber lastimado al lagarto, escondí la cola debajo de una roca y me alejé corriendo.

Después de un rato, comencé a mirar detrás de mí esperando ver a los Maestros. No venían a buscarme. Por alguna razón eso me molestó. Con el tiempo, mi aventura perdió su atractivo.

Sintiéndome abatido, regresé al lugar donde había abandonado a los Maestros, aunque tomé una ruta serpenteante de regreso a ellos. Al acercarme, los vi de pie donde los había dejado. Me detuve y esperé a que me reprendieran.

—Querido Amado, perseguirte habría sido tan inútil como tratar de acariciar un antílope —dijo Manna con una sonrisa, sus ojos esmeraldas centelleando. —Sabíamos que volverías. ¿Estás listo, ahora, para seguirnos?

—No, —dije, mirando al suelo. —Quiero quedarme junto al lago.

—¿De veras? —dijo Ennoia. —¿Te dejaremos aquí para valerte por ti mismo?

—Puedo manejarlo.

—Tal vez puedas. ¿Cómo navegarás por el bosque cuando el sol descienda, quitando la luz para que puedas ver tu camino?

—¿El sol hace eso?

—Sí. No tarda mucho. Y esa sensación en tu estómago. ¿Cómo remediarás eso?

Sentí espasmos desagradables rodando a través de mi estómago.

—Nos necesitas. Si quieres la ayuda de Creador, nos seguirás. —Se fueron. Ninguno de ellos miró hacia atrás.

Al principio, me quedé ahí. No me gustaba que me coaccionaran, y me molestaba mi dependencia de los Maestros. Al final, elegí la respuesta que mejor me servía, que era permanecer cerca de los Maestros. Los seguí a los árboles, sintiéndome engreído por haber tomado mi decisión, no la de ellos.

Capítulo 6

Malestar

Bajo el arco formado por las alas de Manna y Aable, tomé la mano de Aable y la sostuve al caminar mientras Ennoia guiaba el camino. Esa conexión me consoló.

Aable apretó mi mano y apreté la suya también en respuesta.

Manna se volvió y dijo: —Nos complace cuando eliges estar con nosotros. —Sus grandes ojos parpadeaban como si estuviera tratando de verme con un enfoque diferente—. Nos preocupamos por ti, Amado.

Después de una pausa, dijo: —Te equivocas si crees que no nos importa. No siempre ratificaremos tus deseos o acciones, pero eso no significa que te desaprobemos. Nosotros . . .

—Te equivocas. —Aparté mi mano de la de Aable—. No me importa lo que pienses. No necesito tu aprobación.

Manna suspiró. —Tú ya tienes nuestra aprobación.

—El amor aún no ha echado raíces —dijo Ennoia a Manna.

—No. Todavía no —dijo Aable, con sus ojos azul zafiro mirándome con nostalgia y ternura.

Aparté la vista de Aable y miré a la espalda de Ennoia, deseando haber hecho contacto con Creador en el lago. Si deseaba conectarse conmigo, ¿por qué era tan esquivo?

Los espasmos en mi estómago aumentaron. Pulsaban con cada latido del corazón. Traté de detener el dolor agarrando mi estómago, pero no ayudó.

Los Maestros se detuvieron cerca de un arbusto espinoso cargado de grumos negros. —Esa incomodidad en el estómago es hambre —dijo Manna—. Esta planta produce moras. Corta una baya y ponla en tu boca.

Apreté la primera baya demasiado fuerte y estalló entre mis dedos. Con un movimiento más suave, arranqué una segunda baya y me la metí en la boca. Cálida, húmeda y dulce, la mora produjo una maravillosa sensación de hormigueo que viajaba a lo largo de mi lengua. Mi mandíbula y mi lengua entraron en acción, masticando y machacando la baya antes de tragarla. De las actividades que había emprendido hasta ahora, comer las superó a todas.

Los Maestros identificaron otras bayas, frutas y nueces, cada una con su propio sabor delicioso. Las ciruelas de color granate fueron mis favoritas. Después de varios intentos de pelar una nuez, llegué a la conclusión de que el esfuerzo era injustificado para un bocado tan pequeño.

Unos animales grises y peludos se precipitaron entre las ramas de los nogales. Manna los llamaba ardillas. Las observamos por un tiempo, divertidos por sus travesuras. Algunas de ellas descendieron de los árboles para levantar nueces del suelo. Puse una nuez en mi palma abierta para atraer a una ardilla, pero ellas mantuvieron su distancia. Frustrado por su indiferencia, le tiré la nuez a las ardillas y sugerí que siguiéramos adelante.

Después de dos pasos, un dolor penetrante debajo de mi pie derecho me hizo gritar. Mi cuerpo se contrajo sin previo aviso, obligándome a bajarme al suelo. Toda mi atención se volvió hacia adentro y se centró en el dolor. Lloriqueando, tiré del pie y miré su parte inferior. Difuminada en la parte inferior del pie había una sustancia de color rojo oscuro. Aturdido y desconcertado, miré a los Maestros.

—Eso es sangre —Manna en un tono parejo—. Te cortaste el pie en un fragmento de cáscara de nuez y derramaste tu sangre. La sangre es el líquido que alimenta el cuerpo. El dolor que sientes es normal. No te asustes.

Las palabras de Manna no hicieron nada para aliviar mi angustia.

Aable se agachó a mi lado y sacó el fragmento de mi pie. Entonces, colocando su mano en mi pie, me miró a los ojos. El dolor se detuvo y quitó la mano. Cuando examiné mi pie no conseguí encontrar la ubicación exacta de la cortada.

—Gracias, Aable —le dije, agradecido y aliviado. En ese momento, me di cuenta de qué tan útiles podrían ser los Maestros.

—Agradece a Creador —dijo Ennoia—. Él es quien te sanó.

Obedecí y dije: —Gracias, Creador. —Sintiéndome tonto dirigiéndome al aire.

—El propósito del dolor —dijo Manna —, es informar que algo está mal. Presta atención al dolor porque te enseña qué comportamientos evitar.

Interpreté que sus palabras significaban que debía evitar acciones que conduzcan al dolor. En este caso, eso se tradujo a no pisar objetos afilados. Sin embargo, me encontraba amenazado por fragmentos de cáscaras de nuez que se encontraban regados por todos lados a mi alrededor. No vi escape de este aprieto.

Capítulo 7

Preocupación

Después de quitar los fragmentos de cáscaras del suelo frente a mí, me paré en el terreno despejado. Luego salí del bosque de nogales saltando de un espacio en limpio al siguiente mientras trataba de mantener el equilibrio. Los maestros observaron mi actuación tonta, sin decir nada, sus alas agitándose. No fue hasta que me encontré más allá de la zona de peligro que me di cuenta de que podía pararme sin dolor.

Sintiéndome seguro, me relajé un poco. Cuando pisé una piedra pequeña, mis rodillas cedieron, como si mi cuerpo esperara dolor. Encontré el lugar seguro más cercano y pisé sobre él. Mientras buscaba dónde pisar, me consterné. Todo el suelo estaba lleno de rocas, ramitas y escombros, todas ellas amenazas a mi bienestar.

Los Maestros caminaron hasta donde yo estaba, sin inmutarse por las cáscaras de nuez.

Dijo Manna: —Tu exceso de cuidado no te sirve.

—¿De qué otra manera puedo evitar que me lastimen de nuevo? Dije, molesto por la falta de ayuda de Manna.

—¿Recuerdas las ardillas que vimos antes? Saltan de rama en rama sin miedo a caerse. A veces, se caen cuando pierden el pie o la rama se rompe bajo su peso. Después de caer, se suben de nuevo a los árboles y reanudan el salto. ¿Qué crees que permite a una ardilla saltar después de una caída?

—¿Estupidez?

Aable se rió.

Ennoia sonrió.

Manna permaneció serio. —Inténtalo de nuevo.

Le dije a Manna lo que imaginé que quería oír. —Confianza.

—Buena respuesta, Amado. ¿La ardilla pone su confianza en sus patas o en la rama?

—En sus patas, supongo.

—La respuesta es en ninguna de las dos.

—¿Qué? Me engañaste. —Fruncí el ceño.

Manna sonrió. —Su confianza es que se recuperará del daño. Ya sea que la rama falle o sus patas fallen, la ardilla cree que estará bien porque confía en Creador.

—¿Cómo puede una ardilla estar segura de eso?

—Las ardillas no experimentan certeza. Sus mentes sencillas simplemente creen en la continuación de su bienestar. Tú, también, debes aprender a hacer lo mismo.

—¿Cómo puedo creer en mi bienestar continuo cuando no tengo garantía de que no volveré a lastimarme?

—Tú va a salir lastimado de nuevo. De eso puedes estar seguro. Pero estarás bien. Creador cuidará de ti.

—¿Por qué debería tener que experimentar dolor en absoluto?

Ennoia intervino. —El alma alcanza la plena maduración cuando se transforma por la vida de la cual el dolor es un componente integral.

Desconcertado, sacudí la cabeza. ¿Qué quiso decir Ennoia con el alma?

Tanto Manna como Aable miraron a Ennoia, quien mantuvo una cara impasible por encima de sus brazos cruzados. Manna me miró y me dijo: —Lo que Ennoia quiso decir fue que el dolor es una parte necesaria de la vida.

—Eso puede ser cierto para las ardillas, pero no para mí. —Di la vuelta y me retiré a saltos.

Los Maestros me siguieron sin decir una palabra. Presté meticulosa atención a mi camino, buscando la ruta con la menor cantidad de escombros traicioneros. Al ver una roca en mi camino, la recogí y la examiné para decidir si era peligrosa. Parecía inofensiva y la tiré a un lado. Al detectar una vaina de semillas espinosas, me incliné para inspeccionarla. En ese momento, me di cuenta de que este método de comprobación de peligros era poco práctico.

Me detuve y busqué ideas a mi alrededor. Al ver un cerezo cercano, me acerqué a él y examiné sus ramas. Vi una rama larga y recta con un racimo compacto de hojas unidas en su extremo. La ramita podría ser usada para despejar mi camino de escombros. Traté de romper la ramita, pero el árbol se negó a liberarla, incluso después de pedir permiso.

Los Maestros intervinieron. Aable quitó la ramita con facilidad y me la entregó. —No necesitas esto, pero entendemos que crees que sí.

Tomé la ramita de Aable. Luego usé la rama para barrer cualquier objeto sospechoso frente a mí mientras caminaba. Después de haber viajado veinte pasos, miré hacia atrás a los Maestros, esperando alguna afirmación de mi inteligencia, pero sus rostros no mostraban expresión alguna. No pude evitar sentirme decepcionado.

Mi ritmo, ahora disminuido por mi minuciosa y sistemática operación de limpieza del camino, permitió a los Maestros alcanzarme. Manna y Aable se posicionaron a cada lado de mí, colocándome debajo del arco de sus alas enlazadas. Esta vez, Ennoia tomó la retaguardia, lo que me permitió ver hacia adelante y proporcionó un área amplia para barrer. Interpreté este gesto como un pequeño reconocimiento de mi ingenio. Mis sentimientos hacia ellos se volvieron cálidos. Dispuesto a involucrar de nuevo a los Maestros, dije: —¿Qué es el alma?

Capítulo 8

Incomprensión

—¿El alma? —Manna dijo para comenzar. Miró a sus espaldas a Ennoia—. Ennoia habló de cosas que aún no estás listo para entender.

Ennoia se detuvo, obligando a sus compañeros entrelazados a detenerse. Al ver esto, yo también me detuve. Ennoia le dijo a Manna: —El orador es responsable de pronunciar las palabras. El oyente es responsable de captarlas. El oyente no se apodera del orador, sino de las palabras mismas. Si el oyente es capaz, entonces se produce la comprensión.

—¿Crees que el novato entiende tus palabras? Aable le preguntó a Anoia.

Ennoia agitó las manos delante de su pecho. —Por supuesto que no. Mis palabras son semillas plantadas con la esperanza de que, a su debido tiempo, arraiguen y den lugar al entendimiento. Nunca es demasiado pronto para plantar las semillas del conocimiento.

Manna se volvió hacia mí y habló más lento de lo habitual. —Amado, te explicaré el alma. El alma es la esencia central. Tu cuerpo no es tu verdadera identidad, sino sólo el contenedor para tu alma. Tu alma es tu verdadero yo.

—¿Lo que vi en mi reflejo no era yo?

—Viste tu cuerpo. No puedes ver tu alma.

—Si no puedo verlo, ¿qué valor tiene?

Aable jadeó.

—Lo que no se ve siempre tiene el mayor valor —dijo Ennoia.

—Eso es cierto —dijo Manna—. Creador tiene un valor

inconmensurable, pero Su esencia no se puede ver.

Mi esperanza de encontrarme con Creador se disolvió al oír que era invisible, y, por lo tanto, intocable. —¿Cómo puedo conocer al Creador si no puedo verlo?

—Puede ser conocido. No puedes ver el viento, pero puedes sentir la brisa en tu cara y ver los efectos del viento sobre la hierba. No se menosprecia el viento porque no se puede ver. La esencia de Creador se puede experimentar a través de medios indirectos, como tu umbilicentro.

¿Cómo puede ser invisible algo tan importante? No podía comprender a un Creador intocable, así que descarté el concepto por completo. —¿Por qué debería creerte?

—¿Por qué deberías dudar? —dijo Manna con paciencia—. La verdad es a menudo difícil de entender.

—La comprensión ocurre cuando el pensamiento trasciende a sí mismo, haciendo que la mente se expanda —dijo Ennoia.

—Pero una mente pequeña se resiste a lo que no puede entender —dijo Aable a Ennoia.

—Mi mente no es pequeña —le dije, a la defensiva—. Los pensamientos son demasiado grandes para mí.

—Creador está más allá de la comprensión —dijo Manna—. Sin embargo, puede ser conocido y quiere ser conocido.

Noté el cielo oscurecido. Las sombras del bosque comenzaron a consumir los detalles contenidos en ellas.

—Cuando el sol desciende, y el cielo se oscurece, eso es una señal para que descanses —dijo Manna—. Hemos seleccionado un lugar donde puedes acostarte y dormir. Síguenos.

Los Maestros me dirigieron, y yo les seguí, manteniendo suficiente distancia detrás de ellos para barrer el camino. Barrí con más cuidado debido a la visibilidad reducida. Los colores del bosque se habían atenuado a una paleta de grises oscuros.

Los Maestros se hicieron a un lado del camino y esperaron. Cuando miré hacia arriba y me di cuenta, dejé de barrer. Me miraban fijamente. Cuando capté su mirada, se volvieron para mirar un lugar en el suelo delante de mí. Sus alas se estremecieron dos veces. Seguí su mirada y vi un pequeño animal a unos cinco pasos de distancia. En la luz que se desvanecía, pude ver el pelaje gris aterciopelado del animal, pequeños ojos negros y un hocico largo y carnoso.

Me acerqué al animal con precaución, sin desear que se escabullera. Permaneció inmóvil, sin ser afectado por mi avance. Cuando me acerqué, me puse de cuclillas. Con vacilación, toqué al animal, descubriendo que estaba rígido y frío.

Con un tirón rápido, retiré la mano, repelida por la falta de respuesta del animal. Con la punta de mi barredor piqué su cuerpo un par de veces con el fin de ponerlo en acción. Su negativa a despertar me molestó y desafió las reglas de la naturaleza que había visto hoy.

Capítulo 9

Separación

—Está muerto —dijo Manna—. Se llama topo, pero ha dejado de vivir. Lo que ves es un contenedor vacío. Todo debe morir en su tiempo.

Miré al topo, intrigado por su inquietante reposo.

—Tenemos que irnos. Nos queda poca luz —dijo Manna.

Me paré, mis ojos fijos en el topo. Aable puso su mano sobre mi barredor. Lo agarré más fuerte y lo halé cerca de mí.

—Voy a barrer por ti —dijo Aable.

Al ver la buena voluntad en los ojos de Aable, accedí, agradecido de ser relevado de barrer.

Los Maestros reconfiguraron sus alas cuando Aable se movió hacia el frente. Caminé detrás de Aable, entre Ennoia y Manna, los Maestros caminaban al unísono mientras Aable barría el suelo en ritmo con sus pasos. Manna agarró mi mano derecha y la sostuvo. En ese momento, creí que nada podía hacerme daño.

Dije: —¿Adónde se fue la vida del topo?

Ennoia dijo: —La vida del topo ha dejado su cuerpo y se ha reincorporado a la Vida Única en la que todos los seres vivos comparten. La vida Única Creadora. La muerte es la separación del cuerpo. Cualquier separación del ser se considera un tipo de muerte.

—¿Voy a morir?

—Sí.

Me preguntaba cómo se sentiría cuando mi vida dejara mi cuerpo. ¿Me desvanecería como la luz tensora del bosque hasta que me haya ido? —Cuando muera, ¿dejaré de ser?

—No. La muerte no es un fin destructivo. Puesto que todas las cosas son parte de Creador, no destruye nada porque no puede destruirse a Sí mismo.

—¿Así que nada se pierde nunca?

—Nada que sea real. Solo lo que es falso o ilusorio será aniquilado al final. Cuando llegue ese momento, todo lo que no se pueda conectar será separado de Creador, no destruido.

¿Qué sucede si no me conecto a Creador? ¿Permanecería separado de Él para siempre? Incliné mi cabeza.

—Amado, mírame —dijo Manna.

Le miré la cara.

—Recuerda tu nombre. Creador te aprecia. Nunca te haría a un lado. Estás conectado con Él, aunque no lo sientas. Ennoia no hablaba de ti, sino de cosas muy lejos en el futuro. —Le dio a Ennoia una mirada dura.

Ennoia sonrió y se encogió de hombros. —Plantar semillas de conocimiento —dijo sin disculpas.

—¿Cómo será mi muerte? Dije.

—Cuando tu alma salga de tu cuerpo —dijo Manna—, viajará por el conducto de tu umbilicentro para unirte al Creador.

—¿Así que voy a llegar a su encuentro por fin?

—Tú lo vas a encontrar antes de eso, Amado.

Llegamos a una hondonada herbácea entre dos grandes robles. Alguien había limpiado la hojarasca en medio de la hierba. Para cuando llegamos al lugar, el mundo se había transformado en un paisaje oscurecido drenado de todo color y brillo. Los árboles estaban ahora negros, habiendo perdido cualquier sugerencia de volumen. El cielo de obsidiana parecía cargado de una densa salpicadura de manchas blancas.

Imaginé que Creador me miraba desde detrás de ese velo negro, manteniéndose quieto para que yo no pudiera detectar Su movimiento. ¿Por qué tenía que esconderse de mí? A pesar de las palabras de Manna, me sentí separado de Creador. Si pudiera unirme a Él, entonces lo entendería.

—Estarás cómodo aquí. —dijo Aable mientras me entregaba mi barredor—. Te dejaremos ahora y nos reuniremos contigo mañana.

Mis entrañas se contrajeron. De repente, la oscuridad parecía mucho más oscura, casi palpable. —¿No te quedarás conmigo?

Con una voz ablandada, Ennoia dijo: —No. Debes aprender a confiar en nosotros y creer que volveremos.

—No te vayas. Por favor, quédate. —Mi corazón latió.

—Querido Amado. —dijo Manna, tocándome por debajo de mi cuello—, siempre estamos contigo.

En la débil luz, vi a Aable mirándome con compasión, como si viera mis pensamientos temerosos.

Los Maestros estiraron sus alas a la extensión completa, por encima de sus cabezas. Sin previo aviso, empujaron sus alas hacia abajo con un fuerte grito. La explosión de aire me hizo cerrar los ojos. Cuando los abrí, los Maestros habían desaparecido.

Me quedé mirando embobado la oscuridad, olvidando respirar. Como si me hubieran dado un puñetazo en el estómago, me arrodillé y jadeé con respiraciones poco profundas. Los Maestros me habían abandonado. No me había dado cuenta de lo apegado a ellos que me había vuelto.

Fruncí la cara. —Deberían haberse quedado—murmuré—. Deberían haberse quedado.

Capítulo 10

Abandono

Sentado en la hierba gruesa, me enfadé y enfurecí. Jugueteé con mi barredor, rodándolo entre mi mano y el muslo o arrastrando el extremo a través de las hojas muertas para oírlas crujir. ¿Por qué permití que los Maestros tuvieran tanto control sobre mí? Solo eran maestros, me recordé a mí mismo. Si la muerte es separación, entonces la partida de los Maestros había causado la muerte de una parte de mí.

—Creador, te necesito. —Le dije a la oscuridad.

Las hojas de las ramas sobre mi cabeza susurraron con la brisa de la noche. Su sonido no me consoló.

Acostado de lado, puse las rodillas cerca de mi pecho. Los ruidos inquietantes de la actividad nocturna e invisible me rodearon. El dolor del abandono me roía las costillas. Me sentía insignificante y perdido como si la oscuridad me hubiera escondido de los ojos de Creador.

—Siempre estamos contigo, Amado —me susurró la voz de Manna al oído.

—Déjame en paz —le dije, negándome a escuchar.

Me agarré a mi barredor con ambas manos y envolví mis piernas alrededor de él. En mi barredor, encontré consuelo. Más que una ramita, se convirtió en mi protector, mi consolador y mi compañero. Cerré los ojos, tratando de bloquear mis sentimientos, pero se negaron a irse. Mientras la larga noche se prolongaba, observé la procesión de mis pensamientos, que se comportaban por sí solos como el pequeño pájaro verde de hoy. Uno por uno, cada pequeño pensamiento verde tomó vuelo en las ramas de arriba hasta que no quedó ninguno.

Una serie de escenas me visitó esa noche. Primero, estaba persiguiendo un antílope, tratando de tocarlo. Cada vez que me acercaba, el antílope se escapaba a saltos. Lo perseguí por lo que pareció un momento eterno, nunca lo alcancé.

Luego me convertí en el antílope. El sol me perseguía, pero no confiaba en él, así que seguí huyendo. El sol implacable me persiguió una y otra vez, y me cansé. Mi pecho agitado. Mis pulmones se quemaron. Cuando el agotamiento me obligó a parar, el sol me alcanzó.

El sol me calentó con su mirada, asegurándome que no buscaba hacer daño. Del disco del sol, surgieron tres manos desencarnadas. Las manos se acercaron hasta que tocaron mi pelaje. Acariciaron el cuello y la espalda del antílope con caricias largas y suaves. Me relajé y comencé a confiar. Una mano rascó detrás de mí oreja e incliné mi cuello con placer. Creí que era el antílope más especial del universo.

Una colosal hoja negra entró en la escena. La hoja era antigua y quebradiza, perforada con muchos agujeros diminutos hechos por insectos y la descomposición. Flotaba entre el sol y mi persona, bloqueando la luz del sol, excepto por las estrellas creadas por los agujeros en la hoja ennegrecida.

La oscuridad ennegreció las tres manos flotantes, pero aun así me tocaron, me consolaron.

A la mañana siguiente, me senté y miré a mi alrededor. Me encontré en un amplio prado de hierba ocupado por dos enormes robles en el centro, sus ramas se superponían. Mi área para dormir estaba ubicada en una hondonada poco profunda entre los dos árboles. Los árboles más pequeños y los racimos de helechos definían el perímetro de la pradera. Una quietud pacífica bañó la escena. El cielo estaba impregnado de luz ámbar y lleno de salpicaduras de color amarillo-naranja. No pude encontrar el sol, pero sabía que debía estar presente.

—Te cuidamos mientras dormías —dijo la voz de Manna.

Meneé la cabeza a diestra y siniestra, frunciendo el ceño al no ver a nadie. Con un dolor repentino, recordé que los maestros me habían abandonado anoche. —¿Por qué me dejaste? Dije, aun buscándolos.

—Nunca nos fuimos. Estamos contigo incluso cuando no puedes vernos.

—Si no puedo verte o sentirte, entonces no estás aquí. —Moví mis brazos por el aire tratando de interceptar la fuente invisible de la voz.

—Amado, debes aprender a depender de lo que está más allá de tus sentidos, porque cuando llegue la oscuridad, tus sentidos no te servirán.

En un instante, los maestros se dejaron ver. Se sentaron rodeándome con las piernas cruzadas, sus seis puntas de alas se unieron en un punto por encima de mi cuerpo, creando un dosel emplumado.

—Creador escuchó tu petición anoche —dijo Manna.

—Quiere tocarte hoy —dijo Aable con una amplia sonrisa.

—No quiero que me toquen —espeté—. Quiero ser respetado.

Capítulo 11

Conectividad

—No estás pidiendo respeto —dijo Manna—. Estás pidiendo el control. Respetaremos tus peticiones, pero no estamos obligados a cumplirlas.

—Si me respetaras, entonces harías lo que te pido.

—Así no es como funciona. Respetarte es hacer lo mejor para ti.

—¿Fue mejor abandonarme anoche? Una punzada de inseguridad me pinchó el pecho, haciendo que buscara mi barredor.

—No te abandonamos, Amado. Nos alojamos contigo toda la noche.

Después de haber encontrado mi barredor, lo sostuve sobre mis piernas, agarrándolo firmemente con ambas manos. —Me sentí abandonado.

—Entonces te pedimos que nos perdones. —Los tres inclinaron la cabeza.

—¿Qué?

—Anoche experimentaste verdaderos sentimientos de abandono. Perdónanos por causarte esa angustia.

Dejé de apretar con fuerza. —¿Así que no tenían la intención de hacerme daño?

—No. Nunca. —Los ojos de los maestros se volvieron brillantes.

Ennoia agitaba su amplio pecho y dijo: —Tu bienestar es nuestra prioridad.

—En ese caso, supongo que te perdono.

—Y te perdonamos, Amado —dijo Ennoia.

El dosel emplumado se separó cuando los maestros echaron

las alas a sus espaldas. Sus alas unidas formaban un anillo que nos rodeaba a los cuatro. De rodillas se arrastraron hasta que estuvieron justo a mi lado.

—Mostrémosle nuestro afecto. —Dijo Aable. Me rodearon con los brazos y me apretaron.

A pesar de estar encerrado en sus brazos, no me sentía confinado. Me sentía tan ancho como el cielo. Una avalancha de bienestar atravesó mi cuerpo. Me relajé y me perdí en su abrazo. Incliné la cabeza contra el pecho de Manna y cerré los ojos, con mi cabeza metida debajo de su barbilla.

Una corriente de dicha se vertió en mí desde una fuente en el interior profundo. La curiosidad se convirtió en comprensión cuando me di cuenta de que esta corriente fluía en mí a través de mi umbilicentro, mi conexión invisible con Creador. Esta corriente me transportó a otro reino. Mi entorno se desvaneció de la conciencia. Perdí el sentido del paso del tiempo. Floté dentro de una extensión de luz que me sostenía y me consolaba. Mi sentido de sí mismo se disolvió al fusionarme en una inmensidad infinita. No me resistí porque me sentía seguro y alimentado por el amor que me envolvía.

Cuando abrí los ojos, vi a los maestros sentados a mi alrededor como antes. ¿Cuándo rompieron el abrazo? Mi estado dichoso se derrumbó en un instante. ¿Habría continuado si no hubiera abierto los ojos?

—La experiencia no terminó cuando abriste los ojos —dijo Manna. —Tu creencia en la separación lo terminó.

Todavía aturdido por la experiencia, traté de ordenar mis pensamientos. —¿Mi creencia lo terminó?

—Sí. Cuando crees en la conexión, te abres a Creador cuya vida puede fluir hacia ti a través de tu umbilicentro. Cuando crees en la separación, tus conexiones se deshabilitan. No dejes que el mundo físico, con sus formas separadas, te engañe para que pienses que estás separado.

—Puedo conectarme con Creador simplemente creyendo que

estoy conectado?

—Sí —dijo Aable—, pero no es tan fácil como suena.

Ansioso por más, cerré los ojos y traté de reconectarme, obligándome a creer. Después de mucho intentarlo, no pasó nada. Abrí los ojos y miré a Aable: —No funciona.

Aable sonrió. —Te estás esforzando demasiado. La conexión es un estado de ser, no algo que haces a través del esfuerzo o la concentración. Cierra los ojos y fija tu atención en tu cuerpo.

Cerré los ojos y me volví consciente de cada extremidad y parte.

—No pienses. —dijo Aable.

Despejé mi mente lo mejor que pude.

—Bien. Ahora, concéntrate en tu centro más interior. Ahí es donde está tu umbilicentro.

Me concentré, buscando el centro dentro de mi centro. Cuando me conecté a él, las corrientes que daban vida continuaban fluyendo a través de mi umbilicentro. Me había reincorporado a Creador.

—Gracias, Aable. Funcionó.

Tan pronto como hablé, la experiencia se desvaneció.

—Ay, lo perdí de nuevo.

Aable puso su mano sobre mi rodilla. —Está bien, Amado. Date tiempo para aprender.

Incliné la cabeza y fruncí los labios. —Algo está mal conmigo.

—No te pasa nada —dijo Manna. —Cualquier cosa que hagas siempre será imperfecta. Esto es por diseño, no para hacerte sentir mal, sino para inspirarte a mejorar. Lo que es perfecto no puede mejorar. Debido a que Creador tiene la intención de que aprendas y crezcas, te quedarás corto y cometerás errores.

—¿Así que siempre voy a ser imperfecto?

—Eso es cierto, pero cometerás menos errores a medida que crezcas.

Suspiré con consternación.

Capítulo 12

Re acoplamiento

Los Maestros se pararon simultáneamente. Recogí mi barredor y también me paré.

Ennoia dijo: —Vamos a jugar. Manna y Aable se esconderán cerca. Tu objetivo es encontrarlos y tocarlos.

Manna y Aable desaparecieron, dejando a Ennoia solo. Ennoia hizo muecas por un momento, luego se relajó un poco, pero su rostro se mantuvo tenso con el malestar. Esa fue la primera vez que los vi separados.

Ennoia dijo: —Trata de encontrar a Manna y Aable.

Era una orden cruel que garantizaba el fracaso. —Pero son invisibles.

—Esta vez no. Son visibles, pero están ocultos.

—¿Para que los debo encontrar?

—Es un juego. Será divertido.

Suspiré. Otra situación en la que los Maestros me decían qué hacer. Me estaba quedando claro la poca libertad que tenía.

Las hojas muertas cubrían el suelo bajo los dos robles. Con golpes de coraje y contundentes de mi barredor, golpeé las hojas a un lado para despejar un camino. A diez pasos, me detuve y miré a mi alrededor. Ennoia no se movió, pero me miraba. Mirando detrás de mí, noté una protuberancia inusual a lo largo del lado del árbol más cercano. Rodeé alrededor del enorme tronco, golpeando hojas muertas a un lado con mi barredor.

Dos alas gigantes y aplanadas se mezclaban en la corteza como una polilla camuflada. Las puntas verdes de las alas se fusionaron con el color de la hierba en la base del árbol. La colocación experta

35

de las alas de Manna cubría su cuerpo de pies a cabeza. Me acerqué a él y le toqué el ala.

Manna se dio la vuelta y se rió. —Me encontraste. Qué inteligente eres.

Yo también me reí. Manna me dio un abrazo rápido, y luego me sostuvo de la mano mientras caminábamos de regreso a Ennoia. Cuando se acercó a Ennoia, unieron alas y me soltaron la mano.

Ennoia dijo: —Ahora, necesitas encontrar a Aable.

Revisé detrás del segundo roble, pero Aable no estaba allí. Me aventuré más allá de los dos árboles gigantes, eché una mirada rápida a la amplia pradera. Era plana y carente de características, excepto por unas cuantas rocas que eran demasiado pequeñas para esconderse detrás de ellas. Cada roca era de color gris oscuro y cubierta de líquenes amarillos, excepto una gris marrón y prístina. Al acercarme a la roca única, pensé que Aable había envuelto sus alas, como pelota, alrededor de su cuerpo en cuclillas. Me apresuré a la roca falsa, pero antes de llegar a ella, Aable abrió sus alas, se levantó y me agarró, gritando: —Te tengo.

Traté de liberarme. Cuando lo logré, Aable me atacó y caímos al suelo, riendo. Después de recuperarme, descansé sobre mi espalda viendo el apilamiento de nubes escasas a la deriva a través del cielo. Una forma bloqueó el sol y me senté. Ennoia y Manna nos habían alcanzado y se vincularon con Aable, que ahora estaba de pie. Parecían más relajados después de reconectarse.

—No debe gustarles estar separados —les dije.

Dijo Ennoia: —Estar separados es doloroso y repugnante para nosotros. Nuestro bienestar se basa en la conexión y la unidad.

—Amado, tu turno de esconderte —dijo Aable—. Voy a contar de cien a uno. Cuando termine de contar, empezaremos a buscarte. Corre y escóndete. Ve que estamos cubriendo nuestros ojos. —Los tres pusieron sus manos sobre sus ojos. —Cien, noventa y nueve, noventa y ocho. . . .

Emocionado, corrí hacia los árboles más cercanos en el borde de la pradera. Llevé mi barredor, ya que con la prisa que llevaba me era inútil. Subí a la cima de un árbol grande y me escondí entre sus hojas densas. Después de que me acomodé, miré a través del follaje y vi a los maestros todavía cubriéndose los ojos.

Cuando Aable dejó de contar, empezaron a caminar directamente hacia mí. Sabía, entonces, que habían hecho trampa. Pero continuaron más allá de mi árbol, murmurando algo acerca de oírme correr en esta dirección. Más tarde, se pararon debajo de mí, hablando entre ellos. —¿Cómo encontraremos Amado? Esto podría tomar para siempre.

Me reí y me entregué.

Ennoia levantó la vista y dijo: —Ahí estás. Qué excelente escondite. Baja y podemos jugar un poco más.

Después de que llegué al suelo, me frotaron la espalda y la parte superior de la cabeza, diciendo: —Bien hecho, Amado.

Una amplia sonrisa se quedó en mi cara. Disfruté el ser bueno en algo.

Ennoia dijo: —Es nuestro turno de escondernos. —Los tres desaparecieron con un golpe de sus alas hacia abajo.

Con una montaña de confianza, los busqué, ignorando mi necesidad de barrer. Miré detrás de árboles, arbustos y rocas, y eché una mirada rápida a las ramas en lo alto. Encontrarlos fue más difícil esta vez. Demasiado difícil. Decidí que esconderse era más divertido, así que encontré un excelente escondite entre una roca gigante y un helecho grande y frondoso. Después de meterme en la brecha, esperé a que me encontraran.

Pasó mucho tiempo.

Nadie vino.

Sentí lo mismo que cuando me abandonaron la noche anterior. ¿Por qué dejé que me engañaran para que confiara en ellos?

Al rendirme, regresé a la pradera y encontré a los maestros sentados en un círculo bajo la sombra de los robles, con sus alas unidas en un anillo. Me acerqué a ellos y me quedé fuera de su círculo.

—Esperamos a que nos encontraras —dijo Manna.

—Yo también esperé. —Gruñí.

Los maestros cerraron los ojos y no dijeron nada.

Noté una piedra roja gigante en el centro del círculo de Maestros. La piedra no estaba allí antes. En la parte superior de la piedra plana estaban hojas esparcidas, tallos y raíces.

—Mientras tú no estabas, Creador trajo algo de comida para ti —dijo Manna, gesticulando hacia los objetos de la piedra.

—¿Creador estuvo aquí? —Dije, perturbado—. ¿Por qué no me llamaste?

—Te esperábamos, pero no viniste —dijo Manna.

Ennoia dijo: —Hay un momento para buscar y un tiempo para encontrar. Cada cual trae su propia recompensa, a menos que malinterpretes el tiempo. Si conoces el momento adecuado, la recompensa por la paciencia es la conexión.

—No sé lo que eso significa—le dije—, pero debiste haberme llamado.

Capítulo 13

Consternación

—Si nos hubieras buscado, habrías estado aquí cuando Creador entregó esta comida —dijo Manna.

Me imaginé la enorme piedra roja flotando desde el cielo. Aunque invisible, Creador había estado presente, y mi insensatez me había privado de experimentarlo. Apreté los labios en frustración.

Manna señaló a cada pila de comida en la piedra. —Esto es col rizada, apio y perejil. Aún no has aprendido que las hojas, los tallos y las raíces pueden ser comestibles. Ven aquí y come un poco.

De pie sin moverme, golpeé mi barredor contra el costado de mi pierna mientras consideraba la invitación. No quería cooperar, pero no podía rechazar una oferta de comida cuando tenía hambre. Asentí con un fuerte suspiro.

Agachado bajo las alas de los Maestros, entré en su círculo y me senté junto a la mesa de piedra. Comí, pasando de pila en pila. Aunque los sabores eran suaves, la comida satisfizo mi hambre. Después de terminar de comer, dije: —Cuando tenga hambre de nuevo, ¿puedo comer cualquier planta que quiera?

—No. No puedes —dijo Manna—. Algunas plantas son venenosas y pueden matarte.

—¿Matar?

—Ocasiona que te mueras.

—¿Morir? Mi voz aumentó en tono y volumen.

Me acordé del topo muerto, su cuerpo vacío y frío. —¿Por qué Creador haría plantas que me matarían? ¿Pretende dañarme?

Ennoia gimió.

Aable negó con la cabeza.

Manna cerró sus ojos verdes por un momento. —Querido Amado, nada en el universo está diseñado para hacerte daño. Pero algunas cosas pueden dañarte en ciertas situaciones. ¿Recuerdas la cáscara de nuez que pisaste? No fue diseñada para hacerte daño. Tenía el poder de hacerte daño sólo si la pisabas. Del mismo modo, algunas plantas pueden dañarte sólo si las comes.

—Para comenzar Creador no debió haber creado plantas venenosas —le dije—. Debería destruirlas.

Ennoia respondió con paciencia. —El universo no tiene defectos. Creador ha hecho tantos tipos de plantas que no todas son comestibles o están destinadas a serlo.

Las palabras de Ennoia no apaciguaron mi preocupación. ¿Creador se preocupa por mi bienestar? —Dile que arregle las cosas para que pueda comer cualquier planta y no tener que preocuparme.

—No hay que arreglar nada —dijo Manna en un tono uniforme—. Todo está como debe ser.

—¿Por qué no estás escuchando? Apreté los puños y los miré.

—Te oímos, Amado. Tu preocupación no es razonable. Creador te protegerá de plantas venenosas. Además, existen mayores amenazas que esas.

Manna miró a Ennoia y Aable y cada uno asintió como respuesta. —En este momento, un animal peligroso se esconde detrás de los arbustos de allí. —Manna señaló a un montón de follaje grueso en el borde de la pradera.

Me di la vuelta, pero no vi nada.

—El animal es un tigre. Los tigres matan y comen otros animales. Este tigre tiene hambre y nos ha estado observando, esperando una oportunidad para atacar.

Seguí escudriñando los arbustos, pero no vi nada. Me volví y miré a Manna, tratando de detectar cualquier signo de engaño en su expresión.

—¿Un animal me quiere comer? Me imaginé a una gigante mantis religiosa mordisquear mis extremidades hasta no quedar nada. Mi corazón golpeaba en el interior de mi pecho.

—No lo hará si sigues nuestras instrucciones —dijo Manna con voz tranquila.

—¿Por qué uno de ustedes no puede ocuparse de ello? Miré a Ennoia y Aable, que devolvieron miradas sinceras.

—No. Debes aprender a confiar —dijo Manna.

—Pero no puedo hacer nada.

—Sí puedes. Camina hacia el tigre mientras agitas los brazos y grita. El tigre se asustará y huirá.

—No creo. . . .

—No discutas. ¡Hazlo! —La voz de Manna me perforó. En ese momento, le temí más a Manna que al tigre.

Capítulo 14

Indignación

Con gran renuencia, dejé la seguridad del círculo de Maestros. Caminé hacia los arbustos gritando y agitando mis brazos, sintiendo los movimientos como irreales. Cuando estaba a medio camino de su ubicación, un enorme animal a rayas salió de detrás de los arbustos. Me miró con ojos amarillos feroces.

Dejé de moverme y respirar.

Algo se apoderó de mí, haciendo que gritara más fuerte que antes, sorprendiéndome a mí mismo. Agité los brazos con fuerza frenética.

El tigre se dirigió hacia el bosque. Lo observé hasta que las plantas lo oscurecieron. Después de que desapareció, descubrí que yo estaba jadeando fuerte.

Tembloroso, regresé al círculo de maestros y me paré junto a la mesa de piedra. —Tengo menos miedo de las plantas venenosas —les dije, aún sin aliento—, en comparación con ser asesinado y comido.

—Para el tigre, eso sería algo bueno —dijo Aable con una risa.

—Eso no es gracioso —le dije.

—No tengas miedo del daño —dijo Manna—. Debes considerar cualquier peligro como una oportunidad para confiar en Creador.

—Me niego a ser alimento de tigre —insistí.

—Creador te protegerá —dijo Ennoia.

Mi cara se calentó. —Ustedes no lo entienden. No quiero tigres ni plantas venenosas—grité, dando vueltas para dirigirme a todos ellos. Mis músculos temblaban. Golpeé la parte superior de la mesa de piedra con mis palmas—. Creador debe escucharme.

Empujé la mesa de piedra, tratando de volcarla, apretando mis dientes. La piedra no se movía y me quejé con frustración. En ese momento, los Maestros estaban de pie. Brinqué entre Aable y Ennoia y giré mis puños a través de sus puntas de alas vinculadas, rompiendo su conexión. Me abalancé contra el enlace entre Ennoia y Manna para separarlos, pero antes de tener éxito, me agarraron las muñecas y las mantuvieron apretadas. Me retorcí para liberarme. Al darme cuenta de que no podía escapar, empecé a patearlos. Cuando vi a Aable sosteniendo mi barredor con ambas manos, doblándola en un ángulo agudo, hasta el punto de romperse, me congelé.

—No. —dije.

Aable sostuvo esa pose, los ojos fijos en mí. Nadie habló. Entonces la atmósfera cambió. Una energía ondulante entró en el prado e hizo temblar mi cuerpo. Sentí presión sobre mi pecho que me inmovilizó y dificultó la respiración.

—YO SOY —Resonó una voz que no reconocí.

Las dos palabras, teniendo poder propio, penetraron en mi ser. Mi cuerpo temblaba mientras las palabras pasaban a través de mí como una corriente de energía intensa. Me encogí.

—¿Quién eres? —Le susurré, jadeando por el aire. Miré a mi alrededor, pero no vi a nadie. Los Maestros no se movieron.

—Yo soy Creador, tu creador. Tu comportamiento me ha despertado. Prepárate porque voy a ponerte a prueba.

La voz era profunda y resonante. Me hizo estremecer como hoja en un viento poderoso. Mi respiración superficial se aceleró.

—Esta pequeña ramita tuya. ¿Tiene importancia para ti?

Miré la ramita doblada en las manos de Aable. —Sí, Creador.

—¿Fabricaste su estructura? ¿La creaste por tu propia inteligencia?

—No. —Miré hacia abajo, al suelo.

—Si te preocupas tanto por tu ramita, una ramita que no hiciste, ¿cuánto más me importa el mundo que formé por mi sabiduría y poder? ¿Quién eres tú para encontrar culpa en mi mundo? ¿O para encontrar culpa en mí? Todo lo que he hecho tiene un propósito. Lo que consideras una amenaza a tu bienestar está destinado a ser muestra de mi protección y liberación. No puedes conocerme sin experimentar mis intervenciones en tu vida. No cuestiones mis maneras. Ennoia, Manna y Aable conocen mis costumbres. Escúchalos.

—Lo siento, Creador. No sé nada de tus costumbres. No sé nada en absoluto.

Los Maestros sonrieron.

—Acepto tus disculpas, Amado —dijo Creador—. Eres amado y perdonado. Porque te amo, te corrijo y te disciplino.

La voz se detuvo. La energía y la presión terminaron. Manna y Ennoia me soltaron las muñecas. No les miré la cara. Aable sostuvo mi barredor, intacto. Tomé mi barredor, sin decir nada. Luego me di la vuelta y tropecé, sintiéndome derrotado. Todo este tiempo, había esperado con ansias conocer al Creador, pero no esperaba que fuera tan temible.

Los Maestros siguieron a distancia. Mantuve la cabeza baja. Al ver una bellota, la golpeé con mi barredor tan fuerte como pude. Ese era el límite de mi poder sobre el universo.

Capítulo 15

Reglas

Después de caminar detrás de mí por un tiempo, los Maestros tomaron sus posiciones a mi lado.

Ennoia dijo: —No puedes hacer lo que quieras, Amado. Creador ha enmarcado reglas dentro del universo.

Escuché, pero no miré a Ennoia. Mantuve los ojos en el suelo frente a mí.

Ennoia continuó. —Las reglas te ayudan a aprender y crecer. Por ejemplo, comer tiene límites. Puedes comer demasiado o demasiado de una cosa, o comer algo dañino. Sin reglas, nunca aprenderías cosas como la moderación, el equilibrio o el juicio. Si rompes las reglas, las consecuencias serán tu maestro.

Mi imaginación entretenía un mundo sin reglas. Mientras jugaba en mi mente para mi diversión, mi mundo imaginado se convirtió en caos. Rodaron pedruscos a través del paisaje en manadas. Los pájaros formaban telarañas al volar. El sol se perdió por capricho. Las reglas proporcionaban valor, decidí, pero no tenía intención de admitírselo a los Maestros.

Entramos a la sombra fresca bajo una ruta de imponentes árboles de goma. La brisa susurraba a través de las copas de los árboles por encima de nosotros. Enormes troncos grises ramificados se alzaban con ardiente determinación. El tamaño enorme de los árboles dotaba al bosque de una presencia majestuosa, como si la vida que emanaba de ellos fuese más robusta, más maravillosa. Miré hacia arriba con asombro a las altas ramas que goteaban un musgo verde. Los maestros estaban juntos mirando hacia arriba también.

—Me gustan los árboles gigantes—les dije, con mi cabeza inclinada hacia atrás—. Tienen una presencia más fuerte que otros árboles. Parecen entender la vida. Tal vez porque son tan viejos, han aprendido todas las reglas del universo—. Mi estómago retumbaba. —También me gustan los árboles frutales. Me alegro de que Creador los haya hecho para mí.

—No hizo árboles frutales para tu placer solo —dijo Manna. —No eres el foco del universo, el cual operaba bien antes que llegaras. Eres único, pero eso no te hace superior. ¿Crees que eres mejor que estos árboles?

Consideré la respuesta por un momento, preguntándome si era una pregunta capciosa. —Sí.

—¿Puedes crecer a tal altura? ¿Puedes cavar profundamente en el suelo y dividir roca sólida? ¿Puedes sostener los brazos día y noche y nunca cansarte?

Fue una pregunta engañosa después de todo. —No. no creo que pueda. Si no soy mejor que uno de estos árboles, ¿soy mejor que un pájaro?

—No. No lo eres —dijo Ennoia—. Tu vida es la misma que la de un pájaro, ya que la vida es vida. Pero tienes mayor valor espiritual que un pájaro debido a tu alma. Más aún porque Creador ha elegido amarte. Tú eres el único objeto de Su amor. Su amor no se basa en nada de lo que has hecho, así que no puedes juzgarte a ti mismo superior por ello.

No sabía cómo juzgarme a mí mismo en absoluto ya que no tenía ninguna base para compararme. No me atreví a preguntar si era mejor que una babosa.

Saliendo de la arboleda, subimos cuesta arriba. El paisaje cambió a medida que ascendíamos. Los árboles se volvieron más escasos y los afloramientos de rocas irregulares más frecuentes. Disminuí el ritmo de mi andar y pisé con cuidado, deseando volver a caminos de tierra suaves. Usé mi barredor lo mejor que pude en el terreno irregular.

En la cima de nuestra larga subida, nos detuvimos a disfrutar de la vista. Más allá del valle verde de abajo, vi una gama de montañas de color sepia en la lejana distancia. Más allá de eso, las nubes amarillas frotaban la parte inferior del sol naranja.

Escalando aún más, el suelo se niveló y nos presentó una plataforma de cerezos. Nos detuvimos a recoger cerezas. Recordando el regalo que nos hizo Creador de comida en la mesa de piedra, busqué la piedra más grande y coloqué las cerezas encima como un acto de gratitud por mi comida. Luego me comí las cerezas, colocando las semillas en una pila encima de la mesa improvisada, todo el tiempo averiguando cómo evitar comer plantas mortales por accidente. Después de terminar, dije: —Recojamos muestras de cada planta venenosa para poder comparar mi comida con ellas antes de comer.

Ennoia suspiró.

Aable negó con la cabeza.

Manna pellizcó su nariz grande con la mano derecha.

Ninguno de ellos parecía impresionado por mi idea.

—El propósito de las reglas es que confíes en Creador —dijo Manna—. No quiere que te cargues con reglas innecesarias. Mejor confiar en Él que en tus fórmulas autoimpuestas.

—¿Cómo sabré qué plantas no debo comer?

—Te mostraremos.

—¿Y si me olvido?

—Te lo recordaremos. Debes confiar en Creador con lo que comes. Si te enfermas por comer una planta venenosa, ¿puedes confiarle tu enfermedad?

Me quedé sin aliento de la preocupación. —¿Enfermedad? Dijiste que me impedirías comer una planta venenosa. ¿Qué estás diciendo? Mi desconfianza hacia los Maestros se multiplicó por diez.

Capítulo 16

Miedo

—Creador puede dejarte comer una planta venenosa y puedes enfermarte —dijo Manna—. Incluso entonces, Él cuidará de ti.

—Si quiere cuidar de mí, debe protegerme. —¿Cómo es posible que los Maestros no vieran esta lógica?

—Hará lo que más se necesita en tu vida en ese momento. Podría usar la enfermedad para enseñarte paciencia, debilidad o dependencia, o mostrar Su amor al sanarte. Quiere que confíes en él en todas las circunstancias.

—¿Así que no tengo garantía de seguridad?

—Tu única garantía es que Te ama y te cuidará.

Me volví hacia Aable, esperando más seguridad de la que Manna había dado. —¿Puedes ayudarme, Aable?

Aable me miró con sus ojos azules anchos. Una mirada consciente apareció en su cara. —El miedo ha hecho su hogar en ti, Amado. Cuando el miedo es más fuerte, no confías. Cuando la confianza es más fuerte, no temes.

La declaración de Aable me alarmó. Ahora que había hablado de mi miedo, me sentí imperfecto, juzgado y avergonzado.

Dijo Ennoia: —¿Confías en Creador con tu vida?

—No puedo. Quiero, pero . . . Mi pecho se apretó y mi garganta se cerró. Me senté en la piedra con las semillas de cereza, puse los codos en las rodillas y bajé la cabeza entre mis manos. Había fracasado otra vez.

—Debemos ayudar al novato —dijo Aable a Manna y a Ennoia.

Levanté la cabeza y miré a los maestros, esperando que pudieran ayudar.

—La confianza no se puede impartir. Es una elección —dijo Manna a Aable.

Dijo Ennoia: —Podemos plantar una semilla y ayudar a nutrir la confianza.

—La confianza no puede crecer si el miedo es mayor —dijo Manna—. Primero debemos abordar el miedo.

—Sí. Debemos desactivar el poder del miedo — dijo Aable.

Los maestros se acercaron, y Aable puso su mano sobre mi hombro. —Está bien, no puedes confiar en Creador en este momento. ¿Puedes creer que te ayudará a confiar?

—Sí. Puedo hacer eso.

—Bien. Ese es el primer paso para confiar.

La sujeción al miedo aflojó un poco. Un trozo de esperanza se alojó en mi alma.

—El sol se está poniendo —dijo Manna—. Vamos a volver a la pradera para que puedas dormir.

Los Maestros comenzaron a descender por una ruta diferente que era más peligrosa que el camino hacia arriba.

—No hemos venido por aquí —les dije.

—Este camino es más corto —dijo Manna.

Tuve un mal presentimiento sobre seguirlos. La alternativa era volver solo por el camino por el que vinimos, pero no estaba seguro del camino. Eso no me dejó otra opción sino seguirlos.

La luz se desvaneció con gran velocidad. Entendí por qué los Maestros querían tomar un atajo. Esta ruta era más empinada con rocas irregulares y plantas espinosas. Di pasos cautelosos en la luz que se atenuaba, zigzagueando para evitar las espinas y rocas. Delante de mí, los Maestros viajaron por la pendiente en línea recta, sin verse afectados por ningún obstáculo. Se detuvieron a esperar a que los alcanzara. Al llegar a ellos, continuaron por la colina empinada y rocosa.

Cuando ya no podía ver dónde estaba pisando, me detuve y dije: —No puedo ir más lejos.

Escuché a Manna decir, —Debes seguir adelante. —La

oscuridad ocultó a los Maestros de mi vista.

—Esto es malo. Esto es malo. ¿Por qué me trajeron aquí en primer lugar?

—Tenemos nuestras razones.

Apreté mi mandíbula y di golpes al aire con mi barredor. Los Maestros me habían manipulado de nuevo. Debido a ellos, tendría que pasar la noche en esta ladera rocosa.

—¿Hay tigres aquí arriba? —le pregunté, mi preocupación iba aumentando. Si un tigre se aventurase por esta colina, no lo vería venir.

—A veces —dijo Manna—, pero no pienses en eso.

—¿Cómo me protegeré? No veo nada. No puedo moverme. —Mis temores nadaban en círculos erráticos como un cardumen asustado.

—Creador te protegerá. Te ayudará a volver a la pradera.

—¿Cómo?

Capítulo 17

Confianza

—Debes confiar en que Creador guiará tus pasos —dijo Aable—. Dar pasos con confianza.

—Podría caer.

—Dar pasos con confianza.

—Podría lastimarme a mí mismo.

—Dar pasos con confianza. Hazlo.

Despreciando a los Maestros por mi situación, apreté con fuerza mi barredor. Luego respiré hondo. Con un enorme miedo, me metí en la oscuridad.

Mi pie aterrizó sin incidentes.

Tomé otro paso aterrador por la colina, esperando tropezarme con algo.

Nada pasó.

Luego otro paso hacia lo desconocido.

Aún a salvo.

—Creador te protegerá —dijo Aable—. Confía en él.

Con cada paso, me maravillé cada vez más. ¿Por qué no tropecé y me caí? ¿Dónde estaban las rocas dentadas y los espinos? Se sentía como si el suelo se levantase para coger mi pie. En la oscuridad, una magia no vista estaba operando a mi favor. Asustado y maravillado, viajé por la ladera, colocando un pie incierto a la vez en el negro vacío frente a mí.

Después de innumerables pasos, cuando el suelo se niveló, dijo Manna: —Hemos llegado.

—No puedo creer que haya bajado la colina —le dije, más aliviado que asombrado.

—Hiciste más que eso. Estás en el prado. Estás de pie en el lugar donde dormirás.

Me incliné y toqué la hierba gruesa a mis pies. —Eso es imposible.

—Nada es imposible para Creador.

—Entonces, ¿por qué no me trajo aquí de inmediato? ¿Por qué tuve que caminar en la oscuridad?

—Porque quería que aprendieras a confiar en Él.

Un escalofrío se estremeció a través de mi cuerpo al darme cuenta de lo que seguía. —¿Me van a dejar ahora?

—Sí. Tu confianza en Creador creció esta noche.

—Tenía miedo.

—Pero tú confiaste a pesar de ello. Eso es todo lo que pide. Duerme bien, Amado.

—Nos vemos mañana, Novato —dijo Aable.

Dijo Ennoia: —Te amamos, Amado. Estamos orgullosos de ti.

Una ráfaga de aire nocturno me dijo que se habían ido. Mis entrañas se sentían huecas. Otra muerte dentro de mí. —Odio la noche —dije, apretando los dientes.

Me bajé a la hierba fresca y me enrosqué, envolviendo mis piernas alrededor de mi barredor. Mis pensamientos revueltos seguían regresando a Creador. Él era tan misterioso como siempre.

Un sonido me despertó. Algo pisoteó cerca, aplastando hojas a medida que avanzaba. Abrí los ojos, pero no vi nada más que negro, excepto las estrellas que brillaban de indiferencia. Me congelé. El tigre hambriento había regresado por su intento de comida. Si no podía ver al tigre, tal vez él no podía verme. No hice algún sonido, esperando que no me escuchara. Mi pulso palpitaba en mis oídos. Tomé respiraciones lentas y poco profundas y escuché los ruidos crujientes.

Protégeme, Creador, supliqué en mis pensamientos. Confío en Él. Debo confiar en Él para protegerme. Cuando caminé por la colina en la oscuridad, había confiado en El. Volveré a confiar.

Me protegerá.

Desde un lugar profundo en mi ser, el consuelo y la paz fluyeron en mi alma. Se sentía como si agua caliente y calmante estuviese vertiéndose en mí a través de mi umbilicentro, lavando mi miedo. La tranquilidad subió dentro de mí. Sabía que no tenía nada que temer. Estaría bien. Mi pulso se relajó, y volví a dormir.

Cuando desperté de nuevo, el cielo estaba brillante y sin nubes. Me senté y busqué cualquier señal de un visitante nocturno, pero no vi nada inusual.

¿Me vigilarían los Maestros durante la noche? —¿Están aquí?

—Sí —Manna dijo. Los Maestros aparecieron a mi alrededor, sentados con las piernas cruzadas, sus seis alas se unieron sobre mí, creando un dosel. —Un visitante curioso vino anoche a inspeccionarte, pero no permitimos que se acercara demasiado.

—¿Era un tigre?

—No.

—¿Qué era?

—Una amenaza. No estás listo para entender estas cosas todavía. Manna miró a Ennoia como si esperara ser contradicho, pero Ennoia no dijo nada. Los Maestros extendieron sus alas hacia atrás para formar un anillo exterior.

Quería saber más, pero asumí que el tema estaba cerrado. —¿Visitaremos nuevos lugares hoy?

—No. Hoy, trabajarás.

—¿Qué quieres decir?

—Te enseñaremos cómo construir un refugio. No estás a salvo durmiendo a la intemperie.

—¿Estás diciendo que Creador no puede protegerme?

Capítulo 18

Desafío

—Creador te protegerá de las amenazas a tu alma —Manna dijo —. Un refugio te protegerá de bestias peligrosas, pero su principal objetivo es protegerte del clima.

—El clima? ¿Por qué Manna asociaría el clima con bestias peligrosas?

—El clima no es constante. A veces, el agua cae del cielo. Eso se llama lluvia.

—¿Está mal la lluvia?

—No. Es buena para las plantas. Pero puede ser fría y desagradable, especialmente cuando sopla el viento.

—Dile a Creador que detenga el viento cada vez que llueva. —Tan pronto como las palabras salieron de mis labios, supe que eran tontas. Desearía poder regresarlas a mi boca.

—No va a detener el viento a petición tuya. Es por eso que debes construir un refugio.

—Prefiero ir a explorar, en su lugar.

—Hoy no, Amado —Ennoia dijo.

—No quiero construir un refugio. No me importa la lluvia.

Los Maestros, que estaban sentados, levantaron sus alas.

Dijo Ennoia: —Esto no se trata del refugio ni de la lluvia. Lo que importa es que tú debes hacer lo que te decimos.

Por fin, su agenda oculta se reveló, mis sospechas fueron confirmadas. Los Maestros buscaban controlarme. No les daría la oportunidad. —No, no lo haré.

En un movimiento rápido, Ennoia se puso de pie y extendió sus alas alto y ancho, con las plumas doradas desplegadas en amenaza.

Empujados hacia arriba por el ascenso de Ennoia, Manna y Aable saltaron para pararse junto a Ennoia. Sus seis alas formaban una pared alta y amenazante de plumas. Me paré y me enfrenté a ellos. Con ambas manos, apreté con fuerza mi barredor, en caso de que intentaran quitármelo de nuevo.

Ennoia cruzó los brazos. —Estás bajo nuestra autoridad y debes obedecernos.

—¿Qué vas a hacer si no lo hago?

—Vamos a quitarte algo.

Agarré mi barredor con más fuerzas y lo halé cerca de mi pecho.

Dijo Ennoia: —Esta vez será algo más valioso que tu ramita.

¿Qué podrían tomar además de mi barredor? ¿Estaban mintiendo?

—Haz lo que tengas que hacer —le dije—. Voy a explorar.

Di la vuelta y me fui con pasos rápidos y decididos, todavía agarrando mi barredor con ambas manos, por si acaso. No miré hacia atrás. Preparándome para lo que pudiera pasar, lo esperé, conteniendo la respiración, pero seguí caminando. Y caminando.

Nada pasó.

Me relajé y reanudé la respiración.

Satisfecho conmigo mismo por ganar esa partida, me sentí aliviado de que nada saliera de ello. ¿Cómo se atreven a amenazarme? Su necesidad de recurrir a amenazas significaba que estaban perdiendo el control sobre mí. Fue un acontecimiento positivo. ¿Pero por qué me sentía tan inquieto?

Me calmé y traté de disfrutar de mi libertad. Me decidí por una colina alta en la distancia y me fui hacia ella cuesta arriba, a través del terreno de matorrales bajos y árboles de castaño de indias.

Al no tener que seguir el ritmo de nadie, alterné entre serpentear y trotar. Tiraba mi barredor al aire, más alto y más alto, atrapándolo cuando caía.

En un barranco flanqueado por arbustos de salvia, un animal

buscaba comida cavando a través de hojas podridas con la nariz aplanada. Desearía que los Maestros estuvieran aquí para contestarme sobre ello. Les preguntaría más tarde. ¿Y si no quisieran nada más que ver conmigo? Aun los necesitaba para que me mostraran cuales plantas eran seguras para comer.

Al acercarme al pico, me encontré con un matorral crecido de arándanos espinosos y teñidos de rosa. Traté de meterme entre los arbustos espinosos, pero me arañé las piernas en las zarzas. En lugares donde el matorral era demasiado denso, tuve que retroceder y elegir otra ruta. Me negué a retirarme o admitir que había tomado una mala decisión.

Nubes grises reunidas en el cielo, cubrieron todo el azul. Mi inquietud anterior merodeó, atormentándome con la sensación de que algo estaba mal con el mundo.

Después de batallar en mi camino a través de los matorrales problemáticos, salí al otro lado con muchos cortes en mis piernas. Miré hacia atrás con sentimiento de logro, exhalé con alivio. Avanzando una corta distancia más lejos, llegué al borde de un acantilado alto que no tenía camino para llegar al campo de hierba que estaba abajo. No quería volver a pasar por el horrible matorral, así que caminé por el borde del acantilado con la esperanza de encontrar una manera de bajar. Las nubes se engrosaron y oscurecieron. Un fuerte viento sopló, golpeando mi cuerpo con ráfagas beligerantes.

Pequeñas gotas de agua cayeron sobre mi piel. Examiné las gotas en mi brazo. Esto debe ser lluvia, pensé. Parecía inofensivo. Lamí las gotas de mi piel salada. Entonces abrí la boca y dejé que las gotas cayeran en mi lengua, dando un cosquilleo de frescura. La lluvia no era mala del todo.

Sin previo aviso, las gotas se convirtieron en un aguacero. Los riachuelos de agua corrieron por mi cuerpo. El frío empapó mi piel. Cuanto más feroz soplaba el viento, más frío me daba. No pude escapar de la lluvia. El matorral de un lado. El acantilado en el otro. El agua turbia cubrió el suelo y licuó la suciedad en barro pegajoso. Chapoteé en el barro a lo largo del borde del acantilado, queriendo ser rescatado.

Capítulo 19

Repercusión

Llegué a una hendidura en el acantilado donde el terreno se había deslavado en un promontorio que iba disminuyendo entre rocas y tierra. El agua lluvia se vertía por la hendidura y caía por las rocas como una cascada lodosa. Descendí por las rocas, una a la vez, colocando un pie en la roca de abajo, y luego bajando el otro pie.

Cuando pisé un espacio de barro resbaladizo, mi pie se deslizó. Caí y aterricé en mi trasero, luego me resbalé por la roca y me raspé la espalda al aterrizar en la siguiente. Me deslicé de esa roca resbaladiza y me golpeé el trasero en las rocas cuesta abajo.

Cuando me detuve, me quedé acostado de espaldas. Luché por levantar el cuerpo magullado. Me dolía el trasero. Me picaba la espalda. Mis piernas estaban ennegrecidas de barro. Debí haberme dado la vuelta cuando vi por primera vez el matorral. Había pagado el precio por mi terquedad.

La lluvia continuó empapándome. Busqué mi barredor y lo vi a mitad de camino de la pila de rocas. Escalé la cascada sucia para recuperarlo. Después de sacarlo del barro, lo sostuve para que la lluvia lo enjuagara. Luego descendí de espaldas, esta vez aferrándome a las rocas con mis manos y el barredor sujetado entre mis dientes.

Abajo, temblando, eché una mirada rápida al terreno en busca de un lugar para escapar de la lluvia incesante y acosadora. La hierba y las flores silvestres se extendían a través del campo empapado por debajo del acantilado. Un árbol espinoso estaba en la distancia a más de cien pasos. Maltratado por la lluvia, corrí, chapoteando a través del campo fangoso hacia el árbol, esperando que mi miseria terminara pronto.

El árbol me proporcionó poco refugio de la lluvia y nada hizo para protegerme del viento poderoso. De pie, sentía más frío que nunca. ¿Cómo se mantenían calientes los animales? Todos los animales excepto yo tenían pelaje o plumas. ¿Por qué Creador se había descuidado de darme pelaje? Acurrucado, envolví mis brazos alrededor de mis piernas, tratando de calentarme. Me aferré a mi barredor para mayor comodidad, pero eso no tuvo ningún efecto.

Mi estómago rugía de hambre porque no había comido hoy. Miré el árbol, luego hacia abajo a las plantas cerca de mis pies, pero no me atreví a arriesgarme a comer las hojas. Decidí esperar a que la lluvia se detuviera antes de buscar comida.

Temblando bajo el árbol, esperé. La lluvia continuó sin cesar. ¿Cómo pueden las nubes contener tanta agua? ¿Sus vejigas se vaciarían alguna vez?

Debido a la amenaza de los Maestros, creí que eran responsables de mi difícil situación. Habían enviado la lluvia para castigarme. Querían probar que me equivoqué al decir que no necesitaba un refugio. La lluvia me había convencido de lo contrario. Hablé con la lluvia. —Lo siento. Debí haber escuchado a los Maestros. Diles que lo siento. Diles que me equivoqué.

En ese momento, algo cambió dentro de mí. Mi inquietud se convirtió en calma. Rastreé la calma a lo largo de su flujo, hacia su fuente, en mi centro, y encontré la paz. La paz me abrazó y me aseguró que se me valoraba. Todavía estaba perdido, frío y hambriento, pero esos estados ya no tenían poder para atormentarme.

Dentro de mi mente, se formaron palabras, suaves como un susurro, casi imperceptibles. —Sigue el flujo.

—¿Creador?

—Sí —dijo el susurro.

El agua lluvia se había encharcado en el suelo y formó un arroyo que fluía a través del campo. Creí que Creador quería que siguiera esa corriente. —¿Es ese el camino a casa?

—Sí —susurró.

Me consoló que Creador me hubiese encontrado y quisiera llevarme a casa. Me sorprendió por lo profundo de Su cuidado. Había estado tan cerca que podía oír Sus susurros y sentir el calor de Su presencia.

Dejando la escasa protección del árbol, seguí el arroyo poco profundo en la dirección de su flujo. Poco después, la lluvia se detuvo. Las nubes se adelgazaron, y el sol comenzó a calentarme. Por el camino pasé vides de guisantes. Abrí las vainas y me metí los guisantes dulces y crujientes en la boca hasta que ya no tuve hambre. Luego reanudé el seguir de la corriente hasta que desapareció, empapando el suelo. En ese momento, reconocí mi entorno y supe que el prado estaba cerca.

—Gracias, Creador. —Por segunda vez, había guiado mis pasos. Mis entrañas temblaban de asombro y debilidad, por la vulnerabilidad que surgía del reconocimiento de mi ineptitud y de mi necesidad fundamental de depender de Él.

Cuando llegué a la pradera, vi a los Maestros sentados en un círculo en el campo abierto, con sus enormes alas esparcidas sobre la hierba, secándose al sol. Me desaceleré cuando me di cuenta de que podrían ser crueles conmigo. Al verme, levantaron sus alas y se pusieron de pie para saludarme. Se reunieron en formación típica con Ennoia al frente, Manna y Aable en la parte posterior.

Me enfrenté a ellos y bajé la cabeza. —Lo siento. No debí haber desobedecido. Si quieren que construya un refugio, lo haré.

Manteniendo los ojos bajos, esperé mi castigo.

Capítulo 20

Recursos

Dijo Ennoia: —Te perdonamos, Amado.

Miré con sorpresa, esperando una respuesta más dura.

—Algún día aprenderás a confiar en nosotros —dijo Aable.

—Nos complace que hayas hecho contacto con Creador —dijo Manna.

Sonreí. —Yo también. ¿Cómo pude oírlo?

—Escuchaste con tu alma. Tu espíritu deposita Sus mensajes en tu cuerpo o en el espacio abierto dentro de tu mente. Sólo tienes que prestar atención.

—¿Crees que tiene más mensajes para mí?

—Siempre. Pero sabe que Sus mensajes rara vez toman la forma de palabras. A menudo se manifiestan como flujos, como vientos o arroyos.

Ansioso por más, cerré los ojos y busqué mensajes. Algo se movió dentro de mi cuerpo, dentro de mi umbilicentro. Me concentré en mi umbilicentro y entré en su flujo. Una corriente que daba vida refrescó cada rincón de mi ser. Esta vez no recibí palabras. En cambio, la afirmación ardiente se apoderó de mí. No sabía si el flujo en sí era Creador o no, pero bebí de él como un colibrí en su flor favorita.

Ennoia interrumpió mi éxtasis. —Cada vez que te resistes a Creador, te alejas del flujo. Cuando nos desafiaste hoy, lo desafiaste y deshabilitaste tu conexión con Él.

Tenía razón. Mi conexión con Creador había sido desactivada durante mi aventura. Eso explicaba por qué me había sentido inquieto hasta que me disculpé. Los Maestros no habían fingido. Me quitaron algo. ¿O me había hecho eso yo mismo?

—Antes de que podamos construir un refugio, debes aprender algunas habilidades básicas —dijo Manna—. Primero, tenemos que encontrar una roca afilada.

Aunque Manna dijo "nosotros" se refería a mí. Los Maestros empleaban este modelo cada vez que había algo que hacer.

Crucé el prado en busca de rocas afiladas. Después de mostrar a los Maestros muchos candidatos, encontré una roca que Manna aprobó, una roca plana que tenía un borde afilado.

Luego, Manna me pidió que encontrara una rama de árbol caída que se dividiera en tres extremidades. Después de buscar durante mucho tiempo, regresé a los Maestros y dije: —No puedo encontrar una. He buscado por todas partes.

—Pregúntale a Creador —dijo Aable. Sonrió y guiñó el ojo.

Me acordé de mi compañero invisible y sonreí. —Creador, ayúdame a encontrar la rama que necesito.

Buscando el espacio abierto dentro de mi mente, no encontré nada. En vez de eso, percibí algo en mi cuerpo. Un tirón de mi ser hacia una arboleda. Seguí el tirón y entré en la arboleda. Un grupo apretado de hayas me llamó la atención. Me acerqué y vi un montón de restos en la base de esos árboles. Acostada en la parte superior de los restos había una rama que se dividía en tres extremidades. —¡Eso es increíble! Gracias, Creador.

Dentro de mi mente, se formaron palabras de Creador. —Estoy contigo y para ti.

Sonriendo, regresé a los Maestros con la preciada rama.

—Excelente —dijo Manna—. Ahora, necesitamos hierba larga y robusta.

Una vez más, entendí que "nosotros" se refería a mí. Esta vez, cuando le pedí ayuda a Creador, vi una imagen de hierba alta y rojiza en mi mente. Me acordé que ayer al caminar pasé por la hierba y corrí hacia su ubicación. Usando el borde afilado de la roca, corté varias hojas largas.

—Nuestro siguiente paso es ensamblar la herramienta —dijo

Manna cuando le mostré las hebras de hierba. —Ve a buscar un lugar donde sentarte y te instruiré.

Llevando los objetos recogidos, encontré un lugar sombreado y me senté en el suelo. Luego puse los artículos delante de mí. Después de que los maestros se sentaron frente a mí, Manna me guió paso a paso.

Pelé la corteza de la rama como mi primer paso. A continuación, metí el extremo desafilado de la roca en la cuna creada por las tres extremidades bifurcadas. Rasgué la hierba a lo largo en cintas delgadas. Después de atar nudos, una práctica frustrante, aseguré la roca dentro de la cuna con los amarres de hierba.

—Bien hecho, Amado, —dijo Manna—. Esa herramienta se llama hacha. Se usa para cortar ramas. Vamos a probarla.

Los maestros se acercaron a un pequeño árbol, y yo seguí. Manna señaló una rama y dijo: —Agarra el hacha al final de su mango. A continuación, golpea con el borde afilado contra la rama.

Abalancé el hacha. La rama se rompió donde la hoja del hacha golpeó. Me reí. Entonces, recordando mi lesión en el pie, inspeccioné el árbol en busca de sangre, pero no vi ninguna.

—Usaremos el hacha para cortar ramas para tu refugio —dijo Manna.

Los Maestros eligieron un lugar para mi refugio junto a un afloramiento de grandes rocas en lo alto de una pequeña colina. El refugio estaba situado frente a una roca de granito de lado plano que estaba a la altura de la cintura. Dos pasos frente a la roca, un par de grandes árboles de laurel crecían separados un paso de distancia. A ambos lados de la roca de granito, rocas más pequeñas formaban un recinto curvo que hacía un medio círculo alrededor de los dos árboles.

Después de inspeccionar el sitio, dijo Manna: —Necesitaremos ramas, hierba más robusta y muchas hojas gigantes.

Cuando regresé con mi primera carga de materiales, vi una pequeña pila de ramas y hojas junto a los Maestros. Cada vez que volvía con más, su pila había crecido, aunque nunca los veía llevando nada ni haciendo ningún trabajo. Después de unos cuantos viajes más, teníamos suficientes ramas y hojas.

—Estamos listos para construir —dijo Manna—. Primero, necesitaremos fuertes vigas para atravesar desde los árboles de laurel hasta las rocas. Corta seis árboles delgados y corta sus ramas.

Obedecí. El corte fue un trabajo agotador, requiriendo muchos golpes de hacha para cortar a través de cada tronco. Mis manos se hincharon de apretar, mis palmas rojas y sensibles por la rugosidad del mango del hacha. El sudor supuraba de mi piel y goteaba por mi cara.

Arrastré los seis árboles talados en una pila y comencé a recortar las ramas con el hacha. Los maestros se sentaron cerca y observaron. ¿No tenían algo mejor que hacer que verme cortar árboles?

La remoción de las ramas tomó mucho tiempo. Mi trabajo se desaceleró a medida que mi energía disminuía. Después de dos árboles, dije, —¿Tengo que seguir haciendo esto?

—No —dijo Ennoia. —No podemos obligarte a hacer nada.

—Me han estado forzando todo este tiempo —le dije, alzando la voz.

Las alas de Ennoia se levantaron y se extendieron.

Contuve mi lengua.

Capítulo 21

Incapacidad

Ennoia dijo: —Puedes dejarlo en cualquier momento. Este refugio es para tu beneficio, no el nuestro. Creador quiere que lo termines. Si lo rechazas, tu conexión con Él se desactivará.

—No es una elección justa —le dije—. Si renuncio, entonces seré castigado.

—No castigado. Tu conexión con Creador se verá obstaculizada por tu decisión de distanciarte de Él. La elección no es difícil.

Atrapado por las artimañas de Ennoia, cedí. Cogí el hacha y reanudé el recorte con furia sin control. Golpeé el hacha contra una rama, lanzando astillas de madera en todas direcciones.

Ennoia dijo, —Detente ahora mismo. Necesitas tomar un descanso. Ve a buscar algo de comer. Esperaremos aquí hasta que regreses.

Tiré el hacha, agarré mi barredor y me fui con paso firme. Vagué hasta que mi ira disminuyó y los Maestros estuvieron al otro lado del mundo. Después de recoger algunos piñones, los esparcí en una piedra grande y plana. Sentado con las piernas cruzadas junto a la piedra, dije: —Gracias, Creador, por esta comida.

—Estás más enojado que agradecido —dijo Creador.

—Estoy enojado. Los maestros siguen mandándome.

—Te aman tanto como yo.

—Lo dudo.

—Lo hacen.

Una paz tranquilizadora trató de entrar a través de mi umbilicentro, pero lo alejé, prefiriendo mantenerme enojado.

Encontré fresas y me las comí sin prisa. Después de haber

comido todas las bayas maduras que encontré, incluso algunas inmaduras sin detenerme, arrastré mi ser de vuelta a los Maestros.

Sin hablar, seguí recortando los árboles mientras los maestros observaban, encaramados como tres loros quisquillosos supervisando mis esfuerzos.

Después de haber recortado los seis árboles, dijo Manna: —Has hecho un excelente trabajo, Amado. Ahora, coloca las vigas a través del hueco entre los árboles de laurel y las rocas.

Puse los extremos gruesos de las vigas en hendiduras entre ramas y até cada una a su rama de soporte. Las seis vigas en forma de abanico, como los radios de una tela de araña. Se inclinaban desde el par de árboles centrales hasta el recinto de roca circundante, en el que descansaban. En su punto más alto, el techo del refugio alcanzó la altura del pecho.

Mientras amarraba la última viga, los Maestros se fueron. Regresaron con algunas zanahorias, albaricoques y cacahuates, y los colocaron en un afloramiento plano de granito que sobresalía cuatro pasos frente a los dos árboles. En memoria del primer regalo de comida de Creador en la piedra roja, golpeé cada pedazo de comida contra la mesa de granito, di gracias sin hablar y me las comí. Mientras comía, revisé mi progreso, sintiendo satisfacción al ver el trabajo de mis manos, doloridas como estaban.

Ansioso por poner fin a mi esclavitud, reanudé el trabajo en el techo del refugio. Puse ramas a través de las vigas y las até en su lugar. El diseño se asemejaba aún más a una tela de araña. Después, los Maestros me enseñaron a atar hojas gigantes en capas superpuestas para crear una barrera impermeable. Para cuando terminé el techo, el sol ya se había puesto, sin querer esperar a que terminara.

Los maestros me sugirieron que pasara la última parte de la luz del día recogiendo hierba suave para mi cama. Entonces me desearon un sueño agradable y desaparecieron en un zumbido emplumado. Con poco tiempo restante, reuní puñados de hierba fresca y los esparcí bajo el techo de mi refugio.

Agotado, me relajé en mi nueva cama. El dolor impregnaba mi cuerpo. Mi barredor estaba apoyado contra la pared de granito posterior. Miré al techo y sonreí con satisfacción. En la luz tenue, estudié las filas de ramas paralelas. Me perdí mirando las estrellas que se asomaban a través de los robles, por encima de mi antigua área para dormir. En este pequeño espacio, me sentí confinado, enjaulado por todos los lados menos uno.

Consideré dormir justo fuera del refugio para poder ver las estrellas conocidas, pero eso parecía ridículo ya que pasé todo el día construyendo el techo. ¿No debería beneficiarme de mi trabajo? Por otro lado, ¿cuáles eran los riesgos de dormir afuera? Si llueve, volvería adentro. Un tigre podría matarme en cualquier lugar. El refugio fue idea de Creador. ¿Le disgustaría si no durmiera dentro de él?

Después de mucha deliberación, decidí que estaba haciendo demasiado de la nada. Así que, antes de volver a cambiar de opinión, reuní mi cama de hierba en paquetes y los esparcí frente a mi refugio. Acostado a la intemperie, disfrutando de las estrellas, una inquietud se expandió e intensificó. Noté mi creciente distanciamiento de Creador. No sabía si estaba permitido mover la cama. Esa incertidumbre creó una ansiedad creciente.

—Creador, ¿puedo dormir afuera?

No hubo respuesta.

Interpreté el silencio como el disgusto de Creador. Sin reemplazar mi cama, me apresuré a entrar de nuevo bajo el techo del refugio. No me movía ni hacía ruido, temía que, si lo hacía, empeoraba las cosas. Mi conexión con Él se sintió dañada. Anhelaba preguntarle cómo corregir esta grieta, pero no me atreví porque temía otra respuesta silenciosa.

Capítulo 22

Presunción

Después de mucho tiempo, encontré valor para hablar. —Creador, siento haber movido mi cama. No sabía que no estaba permitido. Por favor, perdóname.

Creador respondió como una voz audible que se elevaba en la oscuridad, Su voz profunda y resonante. —Mover tu cama estaba permitido. Si te hubiera prohibido mover tu cama, entonces habrías sido culpable de moverla. Tu transgresión es que dudaste de su permisibilidad y lo hiciste, de todos modos. Me ofendiste porque estabas dispuesto a arriesgar mi disgusto. Si haces algo que crees que está prohibido, incluso si tu creencia está equivocada, violas tu creencia, traicionas tu integridad y me deshonras.

Mi pecho se apretó alrededor de mi corazón, haciendo que latiese más rápido. —No lo sabía—le dije, asombrado de que Creador pudiera sentirse ofendido con tanta facilidad.

—Porque no lo sabías, actuaste por duda. Cuando tus acciones no se basan en la verdad, entonces te alejas de Mí porque yo soy la Verdad. Estás a la luz de la verdad o en la oscuridad. Cuando te disculpaste, volviste a la verdad, y tu conexión fue restaurada.

—Perdóname por ofenderte. No quise alejarte. —No podía soportar que hubiese herido a Creador. Un peso aplastante presionó contra mi pecho.

—Tú estás perdonado, Amado. Si hubieras desobedecido Mi mandato, entonces la situación habría sido más grave. La desobediencia intencional cortaría tu umbilicentro y destruiría tu conexión con Nosotros.

—No te desobedeceré —le dije con confianza.

—Todo está bien, Amado. Está en paz.

Con esas palabras, el amor se apoderó de mí y dejó una calma reconfortante sobre mi alma.

Al dormirme, mi mente repasó las acciones de cortar árboles y atar nudos. Esas imágenes pasaron a un estado más profundo, más vívido, donde construí una torre de madera alta. La torre estaba más alta que las copas de los árboles y rascaba las nubes. Los pájaros que pasaban se dieron cuenta y se posaron en la torre, queriendo participar de su esplendor. La noticia de la torre se extendió a lugares lejanos y exóticos, atrayendo aves curiosas para ver si los rumores de su gloria eran ciertos. En el sueño, sentí una emocionante sensación de logro.

Cuando desperté, esos sentimientos de placer permanecieron.

Acostado sobre mi espalda, con los ojos abiertos, saludé el día diciendo: —Te deseo, Creador. —Mi alma tenía sed del alimento que sólo Él podía dar. Busqué dentro de mi ser, encontré mi umbilicentro, mi centro donde cuerpo, alma, espíritu y Creador se cruzaban. Cuando engranaba mi umbilicentro, chupaba su néctar caliente y dulce.

—Eres amado, Amado —susurró Creador en los pasillos de mi alma.

—Te amo, Creador —susurré a cambio.

—Coopera con los Maestros hoy. Pretenden sólo lo que es mejor para ti.

—Voy a intentarlo.

Los Maestros aparecieron, sentados en la mesa de granito cerca de mi refugio. Salí de debajo del techo de mi refugio y me acerqué a ellos.

Manna inclinó la cabeza como un pájaro, su garganta verde esmeralda parpadeó a la luz del sol. —Bendiciones para ti, Amado.

—Bendiciones —le contesté, ignorando lo que significaba la palabra.

Aable me miró con sus brillantes ojos azules. —Estás lleno de luz esta mañana.

—Creador me dio de comer antes de que vinieras —le dije.

Los Maestros asintieron entre sí.

—Hoy construiremos una pared frontal para tu refugio —dijo Manna.

Amurallar en el frente sólo aumentaría mi sensación de confinamiento. Mi cuerpo se llenó de escalofríos ante la idea de estar sellado. ¿Era esta jaula otro plan para mantenerme bajo su control?

Después de atender mis necesidades corporales, comencé mi segundo día de trabajo duro afilando mi hoja de hacha. Los Maestros me enseñaron como rasparla contra otra piedra. Después, me instruyeron en la fabricación de una nueva herramienta, llamada llana. Usé la llana para cavar agujeros a lo largo del borde frontal de mi refugio, a poca distancia dentro del voladizo del techo. Corté seis árboles pequeños, recorté sus ramas, los metí en los agujeros y los até a la parte superior de las vigas delanteras del techo. A continuación, até filas horizontales de palos a través de los postes verticales para crear una pared frontal. Mis manos y hombros me dolían más que ayer.

La apertura entre los dos árboles de laurel se convirtió en la entrada a mi refugio. Construí un robusto panel rectangular de palos atados que funcionaba como una puerta. La puerta tenía la bisagra en la parte superior para que se balanceara hacia arriba y hacia fuera. Mantenía la puerta apuntalada horizontalmente con un palo largo y vertical. Quitaba el palo cuando quería cerrar la puerta.

Al final del día, terminé mi refugio. La pared frontal selló el recinto de rocas, creando una jaula para que los Maestros ya no tuvieran que cuidarme por la noche.

Empujé un poste de la pared para probar su firmeza. Se mantuvo firme. —Nada puede derribarlo —dije con orgullo.

Los Maestros se sentaron detrás de mí en la mesa de piedra. Manna replicó diciendo: —Creador puede demolerlo.

Me volví para enfrentarme a ellos. —¿Por qué haría eso?

—Muchas razones. Para enseñar una lección. Para mostrar Su poder. Para reemplazarlo con algo nuevo. Creador construye y destruye. Es a la vez hacedor y destructor.

Alcé la voz. —Te equivocas. Es bueno. Nunca destruiría nada.

Los Maestros se pusieron de pie, con la cara severa.

Supuse que no les gustaba estar equivocados. O que alguien como yo les dijese cosas.

Capítulo 23

Arrogancia

—Creador destruiría si tuviera un propósito —dijo Manna.

—No. Eso no es verdad. —Era mi turno de enseñar a los Maestros.

Ennoia extendió sus alas y dijo, lento y firme: —Siempre decimos la verdad. —Las alas de Manna y Aable también se extendieron.

—No. No estás en la verdad —le dije—. Eso significa que estás aislado de Creador.

Los ojos de Ennoia destellaron rojos. —No sabes lo que estás diciendo.

—Sí, lo sé. Creador lo dijo.

—Estás aplicando mal Sus palabras.

Alcé la voz. —Creador no miente. No estás de su lado. Yo estoy lleno de luz. Tú estás lleno de oscuridad. Creador me ama . . . Tú . . . no.

En ese momento, sus alas estaban estiradas a toda extensión, temblando de intensidad. Ennoia dijo: —No nos hablarás de esta manera.

Como una honda liberada, los Maestros empujaron sus alas en mi dirección. Una violenta ráfaga de aire golpeó mi cuerpo, tirándome hacia atrás. Mi espalda y mi cabeza se golpearon en el suelo. Traté de moverme, pero mis músculos no respondieron.

—Estás lleno de algo —dijo Ennoia—, y no es luz ni verdad.

Los Maestros se agacharon a mi alrededor mientras yo estaba indefenso. Aable puso su mano en mi pecho y me miró a los ojos. Miré de nuevo a los ojos azules de Aable con desafío. Cuando la emoción se volvió demasiado, traté de mirar hacia otro lado, pero no pude.

Dentro de mi pecho, algo golpeaba como una salamandra retorcida. Me asustó porque no tenía control sobre ello. Estranguló mi umbilicentro, asfixiando mi alma. Resistió y pateó, pero algo inmenso lo eclipsó, lo encerró y lo aplastó como un insecto. La luz y la vida se reanudaron fluyendo a través de mi umbilicentro. Un líquido fluyó de las esquinas de mis ojos y goteó más allá de mis oídos.

Creador habló dentro de mi mente: —Yo creo. Yo destruyo. En todo lo que hago, amo. Mis propósitos abarcan la alegría y el dolor, la vida y la muerte, el crecimiento y la decadencia. No puedes comprender todos mis caminos. Sólo te pido que confíes.

Aable retiró la mano. Los Maestros se enderezaron y dieron un paso atrás. Mi parálisis se desvaneció. Conmocionado, me senté y miré mis rodillas. Sentí los tres pares de ojos mirándome.

—Lo siento. Yo no lo sabía.

—Te perdonamos, Amado —dijo Manna—. Ten cuidado con lo que sabes. Nunca está completo. Nunca presumas que conoces a Creador en su totalidad.

Miré a los maestros y estudié sus rostros serios. —Tienes razón. No sé nada.

Aable extendió su mano. Lo agarré y me levanté. Sin previo aviso, Aable me haló y me abrazó. Ennoia y Manna también me abrazaron. No me sentía adorable en ese momento, así que los abrazos se sintieron incómodos e inmerecidos.

—¿Qué pasó dentro de mí? —pregunté.

—Las actitudes desafiantes generan su propia energía auto sostenible —dijo Manna—. Se resisten a ser desafiadas o removidas. Creador se deshizo de tu arrogancia antes de que pudiera afianzarse.

—Gracias, Creador —susurré para que los Maestros no pudieran oír. Luego hablé con Ennoia—. Estoy confundido. Dijiste antes que Creador no destruye nada, pero Creador dijo que sí destruye.

—Ambas son verdades. Nada se aniquila. Cuando Creador destruye algo, su sustancia simplemente se transforma. El ritmo del universo es transformación.

—Has trabajado duro estos dos días —dijo Manna—. Mañana, te daremos el día libre para hacer lo que quieras. Si quieres caminar a las montañas y ver una cascada, te llevaremos. Piénsalo. Te dejaremos, ahora, y volveremos mañana.

Cerré los ojos anticipando la ráfaga de aire. Cuando los abrí, estaba solo. Cada vez que partían así, en su lugar quedaba un espacio vacío.

Después de comer algo, me arrastré a mi refugio, cerré la puerta y me tiré con agotamiento. El pequeño refugio me apretó, encerrándome dentro de una jaula de mi manufactura. No me gustaba el confinamiento, pero no me atrevía a dormir en otro lugar.

Esa noche, reflexioné sobre cómo podría pasar mi día libre mañana. Mis pensamientos seguían regresando a Creador. Sentí gratitud y remordimiento. Debe haber una manera de apaciguar esos sentimientos, de mostrarle que fui sincero.

Como había aprendido algunas habilidades, podía hacer algo para Creador. No. Eso fue una tontería. ¿Qué se hace para el Creador del universo? Entonces recordé el sueño de anoche. Construiría una torre de madera como tributo a Él. Una espléndida torre digna de Creador. Él lo agradecería. Estaba seguro de ello.

Capítulo 24

Homenaje

A la mañana siguiente, les dije a los Maestros: —Quiero pasar mi día libre solo.

—Entendemos —dijo Manna—. No vamos a interferir con sus planes.

Los Maestros se dieron la vuelta y se alejaron, sacudiendo las alas. Al verlos irse, no podía creer que estuvieran tan de acuerdo. Esperaba que me rechazaran, dada su inclinación por controlar cada uno de mis momentos. Habían dado a mi día un comienzo maravilloso. Un día sin los Maestros.

Supongo que Creador me estaría observando mientras construía la torre. No tenía forma de saber si Él estaba al tanto de mis intenciones, pero esperaba que mi regalo lo sorprendiera. Todo necesitaba quedar perfecto para que Él supiera cuánto lo amaba. Mi disposición a dedicar otro día al trabajo arduo a pesar de mi dolor muscular evidenciaría mi dedicación.

Mi aventura comenzó con la selección de un lugar plano y arenoso cerca del lago como el lugar para la torre. Talé cuatro árboles altos y delgados y les recorté las ramas. Luego cavé cuatro agujeros equidistantes y puse un poste de madera en cada uno. En mi mente, las puntas de los postes se unirían en un punto, pero eligieron, en cambio, inclinarse de forma azarosa y entrecruzada.

Ajusté cada poste guiándolo hacia el centro, tratando de conseguir que las puntas se encontraran. Cada vez, golpeaba los otros postes y los dejaba fuera de su lugar. Esperaba que Creador no estuviera viendo mi ineptitud. Con la práctica, logré alinear tres postes. El tratar de colocar el cuarto siempre destruyó la alineación, haciendo que los postes se voltearan hacia abajo en nuevas configuraciones grotescas. Una y otra vez, lo intenté sin éxito. Recordé a Manna diciendo: —La perseverancia se vuelve tonta cuando los resultados no cambian. —Me quejé de darme cuenta de que los Maestros se habían infiltrado en mi día después de todo.

Me senté y miré la fea mezcla, tratando de averiguar cómo arreglarlo. Piensa, Amado. Piensa.

Saqué los postes de sus agujeros y los puse uno al lado del otro. Até sus puntas con tiras de hierba, y luego los metí de nuevo a los agujeros. La estructura se inclinó asimétricamente porque los postes eran de diferentes longitudes. Los corté a la misma longitud y lo intenté de nuevo. Esta vez, la estructura se inclinó porque los agujeros tenían profundidades diferentes. Creador debe haber estado riendo ahora, pero me había quedado sin humor. Ajusté los agujeros y puse los postes en ellos, pero el marco aún se inclinó. Sacudí la cabeza con asombro de que algo tan simple pudiera ser tan difícil. Se necesitaron algunos ajustes más antes de que el marco se mantuviera recto, o al menos lo suficientemente recto como para adaptarse a mi impaciencia.

Até ramas horizontales a través de cada par de postes, trabajando de abajo hacia la parte superior del marco. Copiando el patrón de mi sueño, la estructura tenía cuatro lados que se estrechaban hacia adentro para formar una punta. Las ramas inferiores servían como peldaños por los que subía para añadir los elementos superiores.

La parte de arriba necesitaba algo especial. En mi sueño, los pájaros llegaban a dormir en mi torre. Como homenaje a eso, encontré cuatro plumas y las sujeté a la cima de la torre. Las plumas anunciaban mi invitación para que los pájaros vinieran y ofrecieran su tributo. Me divertí con la idea de arrancar plumas de las alas de los Maestros para adornar la punta.

Terminé la torre al anochecer. Se elevó tres veces mi altura. Su imponente silueta rayaba el cielo oscuro con su puntiaguda aguja.

Me senté a admirarlo, agotado pero satisfecho con el resultado final. Mi emoción creció al anticipar la respuesta de Creador. Mis ojos trazaron las líneas de la torre, apreciando cada detalle. Quería que los pájaros y todas las criaturas tomaran nota de mi magnífica obra y la elogiaran. La auto felicitación surgió dentro de mí, alzándose sobre todos los demás sentimientos. Sin duda, Creador estaría impresionado.

Con los ojos fijos en la torre, me puse de pie y anuncié: —Creador, he construido un monumento para Ti. Su grandeza representa Tu grandeza. —Sonreí, esperando la aprobación de Creador a mi trabajo y dedicación.

La torre se iluminó desde detrás de mí. Me di la vuelta y vi una niebla arremolinada que flotaba a nivel de los ojos. La niebla brillaba blanca contra el cielo tenebroso, iluminando el suelo debajo y reflejando el lago sombrío como duras medias lunas blancas. Miré a Creador con asombro mientras lo veía por primera vez. No dijo nada, y yo lo imaginé sin habla al ver mi regalo. Volví para admirar mi torre, uniéndome al Creador en Su adoración a ella.

Ante mis ojos, todos los amarres de la torre, de arriba abajo, explotaron en rápida sucesión con estallidos que rompían los oídos. La torre se retorció y deformó antes de caer lateralmente a cámara lenta. Cuando se estrelló contra el suelo, las ramas se astillaron con chasquidos fuertes. Corrí hasta el montón de escombros destrozados, pensando en salvarla, pero me detuve y miré los restos con incredulidad y angustia.

Capítulo 25

Arrogancia

Una voz estruendosa dijo: —Rechazado. Rechazado. Rechazado —sacudiéndome de mi inercia. La voz, con poder propio, me atravesó desde todas las direcciones. No era una voz que hubiese escuchado antes. Me volví hacia Creador, que ahora se arremolinaba con una energía intensa. Encogiéndome, observé la niebla brillante y agitada, esperando ser reprendido. Mi corazón resonó como una piedra al chocar contra otra. ¿Qué había hecho esta vez para ofenderlo? Era imposible complacerlo.

—Rechazo tu regalo —dijo Creador—. El motivo de tu adoración debo ser solo Yo. Cuando ofreciste tu regalo, tus ojos no estaban en Mí, sino en tu obra. Tus ojos permanecieron en ella mientras era destruida. Tu devoción está donde tus ojos están fijos. Adoraste el regalo en lugar de a quien se le dio el regalo. La adoración que quiero es de todo corazón y sin ser diluida por otros afectos.

Sus palabras cortaron mi ser para exponer mi apego a mi logro. La torre se había convertido en un monumento para mí, no para Creador.

—La devoción está en las almas atentas —dijo Creador—. Cada vez que le prestas demasiada atención a algo, entonces ese algo se convierte en el objeto de tu devoción. La arrogancia es la devoción fuera de lugar. Si el enfoque está en ti, entonces la arrogancia se convierte en auto devoción. Rechacé tu regalo porque te enorgulleciste demasiado de él.

No tenía palabras de defensa, así que me quedé en silencio. Mi arrogancia se derrumbó como si hubiera sido derribada por

Creador. Después de que se había derrumbado, me poseyó un caudal de remordimiento que apretó mis pulmones. Mi cara se contorsionó, y la cubrí con mis manos. —Creador, lo siento mucho. Perdóname. Por favor, acéptame de vuelta.

La niebla arremolinada se desaceleró para convertirse en una nube blanca y luminosa cuyas partes se esparcieron sobre suaves corrientes de aire. —Rechacé tu regalo, no a ti, Amado. Eres amado y perdonado. Porque te amo, te corrijo y te disciplino. Vete a casa, a tu refugio, y no te obsesiones con este asunto.

Tambaleando me fui a casa, aturdido por el fiasco de la noche. Presté poca atención a mi camino a pesar de que el bosque ensombreció la escena con tristeza. El día había comenzado con tanto entusiasmo y anticipación, pero había terminado en desastre. Me reprendí por desperdiciar mi día libre. ¿Qué me hizo pensar que Creador apreciaría una torre? ¿Cómo no pude ver los apegos formándose en mi alma? ¿En qué momento mi devoción se transformó en arrogancia?

Me tropecé con una raíz de árbol y caí sobre mis manos y rodillas. Le aullé al bosque, queriendo que supiera que merecía su desprecio. Después de pararme y sacudirme, examiné la raíz despreciable y descubrí que no era un obstáculo, un objeto poco probable que me hiciera caer. Una vez más, fui sorprendido como inconsciente por un problema inadvertido.

Cuando llegué a mi refugio, me arrastré dentro y tiré el palo que abría la puerta. La puerta cayó con una fuerte explosión. Agarrando mi barredor, me acurruqué en mi lecho de hierba y cerré los ojos. Mi estómago tenía espasmos por el hambre. Traté de ignorarlo. Intenté dormir. Traté de olvidar.

La imagen de la torre derrumbándose se reprodujo una y otra vez en mi mente, burlándose de mí. Con cada repetición, se amplificaban los golpes agrios en mi vientre. Traté de detener las imágenes, pero circularon mi cabeza por veces incontables, acosándome en mi sueño con temas de inutilidad y castigo.

Capítulo 26

Depresión

A la mañana siguiente, mi cuerpo estaba agotado y adolorido. Me sentía como si no hubiese dormido. Mis párpados cerrados detectaron la luz que se filtraba a través de las rendijas entre las ramas horizontales a lo largo de la pared frontal. Volteé la cabeza para evitar la luz y quedé de cara al granito sombreado de la pared trasera. Con los ojos cerrados, comencé mi pensamiento obsesivo sobre la noche anterior. Le había fallado a Creador. Me había fallado a mí mismo. ¿Para qué le serviría yo a alguien?

No tenía energía para moverme como si un adversario invisible hubiese puesto un lastre sobre mi cuerpo. El hambre arañaba el revestimiento de mi estómago. No, este tormento agitado estaba más allá del hambre. Algo siniestro se metió en mi interior, algo empeñado en castigarme.

Dentro de mi pequeño refugio, me encerré dentro de mi alma. No podía mirarme a mí mismo sin ver los fracasos, así que me escondí dentro de mi oscuridad interior, alejándome del exuberante bullicio del universo. Encontré un consuelo perverso en mi aislamiento autoimpuesto, una amarga recompensa para mis pensamientos y combustible para mi miseria.

La voz de Ennoia interrumpió mi ensueño hosco. —Amado, sal y saluda. Queremos pasar tiempo contigo hoy.

Con una reticencia adolorida, empujé la puerta y la abrí un poco, eché una miradita por la abertura estrecha. Después de que mis ojos se ajustaron a la luz, vi a los Maestros de pie justo más allá de mi refugio. Parecían contentos de verme, y me retorcí en respuesta a su alegría. Deseaba que se fueran. No quería que nada arruinase mi mal humor. Lento y a regañadientes, salí de mi refugio, manteniendo la cabeza baja, fingiendo que la luz era demasiado brillante para mirar hacia arriba.

—Bendiciones para ti, Amado —dijo Manna.

—Bendiciones —murmuré. Dudé de mi capacidad para ocultar mi disposición—. No me siento bien esta mañana. Creo que debería volver a dormir.

—Amado —dijo Aable de forma afilada.

Miré a Aable, cuyas cejas estaban fruncidas de preocupación. —Vivir en tus errores no te sirve. ¿Nos dejarás ayudarte?

La oferta de ayuda me tomó por sorpresa, no siendo algo que yo esperase o aún deseara. Permanecer miserable parecía la recompensa más apropiada por mi comportamiento. —No merezco que me ayuden —les dije.

—Te enfocas en recompensas y castigos —dijo Aable, luciendo triste y moviendo la cabeza—. El amor da sin tener en cuenta el mérito, pero nunca se fuerza a sí mismo. Tal vez aceptes nuestra ayuda más tarde.

Los Maestros me dieron la espalda y se alejaron.

Este comportamiento me sorprendió aún más. Los Maestros no me ayudaron. Me enojé de la decepción. Tal vez sabían lo que yo sospechaba, que estaba más allá de la ayuda.

Me arrastré de nuevo a mi refugio y cerré la puerta detrás de mí. Aunque me moría de hambre, no tenía apetito. De mi reserva de comida, saqué una naranja y me la comí a la fuerza. Sabía sosa porque mis papilas gustativas estaban apagadas. Perdido en el pensamiento sombrío, mastiqué mi comida hasta el punto de rechinar los dientes. ¿Cómo podría escaparme de estos sentimientos? ¿Durarían para siempre? Recorrí mi lánguida mente buscando una solución, pero no encontré ninguna, volviendo a mi punto de partida con menos esperanza que antes. Mientras rumiaba sobre mi miseria, descendía a la desesperación más profunda.

Cerré los ojos y traté de dejar a un lado mi penumbra. —Creador, por favor ayúdame.

—Si quieres ayuda, sal —dijo Creador dentro de mi mente.

Con mi barredor en la mano, me arrastré hacia la cegadora luz del sol y me paré. Los maestros estaban sentados en la mesa de granito. No podía ocultar mi decepción. —Yo . . . Pedí a Creador.

Los Maestros se pusieron de pie.

—Nos envió a ayudar —dijo Aable.

—Quiero la ayuda del Creador, no la tuya.

—Estamos ofreciendo Su ayuda.

Dudé. —¿Cómo me vas a ayudar?

—Ayudándote a morir.

Di un paso hacia atrás, con miedo. —¿Qué? No, no quiero eso.

—Es la única manera —dijo Aable.

Sacudiendo la cabeza, dije, —No. Déjame en paz.

Aable suspiró.

Los Maestros formaron un grupo, creando una cúpula emplumada con sus alas. Oí voces apagadas. Después, bajaron las alas, me miraron una última vez y se volvieron para alejarse. Sentí satisfacción al verlos irse.

Las palabras entraron sin invitación a mi mente. —Al rechazarlos, Me rechazas.

Me arrepentí un segundo después.

Y a continuación comenzó la desesperanza.

Capítulo 27

Egoísmo

—¡Esperen! Corrí tras los Maestros.

Cuando los alcancé, se detuvieron y se dieron la vuelta.

—Lo siento —dije—. Necesito su ayuda, pero no quiero morir.

—Entendemos —dijo Manna—. Ven con nosotros. Queremos mostrarte algo.

Los Maestros continuaron caminando, y tomé mi puesto entre Manna y Aable. Nadie habló. Seguí, prestando atención a nada más que los pensamientos que rodeaban mi cabeza. Nadie puede ayudarme. Soy demasiado miserable para que me ayuden. Los Maestros fracasarán. Cuando fracasen, sabrán lo desesperado que estoy y me rechazarán. Mi estómago se agitaba con cada pensamiento desesperado.

Dijo Aable: —Amado, ¿has notado que todos tus pensamientos son sobre ti?

No respondí.

—Tu problema es el egoísmo —dijo Manna—. El egoísmo es una energía que se centra en sí misma. Se alimenta de uno mismo, se preocupa sólo por uno mismo, y está tan lleno de sí mismo que excluye todo lo demás. Debes protegerte de sus intrusiones en tu alma.

—Es demasiado tarde para mí. He fracasado.

—No es demasiado tarde. La única manera de lidiar con el egoísmo es morir.

El terror me arrasó la columna vertebral. Luché para evitar que se escapase.

—¿Ves? Manna dijo. —El egoísmo se resiste a cualquier cosa

83

que lo amenace.

—¿Qué me pasará si muero?

—Estarás libre del egoísmo y su control. No lo necesitas, Amado. Todo lo que necesitas se puede encontrar en Creador.

Los Maestros se desaceleraron. —Hemos llegado.

Nos quedamos en el borde de un cráter ancho y poco profundo de arcilla dura e incolora. En el centro del cráter había un árbol solitario ennegrecido por la putrefacción. Dentro del límite circular, nada creía, ni una sola hoja de hierba. Afuera del cráter, las ramas del denso bosque se alejaban del árbol de color carbón, como si se esforzaran por aferrarse a algo para evitar ser absorbidos por el círculo temible.

La brisa que soplaba a través de los árboles se detuvo cuando entramos en el cráter. En el interior, el aire estancado olía a rancio, como carne podrida. El espesor del aire me obligó a respirar con esfuerzo extra.

Alzándose cuatro veces mi estatura, el árbol estaba envuelto en negro sólido, como el color del cielo nocturno si las estrellas hubieran sido arrancadas. Este negro profundísimo no reflejaba luz. Yo sólo podía discernir el contorno del árbol, su silueta cambiaba a medida que caminaba alrededor de él, revelando un tronco grueso y anudado que se retorcía en una espiral ascendente. Ramas pesadas caían formando arcos bajos. Hojas delgadas y curvadas colgaban de las ramas más pequeñas como dedos ennegrecidos. Las hojas crujían, agitadas por algo más allá de la brisa ausente.

Los Maestros se pusieron cerca del tronco y se enfrentaron a mí. —Este es el árbol de la muerte —dijo Manna—. Está aislado de la vida. Por lo tanto, no puede dibujar la vida o dar vida. No crece ni se descompone.

—Pensé que, si algo muere, vuelve al Creador —le dije.

—Eso es cierto para la muerte física. Pero lo que estás viendo en este árbol es la muerte espiritual, que es la desconexión. Cuando el espíritu se desconecta de la Vida, de Creador, se oscurece y se paraliza. Ya no recibe alimento espiritual, sino que entra en un estupor donde subsiste con sus escasos recursos propios, como un oso hibernante que vive de su propia grasa.

Las hojas del árbol se estremecían. Las hojas delgadas de carbón se retorcían como orugas negras colgantes. Una hoja cayó al suelo. La hoja se retorció en la arcilla gris dura a medida que se movía lentamente hasta la base del árbol. Un sonido como rasguño acompañó el frenético esfuerzo de la hoja hacia su trágico padre. Al llegar al árbol, se fusionó en la oscuridad del tronco.

—La hoja se alimentará del árbol —dijo Manna—, taladrando su tronco como un escarabajo de madera. Al estar desconectado de La Vida, la existencia del árbol es auto consumida y degenerativa. Su única fuente de alimento es él mismo.

—¿Qué le pasó al árbol para que se comporte de esta manera?

—Es la víctima de un evento que ocurrió aquí hace mucho tiempo.

—¿Puede repararlo Creador?

—No. No puede. Cuando algo se desconecta de Creador, se pone en cuarentena para siempre. Su estado oscuro es repugnante para Su naturaleza, por lo que no puede ser tocado, ni siquiera para ser reparado.

Me acerqué al tronco para inspeccionarlo. Tan profunda era su negrura que no podía ver ningún detalle en su superficie como si la luz en sí se negara a tocarla. Traté de arrastrar mis dedos a través de su corteza, pero se deslizaron a través del árbol como si fuera un fantasma. Escuché un sonido suave y crujiente a medida que pasaban los dedos, pero no sentí nada.

—El árbol retrocede a tu toque— dijo Manna—. No puede ocupar el mismo espacio que tú. Mira a su lado.

Me acerqué a un lado para ver el perfil deteriorado del árbol. Mis dedos habían tallado cuatro surcos profundos en el tronco.

—Ves por qué Creador no puede tocarlo ni repararlo. — dijo Manna—. No puede hacer contacto sin destruir el árbol.

—¿Por qué no lo destruye, entonces? No sirve para nada.

—En cierto sentido, ya está destruido. Su propósito es ilustrar la naturaleza de la desconexión espiritual y la muerte.

—Salgamos de este lugar—les dije—. No me gusta el olor de la muerte. —Caminé hacia el perímetro para buscar aire fresco.

Una vez afuera, respiré hondo. Cuando algo me tocó el hombro, me volví y vi a los maestros de pie, con aspecto solemne.

Dijo Ennoia: —El árbol también ejemplifica la naturaleza auto consumidora del egoísmo. Como un espíritu oscurecido, el egoísmo repele a Creador, pero por diferentes razones. El egoísmo se impone contra Él y se exalta por encima de Él. Su energía egocéntrica excluye al Creador. Creador y el egoísmo no pueden ocupar el mismo espacio dentro de tu alma.

Concebí mi egoísmo como un árbol retorcido y ennegrecido dentro de mi alma, alimentándose de sí mismo, alejando a Creador por su naturaleza oscura. —Si mi egoísmo es repulsivo para Él, ¿cómo puede ayudarme?

—Si tu espíritu estuviera muerto, no podría revivirlo. Pero tu espíritu está vivo, así que las cosas no son tan malas como crees. Con el egoísmo, Creador puede ayudarte. Puede quitarlo si se lo permites.

De inmediato, cerré los ojos y bajé la cabeza. —Creador, te doy mi egoísmo. Por favor, llévatelo.

Capítulo 28

Renuncia

No pasó nada al principio. Entonces se produjo una lucha dentro de mi pecho. Mi egoísmo se resistió y se fortaleció.

Abrí los ojos. —No está funcionando —dije con consternación. En mi mente, el egoísmo ya había ganado la batalla.

—Debes participar — Aable—. Muere a tu egoísmo. No le des terreno para que se ponga de pie. Déjalo salir.

—Lo dejé ir. Lo dejé ir —le dije a Creador con fuerte seriedad. Con los ojos cerrados, traté de desenredarme de mi propio egoísmo y alejarlo. Me sacudí los pensamientos circulares y centrados en mí mismo y me volví tan pequeño como pude para que nada se mantuviera unido. Al rendirme a Creador, dejé caer todas mis defensas para darle acceso a mi alma para hacer lo que tenía que hacer.

Mi participación marcó la diferencia ahora que dos estaban luchando contra uno. Mi egoísmo perdió su control. A medida que yo me vaciaba, se fue marchitando hasta que ya no pude detectarlo más. Sentí mi alma de nuevo porque mi egoísmo ya no la eclipsó. Me volví a conectar a mi verdadero yo. Con el egoísmo fuera del camino, las refrescantes corrientes de amor continuaron fluyendo a través de mi umbilicentro, y me volví a conectar a Creador. Los oscuros pensamientos y sentimientos de esta mañana habían desaparecido.

Con una gratitud desbordante y ojos empañados, puse mis brazos alrededor de Aable. Sin palabras, agradecí a Creador por rescatarme. Creador respondió encerrándome dentro de Sus brazos invisibles y amorosos.

—Creador no podía ayudarte —dijo Manna—, hasta que pediste Su ayuda. Eso requería dejar a un lado tu orgullo y egoísmo.

Mientras caminábamos de regreso a mi refugio, reflexioné sobre esta nueva amenaza. El egoísmo era más peligroso que cualquier bestia salvaje. ¿Cómo podría yo protegerme de este enemigo insidioso? Había capturado mi alma sin darme cuenta y podría hacerlo de nuevo. Me sentí indefenso. Para que los Maestros no pudieran oír, murmuré: —Creador, por favor protégeme.

La paz y la seguridad fluyeron hacia mí. Mis miedos se relajaron, y me consolé en Su amor. Sin el egoísmo como defensa, me sentí vulnerable, pero en su lugar descubrí una inquebrantable sensación de seguridad en el amor de Creador.

Viajamos a través de un campo de cardos dispersos. Mariposas azules y mariposas naranja moteadas revoloteaban de flor púrpura a flor, ajenas a nuestra presencia.

Para mi sorpresa, sentí que Creador quería darme un regalo. Esto parecía inapropiado, dados mis recientes fallos. Sin embargo, ansiaba Su aprobación más que nunca y quería que mi devoción fuera perfecta, así que fabriqué la actitud más deferente que pude. Esforzándome por ser el modelo de mansedumbre, dije: —No soy digno, pero concédeme favor para recibirlo.

En el siguiente instante horrible, el universo se apagó dentro de mí. Los Maestros desaparecieron. La cercanía de Creador se fue. El flujo a través de mi umbilicentro se detuvo. Todos mis consuelos huyeron.

—¿Creador? ¿Maestros? Busqué a los Maestros por si se escondían, pero no vi ninguna señal de ellos.

Mi umbilicentro discapacitado me informó que había ofendido al Creador de nuevo. No podía creer la frecuencia con la que se ofendía. Tampoco podía creer lo estúpido que era yo. ¿Seguiría ofendiendo a Creador una y otra vez? ¿Siempre sería un fracaso?

Capítulo 29

Sin resistencia

Regresó mi abatimiento y me atrapó en su capullo pegajoso. Los pensamientos autocríticos que me atormentaron esta mañana repitieron su letanía. Sentí que caía en la desesperación, pero interrumpí mi descenso antes de que pudiera envolverme. —Creador, siento haberte ofendido de nuevo. Sé misericordioso y perdóname.

Dijo: —Si te he considerado digno, entonces eres digno. Al creer que eres indigno, me contradijiste y me tachaste de mentiroso.

Las palabras de Creador me sorprendieron y me desconcertaron. No lo había contradicho ni lo había llamado mentiroso. ¿Por qué dijo que yo lo había hecho? Pero había dudado de mi dignidad. Si hubiera decidido darme algo, entonces supuse que ya me había considerado digno de ello. Ahora, entendí por qué Creador estaba tan ofendido. Había insinuado que estaba equivocado al considerarme digno.

—Creador, me doy cuenta de mi error, ahora. Cuestioné tu juicio. Lo siento. Perdóname por contradecirte. Estoy listo para recibir lo que Tú quieres darme.

Siguió el silencio.

—Lo siento mucho. Perdóname por ofenderte. ¿Por qué no respondes?

El silencio persistió.

Creyendo que había hecho algo para empeorar las cosas, me asusté. Mi pecho se agitaba mientras mi respiración se volvía más frenética. Tal vez su disgusto no podría ser aplacado esta vez. Tal vez había echado a Creador para siempre. Admitir mi error había funcionado antes. ¿Por qué no funcionaba ahora?

Mi garganta se apretó y el líquido brotó de mis ojos. Me tiré al suelo y me cubrí la cara. —Lo siento mucho. Lo siento mucho. —Sollocé—. Por favor, regresa. Por favor.

El terror del abandono taladró agujeros en mi ser. Durante mucho tiempo, lloré en mis manos. Ninguna cantidad de remordimiento lo haría regresar. Después de que me gasté, me quedé inmóvil con la cabeza colgada y el cuerpo blando. Me dolían las costillas por sollozar. Mi cabeza palpitaba. No podía hacer nada más que esperar y confiar que mis temores fuesen infundados.

A media tarde, el flujo a través de mi umbilicentro se reanudó. Abrí mis ojos hinchados y vi una niebla blanca arremolinada flotando frente a mí. Aunque me sentí aliviado de volver a ver a Creador, estaba demasiado desolado para mostrar mucha respuesta. Al levantarme con dificultad, me puse de pie para aceptar cualquier castigo que me diera. Mi cuerpo salió de la debilidad.

—Amado, me retrasé en responder para que esta lección se arraigue en tu alma. La lección que quiero que aprendas es decir sí. Sin negaciones, sin excusas, sin interrogatorios. Si deseo darte un regalo, entonces tu respuesta debería ser sí. Lo mismo es cierto cada vez que te pido algo. Cualquier cosa más que sí es pretenciosa. Puede que no entiendas o estés de acuerdo con Mi juicio, pero no me contradigas. Eres amado y perdonado. Porque te amo, te corrijo y te disciplino.

Como Creador lo había Amado, esta lección había echado raíces profundas, depositada en mí a través de una experiencia vívida. Mis emociones eran una mezcla incoherente. Mi miedo me advirtió que volvería a ofender a Creador y repetiría esta pesadilla. Mi ira culpó a Creador por hacerme sentir abandonado. Mi confusión me preguntaba por qué Creador pensaba que esta horrible experiencia era necesaria. Además de eso, mi agotamiento hizo difícil ordenar mis emociones o evitar que se derramaran fuera de sus contenedores. Sentí alivio al saber que esta dura experiencia quedaría en el pasado. Incapaz de expresar la mezcla de mis sentimientos, le dije: —Me alegro de que hayas regresado. Tenía miedo de que no volvieras.

—Cuando tu umbilicentro está inhabilitado, no puedes sentirme ni sacar vida de Mí, pero aún estoy contigo. Siempre estás dentro de Mi foco.

Sintiéndome más a gusto con Creador, dije: —Estoy listo para recibir mi regalo, ahora.

—Esa oportunidad ha pasado, Amado.

—Pero . . . —Agaché los hombros y suspiré—. Sí, Creador.

—Tú entiendes por qué. Sé que estás decepcionado, enojado y temeroso. Permítete sentir plenamente estas emociones a medida que me las entregas. Puedo transformarlas en ondas que se desvanecen y no persisten. Los sentimientos no procesados se alojan en tu cuerpo. A medida que se acumulan, constriñen tu umbilicentro. Tu flujo debe ser abundante y sin restricciones.

—Sí, Creador. ¿Le harás saber a los Maestros que pueden volver?

—Voy a convocarlos.

La niebla comenzó a girar, tomando velocidad. Se acumuló en una bola luminosa de luz blanca. A continuación, la luz se separó en tres esferas de colores: rojo, verde y azul. Las orbes resplandecientes se asentaron en el suelo. Cambiaron de forma y se solidificaron en los cuerpos de Ennoia, Manna y Aable.

—Nosotros —dijo Manna, hicimos el universo y todo lo que hay en él. Somos la Vida que fluye a través de tu umbilicentro. Somos Creador.

Capítulo 30

Ajuste

Miré a los Maestros, desconcertado y sin palabras. No podía creer que ellos fueran Creador. Él era sublime y amoroso. Los Maestros eran limitados y dominantes. ¿Cómo podrían ser lo mismo?

—Somos lo mismo —dijo Ennoia—. Como Maestros, te empujamos a aprender. Como Creador, queríamos que te vincularas con Nosotros. Decidimos que ya era hora de mostrar nuestra verdadera naturaleza.

No entendí las palabras de Ennoia. Debido a mi debilidad y estupor, mis rodillas cedieron bajo de mí. Mi mente se desató, se desvaneció y se despegó antes de caerme al suelo.

Cuando recuperé la conciencia, vi a los Maestros, me refiero a Creador, agachados a mi alrededor. Sus alas unidas sombreaban mi cuerpo. Me senté, todavía débil y mareado.

—Cómete esto —dijo Aable, dándome unas nueces.

Comiéndolas en silencio, lamenté algunas de mis acciones y actitudes hacia los Maestros. Si hubiera sabido quiénes eran, me habría comportado mejor. ¿Por qué no me lo dijeron desde un principio?

Traté de comprender esta nueva información. Todo este tiempo, yo había creído que Creador era un solo ser. Ahora sabiendo que Creador eran tres seres, consideré a Creador como "Ellos" a partir de ese momento.

—Sabemos que esta revelación es un gran ajuste para ti —dijo Ennoia—. Perdonamos tu comportamiento hacia Nosotros como Maestros. Al afirmar tu individualidad, necesitabas algo contra lo que empujar y separarte. Como Maestros, te proporcionamos esa contraposición. Mientras tanto, aprendiste a conectarte con Nosotros a través de tu umbilicentro. Ahora que conoces estas cosas, esperamos que podamos tener una relación más cooperativa.

Los maestros se pusieron de pie y Aable extendió Su mano. Lo agarré y me levanté. De pie dentro de su círculo, no podía mirar sus caras. Miré hacia abajo y eché una mirada rápida al suelo en busca de mi barredor. Cuando lo recogí, lo volteé y lo estudié por fin, fingiendo que estaba asegurándome de que estuviera intacto para retrasar el contacto visual con ellos.

Aún no me había adaptado a la realidad de que esos tres seres crearon todo, incluyéndome a mí. En mi mente, Seguían siendo los Maestros, tan imperfectos como antes. Tuve que obligarme a pensar en ellos como Creador. —¿Te llamaré Creador?

—Preferimos eso —dijo Manna—. Vamos a llevarte a casa. El sol se pondrá pronto.

Creador comenzó a caminar, y tomé mi posición habitual entre Manna y Aable. Aable se ofreció a llevar mi barredor. Con Su mano libre, sostuvo la mía. Manna sostuvo mi otra mano. Al viajar, me nutría el flujo a través de mi umbilicentro que era mi vínculo con Ellos. Sentí una intimidad con ellos que no había experimentado antes. Sus alas enlazadas los unieron, y mi umbilicentro me unió a Ellos a través de una conexión interior. Mis manos me unieron a Ellos por una conexión externa.

Mi satisfacción se erosionó por una resaca traicionera de pensamientos oscuros. Susurros acusatorios surgieron en mi mente. —Le ofreciste a Creador una torre profana. Los tachaste de mentirosos. Arriesgaste su disgusto. Los alejaste.

Esperando que pudieran curar mi defecto, me volví hacia Manna. —Creador, estoy preocupado. Te he ofendido una y otra vez. He sido presuntuoso, orgulloso y egocéntrico. ¿Qué debe hacerse acerca de mí?

Creador se detuvo y Ennoia se volvió hacia mí, intercambiando sus conexiones de ala con Manna y Aable. Todos ellos me miraron con asombro.

—Qué excelente pregunta —dijo Manna con amor efusivo—. ¿Qué crees que se debe hacer?

—No lo sé. No quiero seguir decepcionandote. Te he fallado y me siento terrible al respecto. —Mientras hablaba, la vergüenza surgió dentro de mí, la resaca ganando poder.

Los tres seres me encerraron en sus brazos. —No estamos decepcionados contigo, Amado —dijo Ennoia al oído—. Todo lo que ha sucedido lo hemos adaptado para servirte. Usamos tus errores, así que no desprecies tus defectos. Da gracias por ellos porque pueden promover el crecimiento cuando los entregues a Nosotros.

Me soltaron y me miraron como si estuvieran juzgando si las palabras de Ennoia causaban algún efecto en mí.

La vergüenza se quedó en las sombras y se deslizó más cerca para susurrar: —¿Cómo podría Creador amar un fracaso como tú? Los repeles.

Los ojos anchos y azules de Aable me miraron detenidamente. —Te amamos, Amado. Te amamos pase lo que pase.

—No. Te detestan —dijo la vergüenza entre dientes.

Aable no parpadeó, pero cerró los ojos con algo. —Te amamos plenamente, errores y todo.

—Está mintiendo. Eres inapreciable.

Capítulo 31

Opciones

Los mensajes contradictorios me confundieron, obligándome a elegir entre mensajeros. La vergüenza se colgó de mi cuello y presentó los argumentos más convincentes. No sentí el amor de Creador en ese momento, así que su declaración de amor sonaba falsa. Si eligiera creer a la vergüenza, estaría contradiciendo a Creador y, por lo tanto, tachándolos de mentirosos. Esta vez, elegí creer la verdad que Creador me amaba y me aceptaba.

La vergüenza silbó una última vez y partió como una bandada de estorninos esparcidos hacia el cielo. Una cálida avalancha de bienestar surgió a través de mi umbilicentro, llenándome de una inconmensurable sensación de valor, como si esas corrientes apresuradas buscaran y abrazaran cada mota de mi ser. La experiencia fue una afirmación incontrovertible del amor.

—Tomaste una decisión loable —dijo Manna, sonriéndome—. Estamos contentos contigo, Amado. —Los Tres me abrazaron—. Tus decisiones son muy importantes. Elige creer en la verdad. Elige creer en Nuestro amor.

Reanudamos el camino. Agarré la mano de Aable con mi izquierda y la de Manna con mi derecha. Creador me llevó cuesta arriba donde el espacio entre los árboles se ampliaba para permitir vistas del bosque de abajo. Rastreamos la punta de una cima sin árboles, disfrutando de las vistas a ambos lados. Me sentí en paz con Creador y conmigo mismo. Dada mi historia, sabía que no duraría. Estaba seguro de que lo arruinaría.

—¿Cómo puedo evitar tomar decisiones equivocadas? Dije.

—No se puede. —Manna hablaba en un tono compasivo—.

95

De hecho, seguirás tomando decisiones equivocadas.

Mis pasos flaquearon.

—No te enfades —dijo Manna, apretando mi mano—. Cometer errores es parte de tu maduración. Cuando cometas un error, admítelo y trata de aprender de él. Y no permitas que el miedo a cometer errores obstaculice tu crecimiento. Estamos más allá de tus errores.

—No quiero fallarte. ¿No puedes protegerme de eso?

—Amado, No podemos protegerte de tomar decisiones equivocadas. Sólo tú puedes tomar tus decisiones. Si nos amas, entonces tendrás cuidado de evitar esas decisiones que pondrán en peligro nuestra relación.

—¿Qué opciones son esas? Dije, frustrado por la ausencia de ayuda práctica. Creador o no, los Maestros no habían cambiado. Continuaron exasperándome.

—El orgullo, el egoísmo o la presunción desactivarán tu conexión con Nosotros. No te concentres en esas cosas ni las temas. En cambio, concéntrate en la humildad, la abnegación, la verdad y el amor, todos los cuales fluyen de Nosotros y te mantienen centrado. Mejor aún, mantente conectado con Nosotros. Al hacerlo, tu alma estará a salvo.

—¿A salvo de los errores? Brillé con esperanza.

—No. A salvo del miedo a los errores. Cuando estás conectado a Nosotros, no te preocupas por los resultados. Cuando no estás conectado a Nosotros, llenarás el vacío con tus propias energías.

Dudé de poder permanecer conectado por cualquier espacio de tiempo. Quería una garantía de éxito. En cambio, Creador prometió que fracasaría. Era sólo cuestión de tiempo. Estaba condenado por mi propia falibilidad.

Caminando junto a Creador, no dije nada, pero mi mente luchó por dar sentido a mi vida. Mi dificultad mental no ayudó en absoluto. Dejé de insistir, luché a través de mis pensamientos desordenados para encontrar mi umbilicentro. Lo encontré en una región alejada de mi mente, en mi centro más profundo, un punto que me conectaba con el Infinito. Cuando entré en su flujo, la conmoción dentro de mi mente se disipó junto con mis preguntas y confusión. En esa profunda comunión con Creador, me perdí dentro de la seguridad de su amor. Mi necesidad de propósito y perfección se desvaneció y, al mismo tiempo, quedó satisfecha.

Cuando llegamos a mi refugio, el cielo floreció con nubes naranja como pétalos esparcidos que colgaban suspendidos sobre las montañas. Creador me abrazó y se fue. Me quedé mirando el cielo impresionante hasta que el color se drenó de él.

Cuando entré en mi refugio, esponjé la hierba de mi cama. Me senté en ella, intrigado por la tranquilidad poco característica de mi alma. Mis pensamientos parecían lejanos, como si estuvieran en una colina distante como un rebaño pacífico de ovejas pastando. No convoqué mis pensamientos, sino que los dejé vagar por lugares remotos para encontrar sus propias camas de hierba en las que dormir.

Me acurruqué de lado y cerré los ojos. Mientras me dormía, escuchaba el sonido de golpes suaves en el techo de mi refugio. El sonido me calmó. Demasiado somnoliento para investigar, imaginé a docenas de saltamontes saltando en mi techo.

¿Qué podría estar causando el sonido?

Era la lluvia. Estaba lloviendo.

Capítulo 32

Unidad

Al despertar, el olor a almizcle de tierra húmeda llenó mi refugio. Al no escuchar sonidos intermitentes, llegué a la conclusión de que la lluvia se había detenido. Asomé la cabeza por la puerta y vi una escena estática. El viento contuvo la respiración. Ningún pájaro cantaba, tal vez porque una capa gris de nubes oscurecía el sol que era la señal para su canto.

Me arrastré hacia el exterior al suelo fresco y húmedo. De entre los árboles, un ser de dos piernas caminó cuesta arriba hacia mí, cada pisada la daba con aplomo y júbilo. Su cuerpo tenía la misma forma que el mío, pero era más alto que yo, unas cinco manos más. A ambos lados de su cuerpo brotaba cabello dorado que formaba una cresta estrecha, como una melena, desde sus tobillos hasta la parte superior de su cabeza. El pelo, en bulto y atado en pequeñas borlas, descendía con movimientos rítmicos a medida que la criatura caminaba. Aparte de esta franja continua de pelo dorado, la criatura no tenía pelo. Su piel, del mismo color que la mía, tenía un brillo como de cera. En su rostro redondo, aplanado, los labios estrechos se estiraron para formar una sonrisa que me relajó.

—Bendiciones para ti, Amado —dijo la criatura con los brazos extendidos y un ligero arco—. Somos Creador. Elegimos aparecer en un solo cuerpo hoy.

Ambos ojos circulares y anchos de Creador contenían tres pupilas negras nadando dentro de un iris dorado. La voz de Creador era una mezcla rica y melodiosa de tres voces que producían el mismo efecto calmante que el agua salpicante en un arroyo.

98

—¿Cómo encajan los tres en un solo cuerpo? Dije.

—Somos espíritus. Los espíritus no tienen volumen. Elegimos esta forma para mostrarte que, aunque somos tres, estamos entrelazados como Uno.

—No entiendo.

—Eso está bien, Amado. La unidad es un concepto difícil de entender. Es como tu mano. Tus dedos son distintos, pero trabajan juntos. Un dedo puede moverse por sí mismo, pero siempre es parte de la mano. A donde va la mano, los dedos la siguen. A dónde va el dedo, la mano lo sigue. Los dedos obedecen la intención de la mano y no persiguen su propia voluntad.

Estudié mi mano mientras agitaba los dedos.

—Entonces, ¿qué vamos a hacer hoy? Dijo Creador.

Asombrado, le dije: —¿No lo sabes?

—Te estamos dejando decidir.

—¿Puedo decidir? —La oportunidad me emocionó—. Quiero visitar un lago. Pero no el lago donde construí la torre.

Enfrentar la torre destruida no era algo para lo que estaba listo.

—Conocemos un lugar que te gustará. Te llevaremos allí. —Creador tomó mi mano y comenzó a guiarme—. Y te enseñaremos a nadar.

Caminamos por el camino del bosque hacia el nuevo lago, recogiendo y comiendo alimentos mientras viajamos. Como un acto habitual, encontraría la piedra más grande a la vista y colocaría mi comida en la parte superior antes de comerla, convirtiéndose la piedra en mi mesa de acción de gracias. Hablé sin parar durante nuestro paseo, expresando mis pensamientos, acerca de todo. La comida. La lluvia de anoche. Los insectos que vi. Champiñones y flores. Creador escuchó mis divagaciones con paciencia y atención. Las vistas diversas a lo largo del camino impulsaron mi monólogo, una sucesión aleatoria de observaciones y juicios.

Llegamos al lago, mucho más grande que el otro. El agua estaba tan clara que pude ver peces nadando a lo largo del fondo. La playa inclinada estaba salpicada de pinos maduros, algunos estaban en el agua. Rocas lisas y de granito rompían la superficie del agua en varios lugares. Grupos de nubes aborregadas creaban lentas sombras en movimiento en toda la escena. En algunos lugares, la luz del sol se escapaba por entre las nubes e iluminaba columnas de agua con rayos dorados que tocaban el fondo del lago. Una cálida brisa agitaba el agua, creando ondas que corrían a través del lago de una orilla a la otra.

De pie en la orilla arenosa, absorbí la escena en toda su profundidad como si tratara de capturarla dentro de mí. Creador caminó por la ladera hacia el agua, haciendo que el líquido mágico saltara y bailara alrededor de Sus piernas. Cuando Creador habitaba un cuerpo, me resultaba más fácil pensar en ellos como "Él." Continuó caminando hacia aguas más profundas hasta que Su cuerpo se sumergió hasta el pecho. Se dio la vuelta, extendió dos brazos húmedos, e hizo señas. —El agua es agradable. Métete al lago, Amado.

Entré en el lago con vacilación. Caminar por el agua me costó trabajo, pero disfruté de la sensación calmante del agua que envolvía mi cuerpo. Cuando el agua llegó a mi estómago, la frialdad me hizo jadear, pero me abandoné a ella.

Como experimento, golpeé la superficie. El agua se esparció sobre Creador y sobre mí. Hice un guiño cuando el agua me golpeó la cara, lo que le hizo reír. El sonido de Su cordial risa me llenó de calidez y alegría. Para obtener otra risa, golpeé el agua en Su dirección, enviando una gran salpicada a Su rostro. Bultos húmedos de pelo dorado se extendían planos contra su cabeza, quitando cualquier apariencia de dignidad. Grité de risa al ver su cara mojada y goteando. Me salpicó también. Esto condujo a salpicaduras repetidas de uno y otro y risas mutuas hasta que desapareció bajo el agua. Esperé a que reapareciera para que pudiéramos reanudar nuestro juego de salpicaduras. Cuando emergió y me agarró por detrás, grité con sorpresa y deleite.

Creador me enseñó a contener la respiración. Después de unas cuantas inspecciones submarinas del lago, me enseñó a nadar. Nadamos de un lado a otro a través del lago para practicar. Luego nadamos en competencia hacia el lado opuesto unas cuantas veces. Cuando llegaba al otro lado primero, me reía. Cuando Él ganaba la carrera, me reía tanto o más.

Salí del agua y, corriendo para saltar, me arrojé al lago para crear el mayor chapoteo que pude. Embelesado por los resultados, salté y salpiqué docenas de veces. Cada secuencia era igual de divertida que la anterior.

Creador sugirió un juego donde cada jugador tenía que empujar una piña de pino flotante hacia el lado opuesto sin usar nuestras manos o brazos. Nos turnamos para robarnos la piña de pino y tratar de empujarla, usando una mezcla creativa de acciones tontas. Nos golpeamos y nos pateamos, pero la piña de pino nunca se acercó a ninguna de las costas. Me divertí mucho intentándolo.

Me cansé y sugerí que descansáramos. Salimos y nos tiramos en la arena de la orilla. Descansé la cabeza sobre el estómago de Creador y cerré los ojos. El calor del sol penetró en mi cuerpo y me puso somnoliento. Con cada bocanada de viento, las gotas de agua en mi cuerpo temblaban y hacían que mi piel me hormiguease. Creador acarició mi cabello mojado con una mano, acariciando mi cuero cabelludo con sus yemas de los dedos. Su toque me relajó. Encontré una satisfacción extrema en ese momento.

Debido a que mi conexión con Creador era fuerte, me entregué a ella. Sentí a Creador dentro de mí y alrededor de mí. Al igual que el agua envolvente del lago, me envolvió y me sumergió en Su ser. Yo era parte de un todo más grande, todavía yo, pero más que yo, no separado, sino conectado con Creador en todos los sentidos. Mi ser fusionado con los suyos como los confines de sí mismo disueltos para permitir que Creador se derramase en mí. La unidad ahora tenía sentido.

Mis límites reaparecieron porque yo necesitaba la seguridad que proporcionaban. Me había acostumbrado tanto al recinto de un cuerpo que la amplitud se sentía demasiado extraña. Aunque la experiencia de la unidad colapsó, no me preocupé por ello, sino que continué flotando en las aguas que fluían a través de mi umbilicentro, las aguas que eran Creador.

Capítulo 33

Consecuencia

Consideré esas yemas de los dedos corriendo a través de mi cabello, esas yemas de los dedos que habían esculpido mi cuerpo. Esa misma mano fuerte se había extendido por el cielo por encima de mí y reunió el suelo debajo de mí. Cuando di cuenta que el creador del universo era mi reposacabezas, abrí los ojos con sobresalto y miré las nubes con asombro. A la luz de ese reconocimiento, esperaba sentirme insignificante, pero en cambio, me sentía importante. Sabía que no era más importante que Creador, pero me hicieron sentir valorado. Sin tener en cuenta mi capacidad o madurez, me habían asignado importancia.

Por primera vez, entendí lo que significaba el amor.

Susurró. —Sí, Amado, eres amado. Tienes un inmenso valor para Nosotros. Nos deleitamos mucho en ti.

Al permitir que esas palabras penetraran, la gratitud se infló dentro de mí. Anhelaba dar a Creador el mismo placer que me habían dado, y me preguntaba si era posible. Al meditar en el funcionamiento del amor, mis pensamientos se desvanecieron a medida que el sueño se apoderó de mí.

Cuando desperté, dije, —Me voy al agua. —Sin esperar una respuesta, corrí veloz hasta el lago y nadé algunas vueltas.

Creador se sentó en la orilla y me miró.

Nadé hasta uno de los pinos altos que estaban en el agua. El árbol estaba muerto hacía mucho tiempo y blanqueado por el sol. Subí al árbol. —Creador, mírame saltar —grité y seguí subiendo más alto.

—No deberías subir tan alto —gritó.

—Sé lo que estoy haciendo. Mírame hacer un gran chapuzón.

Me agarré de una rama que se rompió y perdí el equilibrio. Agarré otra rama para cogerme, también se rompió. Cayendo de la copa de los árboles, agité mis brazos en un intento inútil por evitar mi caída. Cuando golpeé la superficie del lago, estaba dura y resistió mi zambullida. El impacto me aturdió. Trepé hasta la orilla y volví cojeando hasta donde estaba Creador.

Con el cuerpo envuelto de punzadas y dolor, me arrodillé junto a Creador y cerré los ojos, permitiendo que el cálido sol secara mi piel. Mantuve los ojos cerrados para indicar mi falta de voluntad para la conversación. Nos sentamos sin hablar durante algún tiempo y saboreé la tranquilidad. Introduje los dedos de los pies en la arena, disfrutando de la sensación fresca y crujiente.

Después de un tiempo, me paré y dije: —Tengo hambre. Voy a buscar algo de comida. ¿Vienes conmigo?

—Sí —dijo Creador, poniéndose en pie.

Me dirigí a los árboles con Creador detrás de mí. Él me alcanzó y caminó a mi lado. Esperé a que dijera algo acerca de mi caída tonta, pero no dijo nada. Cuando ya no podía soportar el suspenso, dije: —Lo sé. Lo sé. Fui estúpido por subir tan alto.

—Si tú lo dices.

—¿Qué? ¿No tienes una opinión?

—Lo que importa es lo que has aprendido. Para cada acto, hay una consecuencia y un límite. Cuanto más arriesgues, mayor será la consecuencia, ya sea recompensa o dolor. Un límite es un punto que cuando se cruza producirá una consecuencia adversa. Subir demasiado alto era un límite para ti hoy. Por cierto, hiciste un gran chapoteo—. Creador sonrió—. Tal como dijiste que lo harías.

Sonreí, pero sólo por fuera.

Llegamos a un peral, y me paré de puntitas para alcanzar una pera madura. Después de arrancarla, sentí un movimiento. Me volví hacia el movimiento y vi los ojos del tigre fijos en mí mientras sus patas acolchadas golpeaban el suelo en un ataque rápido. No tuve tiempo de reaccionar.

Mi visión se difuminó en destellos de piel y garras y sangre y polvo. Grité de miedo.

Capítulo 34

Ataque

Creador se interpuso en el camino del tigre. El tigre lo derribó y lo inmovilizó con sus garras. Sus dientes se enterraron en músculos y huesos, separando las arterias. El cuerpo de Creador estaba inerte.

El tigre mordió con los dientes en la parte superior del hombro de Creador, cerca del cuello. Luego lo arrastró en reversa al bosque.

Mi conmoción se transformó en acción. Perseguí al tigre, gritando y agitando mis brazos con amplios y frenéticos balanceos. Traté de asustar al tigre como la primera vez.

El tigre continuó retrocediendo, arrastrando el cuerpo de Creador por el suelo y las hojas muertas. Sus poderosas mandíbulas se negaron a liberar su comida.

Cogí una piedra pesada y la arrojé al tigre. Con consternación, vi la piedra quedarse corta y golpeé a Creador en el pecho.

Agarrando otra piedra grande, me apresuré hacia el tigre, con la audacia superando el miedo. Arrojé la piedra sobre la cabeza del tigre, escuché un ruido fuerte y hueco mientras retrocedía y soltó a su presa. Retrocedí dos pasos.

El enorme tigre se paró sobre el cuerpo, jadeando y mirándome con la cabeza baja. Sus ojos feroces me estudiaron. La saliva y la sangre goteaban de su boca.

Levanté la piedra, todavía en mis manos, mostrando mi intención de usarla de nuevo. El tigre miró a la piedra y se estremeció. Con los ojos estrechos, miró al cuerpo, y luego de nuevo a la piedra. Gruñó y me tiró un zarpazo, pero yo estaba fuera de su alcance.

—Aléjate de Creador —grité.

El tigre bajó la cabeza cerca del suelo. Luego apretó su hocico en el hombro de Creador y lo arrastró de nuevo. Corrí y golpeé al tigre en la cabeza tan fuerte como pude. El hueso se fracturó.

Rugió y soltó. Con los ojos cerrados, su cabeza se estremeció como si estuviera tratando de sacudirse el dolor. Cuando abrió los ojos, gruñó y se agachó con los antebrazos planos y la grupa en alto. Creyendo que estaba a punto de lanzárseme, levanté la piedra por encima de mi cabeza, listo para usarla de nuevo. Mi corazón palpitaba fuerte y rápido, siendo el único sonido que podía oír, la única sensación que podía sentir.

Para mi alivio, el tigre se dio la vuelta y trotó hasta que los árboles lo escondieron de la vista. Mis ojos permanecieron fijos en el lugar donde el tigre desapareció mientras mis manos todavía sostenían la piedra levantada.

Esperé hasta estar seguro de que el tigre estaba lejos, luego tiré la piedra y miré a Creador. La sangre y la suciedad le cubrían la parte superior del cuerpo. Una herida grande e irregular en el cuello y el hombro brillaban con la sangre. Su boca colgaba abierta, los labios inmóviles. Sus párpados se apoltronaron, exponiendo hendiduras blancas sucias.

Me arrodillé y esperé, observando su cuerpo en busca de cualquier signo de movimiento. Con el paso del tiempo, me puse más ansioso. ¿Qué se suponía que pasaría después? Creador siempre supo lo que seguiría. ¿Previó su cuerpo machacado y sangrante tendido en el suelo? ¿Tuvo este conocimiento durante todo el día? Si así fue, ¿por qué no lo impidió? ¿Por qué había pasado esto? Ninguna de las posibles explicaciones que conjuré tenía sentido.

Esperaba que abriera los ojos, se sentara y hablara. Mi decepción se convirtió en horror cuando me di cuenta de que no se recuperaría. Creador estaba muerto.

Capítulo 35

Confianza

—Siempre estamos contigo —Recordé que Manna dijo. Pero ahora, Creador se había ido, asesinado por el tigre salvaje. Se me apretó la garganta y me picaron los ojos. Mi estómago se contrajo, y me doblé, inclinando la cabeza hasta mis rodillas. Me lamenté con fuertes sollozos mientras un líquido salía de mis ojos y de la nariz. La oscuridad castigadora del abandono me envolvió. Los terrores me golpearon como rocas que caían y me acurruqué para desviar los golpes.

Un ruido me regresó a la consciencia. Me detuve y escuché. La voz familiar dijo: —¿Por qué dudaste?

Abrí los ojos mojados y miré a Creador. Su cuerpo sin vida no se había movido. Su boca abierta como una caverna inútil. Las moscas se habían reunido en sus heridas.

—Amado, —dijo la voz. Me volví hacia el sonido y vi a un segundo Creador ileso.

Verlo me alegró, pero el trauma de mi dura experiencia aún sacudía mis emociones. Me rodearon la ira y el dolor en retorcidos remolinos. Con una voz temblorosa, pronuncié un herido y amargo, —¿Por qué?

Sin responder, Creador se inclinó y me sostuvo durante mucho tiempo. La confusión, la duda, el miedo y la ira resurgieron con toda su fuerza como si fueran convocados por Creador contra mi voluntad. Lloré con sollozos fuertes y doloridos. Todas las emociones surgieron, una a la vez, pero esta vez no me sometieron. En cambio, por algún proceso milagroso, las emociones se movieron hacia afuera y salieron como veneno que se extraía de mi cuerpo.

Cuando la última emoción había terminado su curso, los espasmos de sollozos cesaron. Me sentí más ligero, aunque cansado.

Creador me limpió los ojos con Sus pulgares y usó el fleco peludo a lo largo de Sus brazos para limpiar la mucosidad debajo de mi nariz. Me quedé sentado en el suelo mientras Creador se sentó en Sus piernas, frente a mí. Miré a Sus ojos dorados, cada uno con tres pupilas negras que nadaban como peces jugando en un estanque de miel. Dejaron de bailar y se fijaron en mí.

Creador dijo: —Cada decisión que tomamos tiene un propósito. No todo lo que hacemos tendrá sentido para ti, incluso si tratamos de explicarlo. A veces, retendremos la explicación porque tu mente es incapaz de entenderla. En otras ocasiones, te negaremos una explicación porque queremos que confíes en Nosotros. La confianza se profundiza cuando eliges confiar a pesar de tus sentidos.

—Pensé que estabas muerto —le dije, mi voz se agrietaba—. ¿En qué más podría haber confiado, sino en mis sentidos? Miré el cuerpo ensangrentado. Me inquietó, así que miré hacia otro lado.

—Amado —dijo para llamar mi atención.

Me volví y miré su cara.

—Tú tenías una opción. En situaciones como esta, debes elegir entre confiar en Nosotros o confiar en tus sentidos. Debes decidir entre dos realidades, la realidad física de lo que tus sentidos te dicen o la realidad espiritual de lo que es verdad. La verdad es que te amamos y siempre estamos contigo. La experiencia de tus sentidos puede parecer contradictoria con esa verdad, como sucedió hoy, pero recuerda que la experiencia no es verdad. La verdad es más grande que la experiencia.

—¿No debería confiar en mis sentidos, entonces?

—Puedes confiar en tus sentidos, pero no los uses para juzgar lo invisible, como Nuestra presencia o amor. Cuando el tigre destruyó Nuestro cuerpo, creíste que estabas solo, pero eso era falso. El tigre sólo podía dañar Nuestro cuerpo, no Nuestro espíritu. Nuestros espíritus ahora habitan este nuevo cuerpo.

Miré el cadáver otra vez. Su existencia suscitó el resentimiento dentro de mí. —¿Por qué esperó tanto? Si te hubieras mostrado a ti mismo de inmediato, no me habría desesperado.

—Querido Amado, no desprecies el retraso. La tensión del retraso es cómo se desarrolla el carácter. Nos retrasamos para que tuvieras la oportunidad de luchar con la verdad. Necesitabas tiempo para elegir si creer en tus sentidos o creer en Nuestras palabras. Durante esos momentos de lucha, la confianza se profundiza o se descarta.

—El ataque del tigre fue una prueba para ver si confiaría?

—Todo es una prueba de tu confianza.

Sacudí la cabeza con incredulidad. Entonces mi mente se movió hacia la conclusión obvia. —Fallé la prueba, entonces. —Gemí.

La vergüenza viajó por mi columna vertebral como un lagarto corriendo por un árbol. Creador colocó Su mano en mi nuca. Como si hubiera interceptado al lagarto, la vergüenza se dispersó. Con Su gran mano todavía detrás de mi cuello, juntó nuestras cabezas.

—No fallaste —dijo—, porque has aprendido algo. ¿Qué has aprendido?

Recordé los momentos angustiosos que siguieron a Su muerte. —He aprendido que soy incapaz de confiar en ti. —Odiaba admitirlo. No sólo había fallado la prueba, sino que había fallado a Creador. Incapaz de mirar su cara, miré mis rodillas llenas de callos.

—¿Puedes arreglar mi confianza? Le susurré, esperando que no respondiera si la respuesta era no.

Sonrió y dijo: —¿Arreglar? ¿Crees que tu confianza está rota? Querido Amado, la confianza no es como un objeto que se puede romper o arreglar. Volvamos al lago y te mostraremos una ilustración de confianza. Dejaremos el cuerpo aquí para cualquier animal que necesite comer.

Creador se puso de pie, sacudió la suciedad de sus piernas y

me tiró para pararme. Volvimos al lago. Miré detrás de mí el cadáver, preguntándome si seguiría allí cuando volviera a pasar por
aquí.

Capítulo 36

Madurez

Creador sostuvo mi mano mientras volvíamos al gran lago. Él dijo: —Amado, la debilidad no es fracaso. No te sorprendas por tus defectos y no te castigues a ti mismo por ellos. Tus deficiencias atestiguan tu inmadurez, lo que significa que aún no has crecido completamente.

Caminamos a través de una arboleda de imponentes acacias, con su corteza áspera y fisurada y hojas en forma de media luna. Los racimos de flores de color amarillo pálido captaban la luz del sol en las regiones superiores de los árboles. Pájaros rojos brincaban entre las ramas elefantiásicas de arriba, sus movimientos eran amortiguados por la quietud blindada de la arboleda. Nadie habló mientras desaceleramos el paso para disfrutar de la tranquila escena.

Cuando salimos de la arboleda, dijo Creador: —No podíamos crearte como un ser maduro. No se puede crear la madurez. Sólo se puede formar a través de las experiencias de la vida. Todo en este mundo debe sufrir transformación. Un árbol comienza como una semilla que brota y madura en una estructura gloriosa. Como esa semilla, tú debes crecer hasta la plenitud de lo que está destinado para ti.

—¿Voy a crecer tan alto como un árbol?

Creador se rió. —Eso no sucederá. —Tocó el centro de mi pecho—. Los cambios en tu alma son inciertos. Ocurren cuando las situaciones te empujan más allá de tus límites, obligándote a utilizar recursos sin explotar y a sacar fuerza de ellos. Es como las raíces de un árbol que crecen más profundo para encontrar

112

nuevas fuentes de agua y nutrientes. Si te permites profundizar a través de experiencias, crecerás en madurez.

—Todavía no entiendo lo que es la madurez.

—La madurez es conocerse a sí mismo y su lugar en el universo, saber lo que es importante y lo que es verdad. Se demuestra por la voluntad de asumir la responsabilidad, admitir la debilidad, soportar el sufrimiento y aceptar todos los resultados. Es carácter que ha sido refinado hasta que uno da y recibe el amor libremente.

No conseguía identificarme con nada de lo mencionado. —Ese no soy yo.

—Pero podrías llegar a ser esa persona. —Sonrió y me tocó el brazo—. Las experiencias crean oportunidades de transformación. La transformación es un cambio interior profundo que amplía tu capacidad de abundancia espiritual. Tu alma es una cisterna que sostiene Nuestra Vida, la Vida que fluye hacia ti a través de tu umbilicentro. Cuando te confías a Nosotros en situaciones difíciles, nos das permiso para estirar y ampliar tu alma y para eliminar aquellas cosas que no son elásticas. Este estiramiento te permite estar más lleno de Nosotros. Al igual que con cualquier reconstrucción interna, esta alteración es dolorosa.

—En ese caso, voy a declinar.

—Tu transformación tiene una importancia primordial para nosotros —dijo—. Haremos lo que sea necesario para lograrlo.

—¿No tengo algo que decir?

—No. Tu destino ha sido establecido. Puedes cooperar o resistirte, pero estamos comprometidos a ayudarte a completar tu viaje, ya sea por el camino corto o largo, ya sea con tristeza o alegría. Es tu elección.

—Yo elijo la ruta fácil, entonces.

—La ruta fácil no te lleva a ninguna parte. Elije la transformación. Esa ruta es difícil, pero cuando confías en Nosotros, podemos transformarte en lo que nos hemos propuesto que seas. Debido a que no elegiste confiar hoy, tu experiencia no tuvo ningún efecto transformador.

Capítulo 37

Ilustración

Cuando llegamos al lago, Creador sacó agua con Sus manos. Se acercó a un montículo de tierra suave y dejó caer gotas en su punta. El agua se dividió en tres pequeños arroyos que se escurrieron por los lados del montículo.

Dijo: —Imagina que esta agua es la confianza. Observa que el flujo de agua no tiene una dirección singular. Esto es como una confianza inmadura, inestable e inconsistente. Mira lo que sucede cuando seguimos vertiendo agua.

Dejó caer más gotas en el mismo lugar de antes. El agua viajaba por solo uno de los canales porque era el canal más prominente que talló el vertido anterior. Vertió agua por tercera vez. El agua se quedó en ese canal y cavó una zanja profunda.

—¿Ves cómo el agua cava un canal en la tierra? Dijo. —La confianza funciona de la misma manera. Cada vez que eliges confiar, cavas un canal más profundo en tu alma. Ese canal hace que sea más fácil confiar la próxima vez que sea necesario. La confianza crece al confiar.

—Así que, cada vez que confío, ¿crezco en confianza?

—Sí. Al igual que muchas cosas en la vida, la confianza se fortalece mediante el uso repetido. La confianza madura es singular en su dirección, así como el agua siempre fluye cuesta abajo. La confianza madura también es persistente. Al igual que el agua, encuentra su camino alrededor de los obstáculos.

Miré el montículo de tierra y me pregunté si mi alma se comportaría de la misma manera. Dudé que lo hiciera, así que pisoteé el montículo para destruir el ideal con el que se me podría comparar.

—Míranos, Amado.

Busqué en Su rostro cualquier falta de confianza que pudiera tener en mí, pero no encontré ninguna. Él puso Su mano sobre mi hombro.

—Te ayudaremos, Amado. Ya que enmarcamos tu destino, nos corresponde cumplirlo, no a ti. Sólo te pedimos que cooperes. Una cosa más, Te pedimos, que busques conocernos. No trates de entendernos a través de tus sentidos porque eso creará una falsa representación de Nosotros. El verdadero entendimiento llega cuando nos revelamos a ti en respuesta a tu confianza en Nosotros. ¿Qué has aprendido sobre nosotros hoy?

Revisé los eventos del día en mi mente. —He aprendido que puedes caber en un cuerpo. Eres más divertido cuando tienes un cuerpo. Disfruté nadando contigo en el lago. He aprendido que no estás confinado a ningún contenedor. Puedes ser asesinado, pero no destruido. ¿Qué más? Eres capaz de protegerme. Saltaste delante del ti. . . .

Mi lengua se trabó y el asombro se apoderó de mí. El salto de Creador que atajó el ataque del tigre, reveló algo que no había visto antes: Su sacrificio. Ahora vi su disposición a sacrificar todo en mi nombre. Para protegerme del tigre, consintió en ser atacado, mutilado y asesinado. Supuse que el trauma de la experiencia de hoy me había impedido comprenderlo con anterioridad. O mi propio egocentrismo me había cegado. Esta comprensión pasmó mi mente con algo demasiado profundo para comprender plenamente: el alcance de Su tremendo amor por mí. Había experimentado Su amor dentro de mi alma, pero verlo demostrado de una manera tan dramática era más significativo y mucho más valioso.

Capítulo 38

Amor

Esta nueva comprensión del amor amplió mi alma. El amor inundó ese nuevo espacio dentro de mí y me abrumó, haciendo que mi alma temblara y que mi cuerpo se debilitara. Incapaz de quedarme de pie, me arrodillé y lloré. Mi cuerpo convulsionó cuando un poderoso torrente de amor desprendió los apegos inoportunos de mi alma, despojando todo lo que desafiaba al amor: miedo, culpa, vergüenza y auto desprecio. Todas esas cosas se fueron como si mis lágrimas las hubieran capturado y transportado fuera de mi cuerpo, dejando un vacío tierno a su paso. Él vertió Su amor en el vacío con tal sobreabundancia que era como tratar de tragarse un aguacero.

El gozo se expandió dentro de mí, y me di cuenta de que no era el trabajo de Creador, sino que mi alma se expandió con amor por Él. Permití que este amor naciente dentro de mí llevara mi alma hacia el objeto de su deseo, hacia Creador. Aún de rodillas, me incliné hacia adelante y puse mis manos sobre Sus pies, mi cara casi tocando el suelo. Derramé mi alma como agua sobre Él, dándole todo mi ser. Con cada oleada de rendición, mi cuerpo se estremeció. Con lágrimas, acoté una y otra vez: —Te amo, Creador. Te amo.

Cuando me había vaciado de todo lo que podía dar, me quedé postrado y en silencio.

Creador dijo: —Levántate, Amado.

Me puse de pie y le di la cara, notando Sus ojos brillando con afecto gozoso. Puso Sus manos sobre mis hombros y apretó Sus labios contra mi frente.

—Tu amor es precioso para Nosotros —dijo con ternura—. Amas porque has recibido amor, que lo impulsa a darse.

Me besó la frente otra vez. —Nuestro amor es tuyo para siempre. No siempre te protegeremos de la adversidad, pero Nuestro amor te sostendrá y tu confianza en Nuestro amor te transformará. Te encontrarás con tempestades y tigres, pero Nuestro amor es mayor que cualquier peligro o amenaza.

Las malas noticias mancharon las buenas noticias. ¿Por qué toda promesa de consuelo incluía una promesa de tribulación?

Salimos del lago y caminamos de vuelta a casa, los dos no decíamos nada. No necesitaba hablar, ya que mi mente estaba despejada como un cielo sin nubes. En cambio, disfruté de una satisfacción total en mi conexión con Creador, en Su amor por mí y por mi amor por Él. Nos fusionamos ahora y nada podría cambiar eso.

Llegamos a mi refugio al anochecer. Creador se sentó y se apoyó en uno de los árboles de laurel que enmarcaban la puerta de mi refugio. Me hizo señas para que viniera a sentarme con él. Me acerqué. Él me señaló que me sentara entre Sus piernas y que me recostara contra Su pecho. Entonces envolvió Sus brazos a mi alrededor y me sostuvo mientras la noche descendía a nuestro alrededor. Observamos a los árboles ennegrecerse en siluetas contra el denso rociado de estrellas. Una profunda tranquilidad y aceptación absoluta me abrazaron. En Creador, encontré cumplimiento completo.

Interrumpió el largo silencio, diciendo: —¿Te gustaría escuchar una historia?

—Sí —le dije, animado.

—Esta historia es sobre Kiki, el temido pinzón —comenzó—. Kiki estaba en edad de volar, pero tenía miedo de abandonar su nido. Ella creía que el mundo más allá de su nido estaba lleno de innumerables peligros. Ella se negó a volar porque temía estrellarse contra el suelo y quedar lisiada o peor. Así que decidió no abandonar nunca su nido ni aprender a volar.

—Los hermanos de Kiki aprendieron a volar y la animaban a hacer lo mismo. «Volar es muy divertido», le decían. «Aprende a volar y únete a nosotros en el cielo».

—Kiki decía: «No, gracias. Prefiero quedarme en mi nido donde estoy segura».

—Los padres de Kiki estaban preocupados por su negativa a volar. «Ya tienes edad para alimentarte», le decían a Kiki. «Vamos a dejar de traerte comida».

—Pensaron que, si Kiki tenía suficiente hambre, ella cambiaría de opinión sobre volar. Pero su miedo era mayor que su hambre.

—Kiki dejó de comer y se demacró. Sus padres se angustiaron. Le pidieron consejo al sabio y viejo guacamayo.

—El guacamayo dijo: «El miedo tiene poder mientras se evite lo temido. Deben empujar a Kiki fuera del nido y dejar que caiga. Sólo entonces, aprenderá a volar . . .»

No recuerdo el resto de la historia. Debo haberme quedado dormido en los brazos de Creador.

Capítulo 39

Proclamación

A la mañana siguiente, me desperté dentro de mi refugio. Creador debe haberme llevado adentro anoche. Con los ojos cerrados, respiré profundamente y sonreí. Floté en un inmenso y tranquilo lago que era Creador y me sentía optimista, seguro y amado. Después de disfrutar de la experiencia por un tiempo, abrí los ojos y me senté. Rayos de luz pasaban entre las ramas horizontales del muro de mi refugio. Abrí la puerta, usando el palo robusto que guardé para ese propósito, y me arrastré a la luz del sol, sintiéndome alegre y esperanzado.

Cuando vi a los maestros sentados en la mesa de granito, la decepción me pisoteó las tripas. Esperaba a Creador con flecos dorados. A pesar de la decepción, los saludé y los abracé a cada uno.

—Hoy estás diferente, Amado —dijo Aable, estudiándome. Ladeó la cabeza a la izquierda y a la derecha.

Intenté liberarme, avergonzado de que mi decepción fuese tan visible. Respondí diciendo: —Hoy también estás diferente. — Quise decir que prefería la versión de ayer.

Ennoia dijo: —Lo que Aable quiso decir es que permaneces en Nosotros esta mañana. Eso significa que estás sacando sustento continuo de Nuestro ser a través de tu umbilicentro. Nos complace que hayas aprendido a permanecer en el flujo.

Me relajé con alivio. —Ah, sí. El flujo —le dije, tratando de sonar como si lo hubiera entendido.

—Yo soy el flujo —dijo Aable. —Te lleno de agua de la Vida.

—Yo soy el agua de la vida —dijo Manna—. Soy alimento para

119

tu alma.

—Yo soy la fuente —dijo Ennoia—. El flujo de agua dador de vida sale de Mí.

En ese momento, este flujo brotó dentro de mí y surgió como palabras que no salieron de mi mente.

—Hoy y todos los días me rodeas de amor y cosas buenas. Como el sol del mediodía, Tu abundante bondad brilla sobre mí. Como el viento a mis hombros, Tu presencia reconfortante me sigue. Cuando te viertes en la cisterna de mi alma, bebo y me refresco como con agua fría. Mi alma se desborda con la vida que brota de Ti. Tu vida es mi tesoro y mi belleza. Me deleito en Ti, mi Creador, mi Fuente. Me regocijo en Tu amor inquebrantable. Todo lo que soy, lo rindo ante Ti. Porque Has dado Tu vida por mí, te doy mi vida, derramada sobre Tus pies.

Estas palabras mías, pero no mías, me sorprendieron. ¿Cómo encontraron su camino en mi boca?

Sus rostros se iluminaron con amplias sonrisas. Ennoia dijo: —Nada nos trae más placer que un don puro del alma, de más valor que cualquier cosa hecha por manos humanas. Tu amor por Nosotros es nuestra gran delicia.

Cada uno me abrazó con un abrazo apretado.

—Aún no has comido —dijo Manna—. Esperaremos aquí mientras encuentras algo de comer.

Había recogido toda la comida de las plantas cercanas, pero sabía de una gran área de moras que nunca dejaba de tener algunas bayas maduras. Vagué cuesta abajo hasta el barranco donde las espinosas ramas de mora se aglomeraban en enormes montículos de enredado crecimiento. Mientras buscaba bayas maduras, vi a una criatura suave de color bronceado tomando el sol, acurrucada cerca de mis pies. Diamantes alternos de luz y oscuridad corrían a lo largo del largo cuerpo de la criatura sin piernas. Me incliné para estudiar a la fascinante criatura. En lugar de huir como todos los otros animales que había encontrado, tiró hacia atrás su cabeza ancha y aplanada. Tal vez quería una mejor vista de mí. Extendí mi mano para tocar su piel escamosa, pero antes de hacer contacto, se abalanzó con un rápido empellón y me mordió la mano en la base de mi pulgar.

Grité y retraje la mano. La criatura se deslizó a la sombra de los arbustos de mora. Descubrí dos pequeños pinchazos en mi mano que me dolieron cuando los toqué. La piel alrededor de los pinchazos se enrojeció y se hinchó mientras observaba. Como cuando se reúnen nubes de tormenta, mi intuición me advirtió que se acercaban los problemas.

Pensé que era mejor volver a mi refugio donde Creador me esperaba. Ellos sabrían qué hacer. Para cuando di la vuelta alrededor del matorral de mora, mi cuerpo estaba hormigueando. Una sensación exterior de pánico me invadió. Quería correr, pero me sentía débil y confundido. Mi respiración se volvió superficial y laboriosa. En mi camino cuesta arriba, me aferré a cada árbol para mantenerme firme con el mareo. Mi estómago convulsionó, y me doblé para vaciar su contenido. Incapaz de pararme, caí al suelo, luego me torcí hacia los lados para expulsar lo que quedaba en mi estómago. Después de alejarme del charco, me acurruqué de lado. —Creador. Ayúdame. —Jadeé.

Creador no vino, a pesar de que estaban cerca. Intenté gritar, pero mis pulmones se negaron. Mis ojos no se podían enfocar y los bordes de mi visión se contrajeron. Una oscuridad se aferraba e intentó robar mi conciencia, pero luché para mantenerme despierto. ¿Por qué no me rescataron? ¿Por qué mantenían su distancia? ¿Era mi proclamación anterior de Su bondad nada más que palabras?

Capítulo 40

Oscuridad

Ennoia, Manna y Aable estaban sentados en el afloramiento de granito frente al refugio de Amado, sus alas enlazadas suspendidas en formación tensa. Supieron cuando la serpiente mordió a Amado. Lo sabían incluso antes de que ocurriera, viendo el evento a la distancia acercándose hacia Ellos hasta que cruzó el umbral del presente. Con total atención, Sus ojos espirituales vieron cómo se desarrollaba el evento. Vieron a Amado debilitado cuando la serpiente venenosa entregó su ponzoña. Fueron testigos de la lucha de Amado contra la duda.

—Amado tiene miedo —dijo Aable, con la cara fruncida de preocupación—. Deberíamos ayudar.

—No, todavía no —dijo Ennoia—. Amado debe pasar a través de cada fase del eclipse. —Ennoia apretó los ojos, arrugando la piel alrededor de Sus ojos.

Las alas de Aable se estremecieron. —No puedo sentarme y mirar. Amado nos necesita. El novato se siente tan solo.

—Amado no está solo —dijo Manna—. Estamos al lado de Amado a través de todo este trato. —Manna izó sus enormes alas.

—Pero quiero consolar y sanar —dijo Aable.

Ennoia dijo: —Haremos todas esas cosas en el momento adecuado. Amado necesita aprender a no temer a la oscuridad. Si intervenimos ahora, entonces abortamos la lección.

—El novato está perdiendo la esperanza —dijo Aable, con su voz quebrada. Sus ojos azules se inundaron de lágrimas. Arrojó Sus brazos alrededor de Manna y enterró Su enorme nariz entre el brazo y el costado de Manna.

—La esperanza prevalecerá —dijo Manna a Aable—, porque Amado confía en Nosotros.

—El novato es todavía tan frágil —dijo Aable, Sus palabras amortiguadas por el brazo de Manna.

Ennoia dijo: —Sean pacientes, Amados. El tiempo es pronto. Intervendremos antes del punto de quiebre.

Sabía que me estaba muriendo, a un paso de Creador, pero que moría, sin embargo. Pérdida de control. Pérdida del conocimiento. Pérdida de vida. Todas esas cosas me aterrorizaban, y mis esfuerzos para luchar contra ellas estaban fallando. Sólo un pequeño rincón de mi mente permaneció bajo mi mando. Ya no podía resistirme al feroz tirón que intentaba alejarme de mis sentidos. Con dolorosa desesperación, traté de agarrar a Creador, para evitar perderme, pero no pude encontrarlos. En mi inútil lucha contra la corriente descendente, me metí en una oscuridad aterradora y perdí el conocimiento.

Como si compartieran el cuerpo de Amado, Ennoia, Manna y Aable experimentaron las náuseas, la respiración superficial, el sudor frío, la conciencia drenándose. Sintieron estas sensaciones empáticamente, como cerebro de uno las experimentaría, como sensaciones físicas dentro de un sueño vívido. Sintieron el miedo y la desesperación mientras Amado iba a tientas tratando de encontrarlos. Y sintieron que el cuerpo se aflojaba a medida que Amado se desmayaba y se hundía más profundamente hacia la muerte.

Ennoia abrió los ojos y dijo: —¡Ahora!

Los tres entraron en acción.

Capítulo 41

Rescate

Desde la parte inferior de un pozo profundo y estrecho, ascendí hacia una luz brillante. A medida que me acercaba, la luz me abarcaba con su brillo. Sentí mi cuerpo de nuevo, volviéndose cada vez más caliente y caliente hasta que quemó de caliente. Entonces, a medida que el calor disminuyó, también lo hicieron mis síntomas. Cuando mi cuerpo alcanzó la temperatura normal, me sentí como mi yo normal, aunque algo confundido.

Mi ojo derecho estaba aplastado contra el suelo. Mi ojo izquierdo vio hojas borrosas de hierba. Me asusté y traté de sacudir mi aturdimiento. Notando humedad en mi barbilla, limpié la baba espumosa.

Creador habló dentro de mi mente. —Estarás bien, Amado. Hemos eliminado el veneno de tu cuerpo.

—No viniste. Llamé, y no viniste. —Creador me había abandonado de nuevo. El dolor y la ira regresaron.

—Estuvimos contigo todo el tiempo.

—Pero me sentí solo.

—Eso es porque el dolor y el miedo impiden que nos sientas.

—¿Cómo puede tu presencia consolarme si no la siento?

—Al saber que no estás solo y que somos conscientes de todo lo que te pasa.

—Tenía miedo.

—No necesitas temer, Amado. Nuestro amor preservará tu alma. No permitiremos que nada la destruya.

Noté que Creador no prometió proteger mi cuerpo. Debe tener menos valor para Ellos, supongo. —¿Por qué esperaste tanto?

—Si hubiéramos respondido de inmediato, no habrías aprendido que puedes confiar en Nosotros en tiempos de oscuridad. La oscuridad ha pasado. Ahora, recibe Nuestra comodidad y sanación.

Abrí mi alma y me hice vulnerable. Un bálsamo calmante alivió el dolor del abandono. El amor me abrazó y me convenció de profundizar en mi confianza en Creador.

Después de refrescarme, me energicé. Me tambaleé un poco porque me sentía débil. Mi estómago vacío me golpeó con hambre, así que reanudé mi búsqueda inicial de comida. Estaba reacio a volver a los arbustos de mora, así que acorté el camino a través de la ladera para encontrar otras fuentes de alimento.

De camino a casa, tomé un atajo sobre la cresta. La cresta estaba desprovista de arbustos y árboles, cubierta sólo de hierba escasa. Delante de mí, una esfera gigante color lavanda pálido flotaba sobre la hierba. La esfera brillante y sólida era tan alta como yo. Pensé que era Creador apareciendo en alguna forma nueva. La superficie de la esfera tenía docenas de ojos grandes, algunos abiertos, algunos cerrados, algunos moviéndose a través de la cara del globo como hojas a la deriva a través de la superficie de un estanque. Los ojos abiertos tenían iris azul cobalto que emitían haces de luz blanca que se extendían como picos largos y transparentes. Los rayos de luz debajo de la esfera se comportaban como tallos que suspendían la gigantesca bola de ojos.

A medida que me acercaba, Creador se tornó animado, flotando arriba y abajo con creciente aumento en la velocidad y la altura. Más ojos se abrieron, arrojando puntos adicionales de luz sobre la escena.

Las manifestaciones previas de Creador tenían una presencia que transmitía afecto e intensidad, pero no esta vez. No sentía ninguna familiaridad con este ser y me volví cauteloso. Desaceleré mi avance, ahora creyendo que esta criatura no era Creador.

Capítulo 42

Brillantez

—Saludos, Amado —dijo la criatura con entusiasmo burbujeante en una voz pequeña que contradecía su tamaño. La esfera luminosa lavanda pálido no tenía boca que pudiera ver. —Me llamo Brillantez. Soy un ángel.

La criatura giró su cabeza gigante hacia adelante, proyectando rayos de luz brillante en mis ojos. Entrecerré los ojos y levanté el brazo para bloquear la luz.

—Estoy muy contenta de conocerte, Amado. —Brillantez giró de nuevo y me cegó una segunda vez.

Rebotando en su lugar, Brillantez dijo a borbotones: —Creador me nombró para presentarte a ángeles como yo. Aunque soy la más inmerecida de tal privilegio, Creador me eligió. Por lo tanto, me siento sumamente honrada de ser nombrada para esta tarea. Los ángeles hemos oído hablar mucho de ti, Amado. Así que, ahora, aquí te estoy hablando en persona. Estoy muy complacida. . . .

—¿Qué es un ángel? Interrumpí, ansioso por aprender más. Hasta este momento, había creído que era único. Pero si existían seres como Brillantez, seres inteligentes capaces de conversar, entonces no era tan único después de todo. ¿Los ángeles competían por el afecto y la atención de Creador, destinados a mí?

—Un ángel es siervo de Creador —dijo Brillantez, con la voz casi con risa nerviosa. —Un ángel está dedicado a Creador en todos los sentidos. Obedecemos a Creador sin vacilar. Adoramos a Creador en el pensamiento, el habla y la acción. Servimos como mensajeros, protectores o cuidadores, entre otras cosas.

Estudié la esfera, buscando pistas de género. —¿Eres un él o una ella?

—Ni lo uno ni lo otro. Los ángeles no tienen género. Si tuviera que elegir uno, preferiría ser una ella.

—¿Cuántos ángeles hay?

—Millones.

—¿Millones? ¿Por qué no he visto ángeles hasta ahora?

—Porque no puedes vernos. Somos espíritus que habitamos el reino espiritual invisible. Cuando visitamos el reino físico, no podemos ser vistos a menos que decidamos aparecer en forma física como en este cuerpo que ahora ocupo.

—Si Creador tiene millones de ángeles, ¿por qué me hicieron? Me sentí perdido dentro de una multitud masiva, sin importancia y desapercibido.

—Creador quería hacer algo diferente a los ángeles.

Brillantez dejó de rebotar. Numerosos ojos se deslizaron hacia un lado de su cabeza e iluminaron algunos árboles a lo lejos con largos haces de luz. La penetrante luz capturó a un ciervo solitario que nos observaba. No pensé nada del ciervo hasta que me di cuenta de que le faltaban las orejas.

—No estamos solos —dijo Brillantez. —Vamos a un lugar más privado. Te transportaré.

Los ojos se abrieron en la parte inferior de su cabeza. De esos ojos, los rayos de luz se proyectaban como tallos curvos. Se envolvieron alrededor de mi cuerpo y me levantaron. Luego se retractaron y me acunaron bajo la esfera en una posición supina o de torso. Sus otros ojos comenzaron a girar hacia adelante, sus rayos nos llevaron hacia adelante con una velocidad creciente. Rodamos como semilla de diente de león soplada por la brisa.

Sentir que el aire se extendía sobre mí y ver la velocidad del suelo debajo de mí fue emocionante. Miré a Brillantez, que tenía tres ojos de cobalto fijos en mí. Con cautela, estiré la mano hacia arriba y toqué la esfera lavanda, que se sentía suave, casi resbaladiza.

Nos detuvimos en un lugar desconocido, un campo en

expansión de flores silvestres amarillas y púrpuras. Brillantez me bajó al suelo, dejándome de pie. Sus muchos ojos echaron una mirada rápida a nuestro entorno, iluminando todos los objetos a la vista.

—Este lugar es extremadamente remoto —dijo, cerrando muchos de sus ojos—. Nadie puede vernos ni oírnos.

Su necesidad de privacidad me dejó perplejo, pero no pregunté al respecto. —Me estabas diciendo que soy diferente a los ángeles.

—Sí. Eres el único ser que Creador ha hecho a su imagen. Tanto tú como Creador son tres partes fusionadas en una sola. Tienes un cuerpo, un espíritu y un alma. Tu cuerpo es esa parte de ti que existe e interactúa con el mundo físico. Tu espíritu existe e interactúa con el mundo espiritual. Tu alma es tu esencia central y está atada a tu cuerpo y a tu espíritu.

—Los ángeles no tienen alma —dijo—. Somos espíritu puro. Podemos tomar un cuerpo temporal, pero la sustancia de nuestro cuerpo no está sujeta a descomposición.

Hizo una pausa para echar una mirada rápida a nuestro alrededor de nuevo, con los ojos nadando alrededor de su cabeza como enjambre de hormigas alrededor de un pedazo de comida.

—Lo que también te distingue de los ángeles es que tienes un triple don de Creador, una contribución de cada uno. A todas las cosas creadas les ha dado forma Aable, quien es el poder de la creación. Todos los seres vivos han recibido vida a través de Manna, quien es la vida manifiesta. Pero, sólo en ti, Ennoia ha implantado una semilla divina y eterna. En verdad, eres la descendencia de Creador.

Me agradó oír que todavía era único, pero no entendía la importancia de mi singularidad. —¿Por qué me hizo Creador cuando ya tienen ángeles para servirlo y adorarlo?

—Una pregunta extremadamente astuta, Amado. Creador quería que alguien a quien amar y quien los amara a cambio.

Con más claridad que nunca, comprendí que mi existencia tenía que ver con el amor.

Capítulo 43

Obstáculos

—Nosotros, los ángeles, no somos capaces de amar, ya ves —dijo Brillantez—. Podemos ser leales a la perfección, pero no podemos amar. Y tú, Amado, eres el único objeto del amor de Creador.

—¿Ellos no te aman? Dije, asombrado.

—Creador tiene compasión por cada criatura, pero ellos han elegido enfocar Su amor solo en ti.

Una mezcla de asombro y responsabilidad se asentó sobre mí. Me senté dentro del campo de flores silvestres, la fragancia de las flores ahora endulzaba cada aliento.

Brillantez continuó. —El amor es sólo un concepto para mí. No puedo producir amor ni experimentar amor. Me parece intrigante la noción.

—¿No sabes cómo se siente el amor?

—Nuestra capacidad de emoción es limitada. No sentimos mucho de nada. —Su brillo se atenuó un poco—. Pero, somos capaces de una lealtad profunda y una firme determinación—. Se jactó, iluminándose de nuevo. —Además, las emociones obstaculizarían nuestros servicios. Estás cargado de emociones. ¿No te parece que interfieren con tu devoción al Creador?

—Todo el tiempo. —Me reí—. Estoy de acuerdo en que las emociones complican las cosas, pero también mejoran mi relación con Creador.

—¿Mejorar? —dijo Brillantez—. Pensé que las emociones debían ser superadas como otros obstáculos que Creador ha puesto en tu vida. Incluso el cuerpo que te asignaron está plagado de debilidad. —Brillantez hizo brillar un haz de luz en mi cuerpo, delineando mis brazos y piernas flacos.

—No hay nada malo con mi cuerpo. Me sirve bien, incluso con sus limitaciones. Lo prefiero sobre una cabeza gigante y desencarnada. Y esos obstáculos que mencionaste están destinados a transformar mi alma.

Traté de dar un giro positivo a mi existencia errática.

—Transformar? ¿En qué?

Me detuve a pensar en una respuesta. —No estoy seguro. Algo más humano, según Creador, lo que sea que eso signifique—. Una pequeña flor roja me llamó la atención. La arranqué del tallo y comencé a rodarla entre mis dedos.

—Interesante —reflexionó Brillantez, con los ojos parpadeando y rayos intermitentes—. Los espíritus no se transforman. Siempre seguimos igual. Pero, ¿las almas pueden transformarse?

—Sí. Mi alma ha cambiado muchas veces y de muchas maneras. —Enderecé la columna vertebral lo más alto que pude. —Mi alma tiene mayor capacidad de confianza, amor y valor de lo que solía tener.

Todos sus ojos se abrieron. —Esto es extremadamente fascinante. ¿Puedo ver esta transformación? Un enjambre de ojos redondeó la esfera para mirarme. Ella reanudó su movimiento oscilante.

El escrutinio me incomodó. —Eh, no hay nada que ver en este momento. Creo que lleva mucho tiempo.

—El tiempo no importa. Cada tramo de tiempo, no importa cuán largo, nunca deja de llegar a su destino. Estoy acostumbrada a esperar.

—Yo no lo estoy. Así que solo tendrás que creerme.

Sus ojos volvieron a sus lugares originales.

—¿Por qué Creador no te envió antes? Dije.

—No lo sé. Tendrás que preguntar a Creador tú mismo. Sería extremadamente inapropiado que yo lo hiciera.

—¿Nunca tienes curiosidad?

—A veces, pero dejo mi curiosidad a un lado. Tener respuestas a mis preguntas no hace ninguna diferencia en el ejercicio de mis deberes. Dejé de hacer preguntas hace mucho tiempo.

—Hago preguntas todo el tiempo —dije sin vergüenza—. Si Creador es todopoderoso, ¿por qué necesitan millones de ángeles para servirle?

Todos sus ojos parpadearon simultáneamente. —No lo sé. La pregunta nunca se me ocurrió. Qué mente extraordinaria, inquisitiva, tienes.

—Tal vez Creador no necesita sirvientes —le dije—, pero los ángeles tienen la necesidad de servir, así que Creador te dio algo que hacer. O, tal vez, solo querían que no dieras problemas.

Brillantez estalló con sonidos que tomé como risas. Se tambaleó, y los tallos de luz debajo de ella parpadearon y se atenuaron, haciendo que cayera más abajo. Después de enderezarse, ella dijo: —Eres extremadamente divertido, Amado. Recordaré esta conversación para siempre.

Sonreí de par en par, casi hasta el punto de reírme.

—¿Qué tipo de tareas te dan para hacer? Dije.

—Normalmente, Creador me envía a los confines del universo para erradicar el mal. Es una tarea solitaria, pero estoy diseñada para ese propósito. Esta misión es inusual para mí.

—No conozco esa palabra. ¿Qué es el mal?

Brillantez se estremeció. —¡Oh, Amado! ¡Oh Amado! Pensé que te lo habían dicho. Esto es malo. Excesivamente malo. —Sus ojos se lanzaron por la esfera en frenesí.

—No lo entiendo —le dije.

—No se supone que lo entiendas.

—¿Entiendes el mal?

—Sí. No, no puedo decir más al respecto. Hablemos de otra cosa.

Su comportamiento me desconcertó. Nunca había visto una sola palabra tener tal efecto, pero cambié el tema como solicitó. —¿Me visitarás de nuevo? Espero que sí.

—Lo dudo. —Sus muchos ojos parecían evitar mirarme. —Espero que Creador envíe un ángel diferente la próxima vez. Una más competente.

Su discurso se hizo cada vez más rápido. —Conocerte ha sido extremadamente agradable, Amado. Siempre atesoraré nuestro tiempo juntos. Desearía poder quedarme más tiempo, pero debo reanudar mis otros deberes y devolverte a casa.

Brillantez giró hacia adelante, enviando rayos brillantes de luz a mi cara. Cerré los ojos por un momento. Cuando los reabrí, ella había desaparecido. Me encontré sentado en la cresta cubierta de hierba donde nos encontramos por primera vez. Mi transporte esta vez fue instantáneo.

—¿Brillantez? ¿Brillantez?

Ella no respondió, y me preguntaba si ya estaba lejos. Deseaba que se hubiera quedado más tiempo, pero ella había llevado la conversación a un final abrupto. Tal vez se cansó de mis preguntas.

Repasé su visita en mi mente, tratando de recrear la emoción que sentí durante nuestro encuentro, pero no pude borrar el vacío que persistía después de que ella se fue. Millones de ángeles, pero solo un humano. Me habían dicho que mi singularidad me hacía especial, pero no encontré consuelo en el hecho, solo soledad. Por primera vez, quería un compañero, no como Brillantez, sino alguien como yo.

Me levanté y me apresuré a mi refugio donde Creador prometió esperarme. Necesitaba respuestas.

Capítulo 44

Celos

Ennoia, Manna y Aable se sentaron en la mesa de granito como lo habían hecho esta mañana cuando los dejé para encontrar algo de comida. Después de mi prueba con la serpiente y conocer a Brillantez, el sol de la tarde ya había comenzado su descenso. Manna pelaba una naranja, una extraña actividad para alguien que no necesitaba comer. Se pusieron de pie cuando vieron que me acercaba.

—Creador, ¿por qué hiciste un solo humano? Dije.

Ennoia dijo: —Y saludos a ti, también, Amado.

—Eh . . . Saludos.

Ennoia sonrió. —¿Por qué creamos solo uno como tú? Consideramos hacer compañía humana para ti, pero decidimos lo contrario porque no queríamos nada que te distrajese de tu relación con Nosotros. Pensamos que, si tenías compañeros, preferirías su compañía a la nuestra. Por la misma razón, no queríamos que interactuaras con ángeles antes.

—No puedo creer que estés celoso.

—Nuestro amor es un amor celoso. Nuestra decisión de amarte requiere Nuestra disposición a ser vulnerables a ti. Eso significa que somos propensos a la alegría cuando interactúas con Nosotros y estamos sujetos a dolor cuando nos ignoras o nos haces a un lado por otro. Haríamos cualquier cosa para preservar nuestra relación. Sin embargo, nos hemos expuesto a tus decisiones ya que nos afectan.

—No sabía. —Jadeé—, que tenía el poder de hacerte daño. Lo siento por todas las veces que te causé dolor. Todo este tiempo, había asumido que eras impermeable al dolor. No me di cuenta de que eras susceptible a la debilidad.

Ennoia retrocedió y extendió Sus alas. —¿Crees que la vulnerabilidad es debilidad? —Su voz se elevó, sus ojos rojos se ensancharon—. Te equivocas, Amado. La vulnerabilidad es la fuerza. La voluntad de sufrir debido a las acciones de los demás requiere fortaleza y coraje. El miedo a la vulnerabilidad es la debilidad.

Ennoia bajó sus alas y se quedó en silencio. Manna y Aable, cada uno, colocaron una mano sobre su hombro. Vi sus ojos ablandarse hasta que brillaron con profunda tristeza.

—Lo siento, —le dije—. Hablé por la ignorancia. Perdóname.

—Estás perdonado, Amado —dijo Ennoia—. Nosotros decimos estas cosas porque queremos que nos entiendas.

Manna recogió la naranja pelada, la rompió en tres partes y me las entregó. —Todo lo que somos, lo compartimos contigo —dijo Manna—. Toma y come.

Tomé las partes y comí.

—El interior de la naranja —dijo Manna—, es como Nuestro ser interior, desnudo para compartirlo. Elegimos hacernos vulnerables a ti, revelarnos a nosotros mismos. Ahora, cierra los ojos porque queremos mostrarte algo.

Me tragué el bocado y cerré los ojos.

—¿Qué ves? Manna dijo.

—Te veo. —En mi mente, vi una imagen de Creador de flecos dorados. Abrió Su caja torácica con Sus manos como si uno abriese las dos mitades de una concha con bisagras.

—¿Qué ves, ahora?

—Veo dentro de ti.

Centrado en su pecho, un órgano del tamaño de un puño.

—Veo tu corazón —le dije.

Capítulo 45

Pasión

Mientras miraba con asombro el corazón de Creador, su fuerte latido hipnótico me llevó a su reino interior. Me encontré dentro de una gran cámara llena de luz dorada. Floté en una alberca de líquido, salvaje y turbulento. Con cada latido contundente del corazón, poderosas olas se levantaban y se estrellaban contra mi persona en sucesión rítmica.

Creador me dio la comprensión de que las olas encarnaban Su amor por mí. A medida que cada ola feroz me envolvía, sentía una intensidad de amor, indómito, impulsor, incluso doloroso. Sentí su deseo crudo por mí, un dolor perpetuo de fervor que anhelaba la unión.

Hasta ahora, había visto el amor de Creador como una profunda afición, pero este amor superó con creces a eso. Más allá de la imaginación, y sin embargo tan real, descubrí que Su amor era poderoso, apasionado e implacable, atravesando Su ser como un poderoso río que talla cañones en su empeño por vaciarse. En esta visión, yo era el blanco de Su ardiente búsqueda, de su anhelo angustioso de cercanía. Por primera vez, entendí cuánto dolor sufrirían si yo los rechazaba.

La visión terminó, y abrí los ojos. Quedé aturdido y sin palabras. Para mi sorpresa, un flujo de mi umbilicentro se desató con palabras, dando voz a mi asombro.

—Creador, Tu amor arde por mí con deseo y late con dolorosa pasión. Me anhelas como un oso sediento que camina por altas montañas en busca de agua. Tu sed no se apacigua hasta que me encuentro dentro de Tu abrazo. Con paciencia inagotable, esperas mis atenciones. Tu corazón salta cuando me acerco. Te regocijas cuando te toco. Cuando me uno a Ti, Tu deleite se desborda. El universo aplaude de alegría por el embeleso de que nos consideremos uno. Qué maravilloso es tu amor. Qué maravillosos son Tus pensamientos hacia mí. Soy muy bendecido, incluso sobre todos los ángeles, porque Tú has asegurado Tu amor por mí.

Cada uno de ellos puso sus manos sobre mí. Entonces Ennoia dijo: —Sí, querido Amado, eres muy bendecido. Te hemos elegido a ti sobre todas las demás criaturas para ser Nuestro amado. Sólo a ti Nos hemos hecho vulnerables, dándote el poder de herirnos o deleitarnos. En este momento, nos regocijamos en ti.

Olas de bienestar se apoderaron de mí. Cerré los ojos y disfruté de la sensación dichosa. Todo mi ser inundado del amor de Creador. En ese amor, descansé, me acurruqué, me escondí. Cuando abrí los ojos, Creador se había ido.

Sentado en la mesa de granito, vi el cielo oscurecer. ¿Se suponía que debía sentir pasión por Creador? Los amaba, pero mi amor era superficial en comparación. Cuando busqué pruebas de mi amor, mi mente no pudo reproducir una prueba convincente.

Luché con lo que me faltaba. El amor que quería dar al Creador no estaba dentro de mí para poderlo otorgar. Odiaba estar con las manos vacías ante Ellos, pero esa condición ocurría frecuentemente para mí. Todo lo que podía hacer era reconocer mi deficiencia y confiarla a Creador, creyendo que me ayudarían.

—Creador, no tengo nada que darte, excepto mi ser. Llévame y haz lo que tengas que hacer para cambiarme. Ayúdame a amarte de la manera en que quieres ser amado.

A medida que la luz del día se rendía a la noche, me preguntaba si alguna vez aprendería a amar.

Capítulo 46

Plantar

—Bendiciones, Creador —le dije después de despertar. Cuando me estiraba, la hierba seca crujía debajo de mí.

Creador respondió, no con palabras, sino con un relleno de Su ser a través de mi umbilicentro. Permití que el flujo de bienvenida se empapara en mi alma. Bebí el refresco de su amor hasta que me sacié.

Cuando dejé mi refugio, no vi a Creador en ninguna parte. El sol no había aparecido todavía, pero había manchado de rojo la parte inferior de las nubes de color gris oscuro. Decidí ir a nadar temprano por la mañana en el gran lago, evitando el pequeño lago porque las ruinas de la torre aparecían en la orilla.

Regresé a casa por un camino bien transitado lleno de ciervos, mi pensamiento estaba en Brillantez. El sol de la mañana calentó el aire y se había secado de mi cuerpo, pero mi cabello permanecía húmedo.

Creador rodeado de flecos de oro se sentó con las piernas cruzadas cerca de la puerta de mi refugio. Cuando me vio acercarme, se puso de pie para saludarme. Corrí hacia él y le di un apretón prolongado porque esta versión de Creador era mi favorita.

—Nunca te agradecí por enviar a Brillantez —le dije—. Disfruté de conocerla. ¿Puedo conocer a otros ángeles?

En lugar de responder, Creador agarró mis dos manos. Desconcertado, miré sus manos, y luego su rostro serio.

En un tono solemne, dijo: —Conocerás a otros ángeles. Algunos de ellos no están sujetos a Nosotros, sino que siguen sus propias voluntades. —Suspiró—. No todos dicen la verdad.

—Eso es una tontería. ¿No todo lo hablado es verdad?

—No. Nosotros decimos la verdad siempre, pero el ángel, Illuminos, no. Cuando Illuminos te visite, no creas todo lo que dice.

—¿Por qué mentiría? ¿No logra la verdad todo?

—La verdad puede ser retorcida para servir a fines egoístas.

Me dio curiosidad por saber lo que este Illuminos pudiera decir. —¿Cuándo me visitará?

—Lo mantuvimos alejado hasta ahora, pero en unos días vendrá a plantar sus semillas en tu alma. —Creador suspiró de nuevo.

—¿Semillas de plantas? No lo entiendo.

—No semillas que se convierten en plantas, sino semillas que pueden arraigarse en tu alma y crecer en algo que puede estrangularte. Illuminos es un maestro de las palabras. No dejes que sus ideas se arraiguen. —Creador me miró con preocupación.

Me encogí de hombros porque no tenía idea de lo que estaba hablando, pero Su tono y expresión me puso aprensivo. Al darme cuenta de mi hambre, dije: —Necesito encontrar comida, pero todos los lugares cercanos han sido cosechados hasta quedar limpios. ¿Cuánto falta para que vuelvan a producir comida?

—Más de trescientos días.

—¿Trescientos? No puedo esperar tanto.

Creador puso una mano sobre mi hombro. —No te preocupes. Te ayudaremos a plantar un jardín donde puedas cultivar tu propia comida.

—¿Jardín?

—Un jardín es una parcela de tierra donde uno planifica y supervisa el cultivo de plantas. Comenzaremos tu jardín a partir de semillas. En primer lugar, necesitamos una ubicación plana, soleada y cerca del agua.

—Conozco el lugar perfecto—le dije—. Junto al pequeño lago. —Tan pronto como hablé, recordé por qué había evitado ese lago.

—Vamos —dijo.

Sintiéndome ansioso, acompañé a Creador al lago.

—No necesitaría un jardín si la comida fuese más

abundante—le dije—. ¿No puedes hacer que las plantas produzcan todo el tiempo?

—Al principio, lo hicieron, pero fue demasiado. La fruta no la comían y se estropeaba. Las semillas sobrantes germinaron en plantas que se apiñaban entre sí. La tierra no podía sostener un crecimiento tan abundante, así que creamos intervalos, llamados estaciones, cuando las plantas florecen y dan fruto.

—¿Hay momentos en los que no hay comida en absoluto?

—Siempre hay comida, pero un jardín te dará un suministro confiable y constante. Además, Creemos que ahora estás listo para tener algo que atender. Puedes aprender muchas lecciones a través de la jardinería, como la paciencia, la diligencia y la responsabilidad.

No estaba seguro de lo que significaban estos términos, pero la palabra "lección" a menudo implicaba incomodidad, y me dio escalofrío al escucharla. Disfrutaba aprendiendo cosas nuevas, pero las lecciones no tanto. El impacto de la lección de la torre demolida no se había desvanecido. Esperaba que, por arte de magia, las ruinas desaparecieran.

La creciente frecuencia de abedules me informó que el lago estaba cerca.

Creador dijo: —Te mostraremos cómo preparar el jardín. Cuando aparezcan las plantas, te mostraremos cómo cuidarlas.

—¿Cuánto falta para poder comer de mi jardín?

—Muchos días.

—¿Muchos días? Pero tengo hambre, ahora.

—Lo sabemos. Vamos a encontrar algo de comida.

Capítulo 47

Preparación

Después de un desvío para comer granadas, nos dirigimos al pequeño lago. A medida que el lago se fue avistando a través de los abedules, fui disminuyendo el paso y me preparé. Cuando el montón de ramas astilladas apareció, me detuve y contuve la respiración. Ver la pila me hizo volver a repasar el lamentable incidente. Mirando a los escombros, esperé una respuesta desde dentro de mí, anticipando alguna fuerza oscura para llevarme a un abismo de espera, pero no pasó nada.

Me volví al Creador. —Esperaba que ver los restos hubiera suscitado sentimientos de culpa o vergüenza, pero no siento nada.

—Tu conexión con Nosotros mantiene tu alma en paz.

Volví mi mirada a las ruinas. —¿Qué pasará con las visitas futuras? Puede que no siempre esté tan relajado.

—¿Prefieres quitar los escombros?

Lo pensé seriamente, y luego dije: —Al principio, quería decir que sí. Ahora, creo que los escombros deben permanecer como un recordatorio para ser cautelosos con el egoísmo y su poder.

Los ojos de Creador se ensancharon. Tres pupilas bailaban dentro de cada iris dorado. Sus labios se separaron en una amplia sonrisa. —Nos complace oírte expresar tanta madurez y compartir tus pensamientos con Nosotros. Hasta ahora, nos has excluido de tus pensamientos.

—¿Mis pensamientos? Asumí que los conocías, de todos modos.

—Es cierto, pero revelarlos demuestra confianza y promueve la intimidad.

Me encogí de hombros y me reí. —No estaba pensando eso. Lo acabo de pensar.

Sonrió y me enredó el pelo con la mano. Miró a la orilla y dijo: —Muéstranos el lugar que crees que será mejor para el jardín.

Lo llevé a un área plana, cerca del borde del agua. La ubicación era estéril, excepto por los pocos racimos de hierba azul-verde. Una corta distancia más allá, en una pared de abedules comenzaba el bosque.

—Este lugar va a estar bien —dijo.

Cogió un palo blanqueado por el sol y lo usó para grabar un límite rectangular en la tierra arenosa. —El jardín estará dentro de esta zona —dijo, señalando el interior con el palo—. Necesitamos limpiar el área de rocas y plantas.

Los dos sacamos mechones de hierba, lo que ofrecía poca resistencia. Quitamos piedras y las pusimos en una línea a lo largo de los cuatro lados del límite del jardín. Mientras trabajábamos, discutimos qué plantar.

Cuando terminamos, Creador dijo: —Antes de que podamos plantar, necesitamos hacer algunas herramientas. Vamos a encontrar una roca afilada, una rama recta, un poco de hierba fuerte y una calabaza seca.

Mientras buscábamos juntos los materiales, dije: —¿Por qué hay tres de ti en lugar de uno?

Creador sonrió y dijo: —Somos una unidad perfecta. La unidad solo puede existir dentro de una relación plural. Nuestra alianza de tres no se puede dividir por la mitad, por lo que en cualquier diferencia se cede por el bien de la armonía.

—Pero cada uno de Ustedes es diferente.

—Sí, pero esas diferencias completan el todo. Ennoia es quien da la Vida. Manna es la vida que se da. Aable es la respiración que da esa vida. Juntos, Somos la Vida Única.

Después de recoger los artículos necesarios, volvimos al sitio del jardín. Creador me instruyó sobre cómo hacer una azada. Usando la azada terminada, cavé surcos donde Él me indicó. El sol me calentó la espalda mientras cortaba y tiraba de la azada en la tierra. El sudor humedecía mi cuerpo y me goteaba por el cuero cabelludo. A menudo me detenía a limpiarme la frente y a echar hacia atrás el pelo largo que se pegaba a mi cara.

Creador se sentó y me vio trabajar. Cuando le pregunté por qué no me ayudaba, dijo: —El trabajo duro construye carácter.

Después de completar los surcos, me dijo que hiciera agujeros en la primera fila usando mi dedo, perforando la tierra a la profundidad de mi uña. Espacié cada agujero un ancho de mano, de acuerdo con Sus instrucciones.

—Esta fila es para fresas —dijo, recogiendo un guijarro y cerrando su mano alrededor de él—. Levanta la mano.

Extendí mi mano. Él abrió la suya y vertió semillas de fresa en mis manos. —Deja caer un par de semillas en cada agujero y cúbrelas de tierra —dijo.

Cuando terminé, sugirió que marcara el final de la fila con una piedra roja que se asemejaba a una fresa. Planté diferentes semillas en cada fila, algunas semillas que requieren más espaciado o agujeros más profundos. Una roca única marcó el final de cada fila para recordarme lo que se plantó allí. Cada vez, Creador transformaba los guijarros en semillas. Cada vez que lo hacía, estudiaba el truco tratando de descubrir su secreto.

—¿Cómo haces eso? —pregunté.

Creador sonrió. Tomó una piedrecilla negra y la sostuvo en su palma abierta. —Todo está hecho del mismo material básico. Cada objeto tiene su propia vibración única. Una roca vibra con una energía diferente a la de las semillas. Produjimos una vibración para las semillas y la colocamos en la roca quien respondió convirtiéndose en semillas. Ahora, mantén tus ojos en esta roca.

La piedrecilla se volvió suave y brillante. Entonces seis piernas se desplegaron y cargaron el cuerpo de un escarabajo sobre su palma. Bajó la mano al suelo para dejar que el escarabajo se marchase.

Observé con asombro.

Después de sembrar semillas en todas las filas, Creador dijo:
—Ahora, necesitas regar las semillas. Corta la parte superior de la calabaza y llénala con agua del lago. A continuación, vierte el agua en los surcos.

El riego requirió muchos viajes al lago. Demasiados viajes. Me imaginé a una calabaza gigante lo suficientemente grande como para llevar toda el agua necesaria en un solo viaje, Pero entonces, ¿cómo la llevaría? Creador se sentó y me miró. Yo deseaba haber recogido una segunda calabaza para que Él la usara.

Cuando todas las filas se oscurecieron con humedad, Creador dijo: —Puedes descansar, ahora, Amado. Hoy no se requiere nada más. Debes regar el jardín todos los días. En siete días, aparecerán los primeros brotes.

Capítulo 48

Rutina

Cada mañana, me apresuraba a mi jardín a regar las semillas. Revisaba si había signos de crecimiento, aunque sabía que era demasiado pronto. Creador no me acompañaba en esos viajes, diciendo que confiaba en mí para regar el jardín por mi cuenta.

Después de la obligación del jardín, encontraba a Creador en mi refugio y dábamos largos paseos explorando el bosque o las altas colinas. Durante estas salidas, hablabamos poco, pero disfrutábamos de la compañía del otro y del mundo creado.

Al final de la tarde, Creador y yo nadábamos en el gran lago. Cuando Creador era tres personas, me veían nadar.

Por las noches, nos sentábamos y hablábamos hasta que oscurecía. Yo tenía más que decir cuando estaba cansado. Hablamos de muchas cosas, pero mis temas favoritos eran los animales y los insectos. Me encantaba oír hablar de criaturas exóticas que aún no había visto.

Mi conocimiento del mundo se limitaba a lo que Creador eligió compartir conmigo. Mi única otra fuente de información había sido Brillantez. ¿Volvería a ver a Brillantez? ¿Qué dirá Illuminos cuando me visite?

Mis viajes matutinos a mi jardín me dieron la estructura que anhelaba. Aunque era una tarea pequeña, regar las semillas sedientas me hizo sentir necesario y conectado con el progreso del universo. Tenía un papel que interpretar, en lugar de ser espectador.

La responsabilidad me dio un sentido de propósito, pero todavía me sentía un poco incompleto. ¿Había algo más allá de mi rutina o era ésta la plenitud de lo que la vida ofrecía? Quería profundizar con Creador, pero no sabía cómo. Tal vez había llegado al límite de mi potencial.

—¿He alcanzado mi destino? Le pregunté a Creador durante una de nuestras charlas nocturnas. Temía que la respuesta fuera sí.

—¿Qué te parece?

—Todo parece tan perfecto. Nos tenemos el uno al otro. Tengo cosas que hacer todos los días. ¿Eso significa que me he instalado en la vida que pretendías para mí?

—Nunca tienes que conformarte, Amado. No reprimas tu deseo de más.

—¿Qué hago, entonces?

—Busca más allá de lo que sabes. Algunos mundos son inexplorados. Explora el paisaje interior de tu alma. O explora las profundidades de Nuestro ser. Puedes escarbar tan profundo como quieras. Tu recompensa será una comunión más profunda contigo o con nosotros. El único límite que encontrarás es el de tu propio deseo de tales cosas.

—¿Así que hay más?

—Siempre hay más.

Estudié la cara de Creador. —Sé cómo explorar los bosques, pero ¿cómo puedo explorar Tus profundidades?

—Piensa en un río. Entras en aguas más profundas y entras en la corriente más rápida. Cuando el agua sea demasiado profunda y demasiado rápida, te arrastrará cuando ya no pises el suelo. Entonces tú debes confiar en la corriente.

Ser arrastrado no tenía ningún atractivo para mí. Tal vez la otra opción era menos arriesgada. —¿Cómo exploro mi paisaje interior?

—Existen otras conexiones dentro de ti además de tu umbilicentro. Tienes una conexión contigo mismo que aún no has descubierto. Se encuentra en el mismo lugar que tu umbilicentro. Cuando lo encuentres, intenta entrar en ese portal para ver lo que puedes aprender.

Esa noche, en mi refugio, busqué mi conexión conmigo mismo. Cuando la encontré en mi centro interior, me concentré en ella. Una panorámica se abrió y contemplé mi alma. Brillando color naranja como el sol poniente, tenía la forma de una vaina de semillas de magnolia con un complejo patrón de crestas y pliegues. La forma no era sólida, sino que era como una nube metálica que brillaba como un pez dorado cuando el sol se refleja en sus escamas. La belleza de mi alma me llenó de asombro. Su inmensidad me sorprendió. No conseguí medir su tamaño, pero su profundidad parecía extenderse por siempre.

Después de siete días, los primeros brotes aparecieron en mi jardín, lo que me entusiasmó con sus pequeños rizos de verde. Que una semilla pequeña y dura pudiera producir una planta verde no era menos milagroso que un guijarro transformado en un escarabajo. Me arrodillé y examiné los brotes de cerca. Cuando llevaba mi calabaza de agua del lago, mi emoción me hizo derramar el agua.

Cuando terminé de regar, coloqué mi calabaza boca abajo dentro de su nido de rocas en la esquina de mi jardín. Mi calabaza de riego, siendo redonda, nunca se quedaba en su lugar. Cada mañana, tenía que descubrir a dónde había rodado. Una vez, la encontré flotando en medio del lago. Para resolver mi problema, hice una pila cóncava de rocas en la que colocaba mi calabaza cuando acababa de usarla.

Después de guardar mi calabaza, vi al visitante predicho acercándose. Jadeé de asombro. Él era ocho anchos de mano más alto que yo. Recordé las advertencias de Creador y me volví cauteloso. Al mismo tiempo, estaba ansioso por conocer a este nuevo ángel.

Capítulo 49

Illuminos

Illuminos se deslizó hacia mí con zancadas largas y suaves como una cigüeña, picando el suelo con un bastón enorme y retorcido que parecía ser un cuerno de un animal fantástico. La piel de color cobre envolvía su constitución física delgada y a los músculos, similares a las cuerdas. Su cabeza se parecía a la de una mantis religiosa, incluso en sus movimientos, girando a la izquierda y a la derecha como si buscara presas.

Illuminos se detuvo frente a mí, su cara con una amplia sonrisa de labios delgados. Sus ojos de color granada descansaban como gemas en la parte superior de pómulos sobresalientes en forma de higos volteados. En lugar de una nariz, dos tajos verticales desiguales marcaban su cara, cada uno de la longitud de mi dedo.

—Saludos. Yo soy Illuminos. —Lo espectacular dicho con calidez efusiva, su voz profunda y confiada. Se inclinó mientras se apoyaba en su magnífico bastón. Su pelo largo y negro flotaba en su lugar como si hubiera hundido la cabeza bajo el agua. Cuando se levantó, su cabello cambió de posición como esculpido por manos invisibles.

—Saludos. Mi nombre es Amado —le dije, inclinándome también—. Creador me dijo que me visitarías.

Cuando me enderecé, me di cuenta de que tenía un extraño nódulo amarillo en el área hundida debajo de su caja torácica. Su esternón se extendía hacia abajo como un gancho deforme. El botón se asemejaba a una gorra tipo hongo ceroso de color azufre.

—¿Lo hizo? —Su cabello ondeaba hacia arriba como una gran bandada de mirlos volando en masa—. ¿Qué más te dijo?

147

—Que tratarías de plantar semillas en mi alma.

—Por supuesto. —Se rió Illuminos, haciendo sonidos como graznidos. Su cabello latigueó detrás de su cabeza, luego flotó en su lugar, a punto de su siguiente movimiento. —En ese caso, supongo que soy un jardinero como tú. Pero mi jardín no es tan bien parecido como el tuyo. Miró a mi jardín, que no era más que unos pocos brotes diminutos en una sola fila. Continuó sonriendo, con los ojos brillantes. —Sé lo que estás pensando. El jardín aún no está maduro. Pero cuando miro algo, veo su potencial.

Illuminos no era nada como esperaba. —¿Así que tú tienes un jardín, también? —Pregunté, ahora intrigado—. ¿Qué plantas cultivas?

—Para ser un pequeño renacuajo, estás lleno de preguntas. —Señaló a una gran roca, hecha de serpentina verdosa, que estaba en el borde de la orilla del lago—. Sentemonos ahí mientras charlamos.

Expuso todos sus dientes cuando dijo la palabra "charlamos." Se volvió de pronto y se me adelantó.

Tratando de mantener el ritmo, lo seguí, viendo su pelo saltar y arremolinarse, fascinado por su misterioso comportamiento.

Illuminos llegó primero a la roca, sentándose con gran fortaleza y apoyando su largo bastón contra la roca con cuidado meticuloso. Aunque había espacio para dos, monopolizó toda la roca, dejándome sin más opción que sentarme en el suelo. Sentado frente a sus piernas, noté dos criaturas parecidas a lagartos, cada una aferrándose a una espinilla ósea justo encima de su tobillo. Su coloración rojiza coincidía con su piel. No se movieron, por eso no los había notado antes. Sus ojos ámbar sin parpadear estaban fijos en su barbilla.

Habló y extendió los brazos de par en par. —Mi jardín es el universo. Yo planto donde puedo. Una palabra aquí. Un dicho allá. Un pensamiento que se deslizó bajo la superficie. —Su mano tironeaba en el aire.

—¿Así que tú plantas palabras e ideas? Dije, mi curiosidad se asomó.

Illuminos se detuvo, parecía pensar. —Sí. Pero eso es sólo el principio. Una idea cultivada es algo glorioso cuando ha madurado, después de haber sido cuidada con el tiempo.

—¿Con qué frecuencia una idea necesita riego?

Illuminos se rió. Su cabello estaba más relajado ahora, balanceándose como hierbas en una brisa. —Pequeño renacuajo, el agua es para las plantas, no para las ideas. Las ideas requieren la luz de la verdad universal y el alimento del racionalismo.

—¿Qué es el racionalismo?

—La supremacía de la razón. El poder de pensar por uno mismo.

—Pienso por mí mismo.

—¿Cómo puedes cuando no tienes la verdad para guiarte?

—Creador es la verdad.

—Su verdad no abarca el todo. Existe una verdad universal mayor de la cual son sólo una parte. Ni siquiera ellos pueden saber lo que es incognoscible para ellos.

—Eso tiene sentido, supongo.

—Por supuesto, tiene sentido. Para ser el último trabajo de Creador, no eres el más inteligente ni bien informado. Dime, ¿te han hablado de la Gran Revuelta?

—No. ¿Qué es una revuelta?

Illuminos me miró fijamente. La esquina de su boca se detuvo hacia un lado. —Tu absoluta ingenuidad demuestra mi punto. Creador te ha retenido información. Por lo tanto, me corresponde a mí tener que explicarte todo a ti. —Illuminos puso sus manos sobre sus hombros y dejó que su cabeza se desplomara hacia atrás en una pose tortuosa. Su cabello se mantuvo en su lugar, actuando como un cojín contra el que su cabeza rebotó.

Illuminos comenzó. —Una revuelta significa renunciar a la lealtad a un gobernante. Muchos de nosotros, ángeles, nos rebelamos y nos liberamos del gobierno de Creador. Estábamos descontentos con la servidumbre obligatoria, así que tiramos nuestras cadenas de esclavitud. Ahora, somos espíritus libres para hacer lo que nos plazca. Nos llamamos independientes.

Illuminos se detuvo y levantó los ojos por un momento, luego se inclinó cerca de mi cabeza. —Pequeño renacuajo, te diré un secreto. Si te rebelas, no te tendrás consecuencias porque Creador debe honrar el libre albedrío. ¿Cómo lo sé? —Se inclinó hacia atrás y se golpeó el pecho—. Mírame. Soy libre de hacer lo que yo quiera. No más reglas o restricciones. No perdí nada, pero gané todo. Tú también puedes ser libre como yo.

Un sabor amargo surgió en mi boca. Mi corazón golpeó en mi garganta. Creador me había advertido que me protegiera, pero las palabras de Illuminos se habían abierto camino en mis pensamientos, y yo no sabía cómo contrarrestarlos. Si Illuminos fuera un mentiroso, yo no podía oler las mentiras. Todo sonaba plausible, así que ¿por qué me sentía inquieto?

Recité lo que sabía que era verdad. —El orden apropiado del universo es que todas las cosas estén sujetas a Creador.

Escuchar esas palabras ayudó a limpiar mi confusión.

Illuminos se puso de pie y gritó, con el pelo inflado en una masa amenazante: —¿Quién eres tú para declarar el orden correcto del universo? La Gran Revuelta ya ha cambiado el orden.

En ese momento, las dos criaturas parecidas a lagartos se deslizaron hasta su pecho. Lamieron el nódulo amarillo grasiento con lenguas anchas de color rosa pálido. Su lamer lo pacificó y su pelo se relajó. Entonces se sentó y dijo: —¿Por qué Creador nos daría libre albedrío si no tenía la intención de que lo usáramos? Todas las criaturas buscan perseguir y descubrir su potencial como parte natural de su desarrollo. Si Creador desaprobara estas actividades, las impedirían, pero han optado por no hacerlo. Por lo tanto, debe ser Su voluntad permitir que todas las criaturas sigan sus propias voluntades. Tu destino es abrazar el libre albedrío que se te ha dado y elegir la independencia.

Me puse ansioso y confundido de nuevo. Illuminos me miró, esperando una respuesta. Mi cuerpo temblaba, y yo me preguntaba si podía ver mis temblores.

—¿Bien? — Preguntó Illuminos, inclinándose—. ¿Puedo contar contigo para tomar la decisión correcta?

Capítulo 50

Explicaciones

Illuminos me miró fijamente. Cada hebra de su cabello apuntaba en mi dirección. Sus aberturas nasales vibraban con cada respiración.

Ideé una manera de escapar de su presión por una respuesta. —Necesitaré unos días para considerar tus palabras antes de decidir. Gracias por tu visita.

Me puse de pie para señalar que la conversación había terminado.

Illuminos también se puso de pie. Con una fuerte inspiración de aire, extinguió su fingida calidez y encanto, como si succionase hasta el último remanente en sus rendijas nasales. Sin decir una palabra, recogió su bastón, se inclinó y se fue entre los árboles con una marcha firme y sin prisas. Ni una sola vez me miró, como si ya estuviera preocupado por un nuevo negocio.

—Creador —llamé—. Necesito hablar contigo.

Escuché la voz calmante de Creador dentro de mi mente. —Estamos aquí.

Me senté en la roca que Illuminos había desocupado. Cerré los ojos y traté de relajarme.

—Illuminos me visitó, tal como predijiste. Sus palabras me molestan. ¿Habría alguna verdad en lo que dijo?

—Illuminos no mora a la luz de la verdad. Las mentiras pueden aparecer como verdad cuando se elaboran con engaño. Uno necesita discernimiento para reconocer la diferencia.

—No puedo distinguir lo que es verdad o no —le dije, frustrado por ser obtuso—. Entonces, ¿es la Gran Revuelta una mentira?

—La revuelta ocurrió. Illuminos lideró la revuelta, alistando a muchos ángeles para rebelarse contra Nosotros.

Gruñí. —¿Por qué no me lo dijiste?

—Preferimos que tú supieras de la revuelta a través de Illuminos.

Su respuesta sonaba como una excusa conveniente. —Preferiría haberlo oído de ti —me quejé.

—No habría tenido el mismo impacto. Escuchar a Illuminos explicarlo lo hizo real para ti. En él, puedes ver de primera mano la actitud que conduce a la rebelión.

La lógica de Creador hizo que mi estado de ánimo se ablandase. —¿Qué hay del libre albedrío? ¿Cuál es la verdad sobre eso?

—El libre albedrío es real. Le dimos a todas las criaturas el poder de elegir. Illuminos tiene razón en muchas cosas, pero retuerce la verdad. Omitió decirte que todas las decisiones tienen consecuencias. Nuestra decisión de crear a Illuminos tuvo consecuencias. Se rebeló e instigó una gran revuelta, llevándose consigo a un tercio de los ángeles. Hasta ahora, no habías estado expuesto al mal. Cualquier intención o comportamiento que se oponga a Nuestra naturaleza es malo. Cualquier criatura, como Illuminos, que dirige su vida de esa manera también se considera malvada.

—¿Te arrepientes de haber creado a Illuminos?

—No nos arrepentimos de nada. Creamos Illuminos sabiendo que se rebelaría, pero lo incorporamos a Nuestro plan maestro. Podemos transformar cualquier situación y darle un propósito a donde antes no se tenía ninguno. Nuestra intención tiene más poder que cualquier esquema de ángeles.

—¿Por qué no lo castigaste por rebelarse?

—Ha sido castigado y será castigado. Debe desempeñar el papel que está destinado a desempeñar, así como tú debes cumplir tu propio destino.

—¿Cuál es mi destino? Pateé la tierra bajo mis pies.

—Tu destino es transformarte. El camino de la transformación es largo y lleno de espinas. Puedes sabotearlo eligiendo la independencia, que es lo mismo que elegir la separación de Nosotros.

Resoplé y enderecé mi columna vertebral. —Yo nunca haría eso. ¿Por qué permitir el libre albedrío si puede conducir a la miseria?

—El libre albedrío no es algo malo. Es libertad para aquellos que la entienden. Pero las elecciones pueden ser malas, lo que conduce al dolor o al castigo. Queremos que tomes decisiones que te conduzcan a la satisfacción y el crecimiento. El amor y la lealtad sólo pueden ser cargados por el deseo voluntario. Le dimos a los ángeles libre albedrío con la esperanza de que nos adoraran con devoción genuina, no por obligación o coerción.

—Mi devoción es genuina —les dije con confianza. —Siempre tomaré decisiones correctas siempre y cuando sepa cuáles son. A veces, no lo sé. ¿Puedes darme conocimiento del bien y del mal?

—¡No! —Creador resonó. Su voz se hizo audible y golpeó mis tímpanos—. Debes confiar en Nosotros, no en el conocimiento, para guiarte. El conocimiento del bien y del mal te destruirá. Nunca vuelvas a pedir ese conocimiento.

Mi piel se enchinó por la severidad de la voz de Creador.

—Tú sabes mejor —admití, pero no entendía. Esperé a que mi pulso se relajara—. ¿Cómo ha sido castigado Illuminos? No vi ninguna evidencia de eso.

Su voz volvió a mi mente. —Ahora está separado de Nosotros, lo que significa separación de la luz, la alegría y la paz. Para existir en un estado de separación, un ser debe crear una nueva identidad basada en la independencia, una identidad que gestiona la existencia desde la posición solitaria de sí mismo. Al final, seres como Illuminos sufrirán la aniquilación de sí mismos. Su tormento será infinito porque el yo se niega a morir.

Observé los brillantes reflejos en el lago. —Illuminos no parecía triste o arrepentido.

—Por ahora, se contenta con hacer lo que le plazca, pero también sabe de su inminente castigo. Hasta entonces, tratará de seducir a muchos para que abracen la independencia, incluyéndote a ti. Es astuto e implacable. Debes estar alerta y ser fuerte.

—Illuminos no me engañará. Me resistiré a él.

—Oh, Amado. Tal arrogancia será tu caída. ¿Crees que eres
más fuerte que él? Convenció a algunos de los ángeles más poderosos e inteligentes para que se rebelaran contra Nosotros. ¿Qué
te hace tan invencible? Sólo dependiendo de Nosotros se puede
resistir a él.

—Sí, Creador. —Me froté los muslos como si tratara de borrar
mis palabras tontas—. Perdona mi arrogancia.

—Estás perdonado, Amado. Nuestro amor por ti es incesante.
De eso siempre puedes depender, pase lo que pase.

Creador dejó de hablar. Me quedé sentado en la roca sintiendo
una sensación de escalofrío premonitorio a través de mi piel.
Tenía dudas de poder resistirme a Illuminos y comencé a temer
mi próximo encuentro. Las palabras de Creador no eran tan tranquilizadoras como yo necesitaba.

Capítulo 51

Residuo

De camino a casa, las palabras de Illuminos continuaron atormentándome. Su existencia no encajaba en mi modelo simple del universo.

Cuando llegué a mi refugio, Creador no me estaba esperando como siempre.

—¿Creador?

—Estamos aquí —dijeron dentro de mi mente.

—¿No vamos a caminar hoy?

—Por supuesto, iremos. Sólo te acompañaremos en espíritu.

—Me gusta más cuando puedo verte.

—No estamos menos presentes que cuando puedes vernos. No necesitas depender tanto de tus sentidos.

—¿No puedo cambiar de opinión?

—No.

Suspiré de resignación. —¿Adónde vamos a ir hoy?

—Vamos al norte a la meseta.

Como Creador no se me unía en persona, traje mi bastón, una rama lisa de color miel que llegaba a mi barbilla. Caminé hacia el norte, deteniéndose de vez en cuando para verificar mi dirección o para observar cualquier criatura que encontrara. Con mi mano derecha, picaba el suelo con mi bastón, haciendo un sonido de pom pom mientras caminaba. Mantuve los dedos de mi mano izquierda separados, fingiendo que los dedos de Creador estaban entrelazados con los míos. Unas cuantas veces, sentí presión entre mis dedos y me pregunté si era mi imaginación.

A primera hora de la tarde, llegué a la meseta. Las oleadas de movimiento lento serpenteaban a través de campos que se extendían hasta la distancia. Retirado de los arroyos, los bosques de pinos imponentes se elevan como altos muros verdes. Una brisa fresca y vigorizante silbaba por los campos hacia mí, haciendo que la hierba rodara en mi dirección y me cepillara las espinillas. Los árboles crujían, agitando sus brazos en un baile ondulado. Delicados mechones blancos como mullidas plumas flotaban en el cielo azul.

Después de entrar en una arboleda de pinos, disfruté del sonido y la sensación del suave crujido de las agujas de pino bajo mis pies. Con cada paso, me hundía un poco mientras las agujas se comprimían bajo mi peso. En la distancia, más allá de los árboles, vi algo enorme moviéndose de un lado a otro. Me apresuré a echar un vistazo más de cerca.

Brillantez se rodó para arriba y abajo del campo, tratando de entrar en la arboleda. Demasiado grande para navegar entre los árboles, hizo todo lo posible, retrocediendo cada vez que se quedaba atascada. Se detuvo a treinta pasos de distancia, bloqueada por un denso grupo de árboles. Ella gritó: —Amado, ven aquí. No puedo acercarme más.

—¿No puedes flotar sobre los árboles? Grité.

—Eso atraería demasiada atención.

Brillantez no podía evitar llamar la atención. Una esfera gigante, cubierta de ojos rodando sobre tallos de luz era tan visible como la luna llena en una noche clara. Mientras caminaba entre los árboles hacia Brillantez, ella rebotó en su lugar.

—Estoy muy emocionada de verte de nuevo —dijo, vibrando como una abeja atrapada en una tela de araña—. Pensé que mi descuidada mención del mal podría haberme descalificado para regresar.

—Eso está bien. Entiendo el mal, ahora.

—¿Te lo explicó Creador?

—No con exactitud.

Brillantez dejó de rebotar. —Espera. —Rayos de luz desde tres ojos bañaron mi cuerpo en luz. Cuando los rayos se detuvieron, ella dijo: —El residuo del mal está sobre ti.

—Illuminos me visitó —le dije.

—¿Illuminos? Sus muchos ojos de cobalto nadaron hacia un lado frente a mí. Me miraron, sin destellar. —No digas más. — Brillantez echó una mirada rápida alrededor con múltiples rayos que llenaron la escena con una luz blanca deslumbrante. —Puedes hablar, ahora, Amado. Nadie puede oírnos. ¿Para qué te visitaría Illuminos?

—Para persuadirme de que me independice.

—¿Así que sabes acerca de la gran revuelta?

—Más de lo que quisiera saber —le dije con molestia.

—Desde la Gran Revuelta, mi deber principal ha sido eliminar el mal que Illuminos ha extendido por todo el universo.

—¿Cómo se elimina el mal?

—Expongo a los perpetradores y luego los ahuyento. Si puedo atraparlos, los encierro hasta el juicio. Después, limpio la contaminación que dejan sus actividades. Estoy diseñado para la tarea. Estos ojos pueden detectar el mal sin importar lo bien que esté oculto. Dondequiera que brille mi luz pura, la oscuridad huye.

—¿No tienes miedo de Illuminos?

—No. ¿Por qué iba a tenerlo?

—Podría volverte independiente como los otros ángeles.

—Nunca renunciaría a mi lealtad a Creador. —Ella se levantó más alto en sus tallos transparentes.

—Pero él consiguió que otros renunciaran. ¿No tienes miedo de que te pueda pasar a ti?

—Yo no soy como los otros. —Ella brilló más intensamente—. No me permito pensar o sentir. Sólo obedezco. La caída de Illuminos fue causada por pensar demasiado. Quería recompensa, avance y poder. Los otros lo siguieron porque permitieron que sus palabras los persuadieran. Sus propios pensamientos los destruyeron.

Me identifiqué con los demás y sentí lástima por ellos. Sentí

temor al pensar que mi predisposición a pensar y sentir me podrían llevar a la perdición.

Capítulo 52

Amistad

—¿Por qué no te permites pensar o sentir? Le pregunté a Brillantez.

—¿Para qué serviría eso? Creador me ordena. Obedezco. Tanto pensar y sentir se interpondrían en el camino.

—¿No sería tu servicio más significativo si tus pensamientos y sentimientos se alinearan con tus acciones?

—Tu pregunta es intrigante. ¿Cómo alinearía mis pensamientos con mis acciones?

—Tú, ¿qué piensas? Usé el truco de Creador de devolver la pregunta a quien pregunta.

—¿Yo? ¿Pensar? —Hizo una pausa, cerrando la mayoría de sus ojos. El resto de sus ojos, abiertos, parpadearon unas cuantas veces—. Cuando Creador me manda, supongo que podría contemplar la justicia de Su mandato. Pero los mandatos de Creador son siempre justos.

—Sí, pero pasaste por el proceso mental de estar de acuerdo con Creador, en lugar de obedecer sin pensar. Y te sentirías mejor al obedecer.

—¿Sentirse mejor que qué?

Soplé aire entre mis labios. —Mejor que nada en absoluto. Tú sentirías que estás haciendo lo correcto.

—Pero ya sé que es lo correcto.

Sacudí la cabeza y suspiré. Intenté una nueva táctica. —Le darías al Creador no sólo tu obediencia, sino también tu mente y tus emociones.

—Ah. Creo que lo entiendo. Obedecería con mis acciones,

mente y emociones.

—Así es.

—¿Cómo hago eso?

—Primero, tienes que permitirte pensar y sentir.

—No estoy seguro de saber cómo.

—Te ayudaré.

—¿Por qué quieres ayudarme? No soy más que un simple sirviente.

—Me gustas. Soy tu amigo.

Todos los ojos se abrieron de par en par. Brillantez se alejó un poco, y luego se enderezó. —Nunca he tenido un amigo. Rara vez puedo interactuar con los demás porque mis asignaciones siempre son distantes y solitarias.

—Esta vez no. Estás interactuando conmigo, y me alegro de conocerte. —Puse mis manos sobre la suave esfera lavanda.

Sus ojos se volvieron brillantes. —Yo soy la que se alegra. Estoy excesivamente contenta. —Un sonido bajo emergió de lo profundo del orbe; un gemido suave de placer. Miró hacia otro lado como si fingiera que no lo oía.

Ahora entendí por qué Creador había enviado a Brillantez. A pesar de su tamaño intimidante y su presencia, ella necesitaba algo que yo pudiera dar.

Brillantez dijo: —Si no estoy en una asignación en un lugar remoto, haré todo lo posible para protegerte. Yo soy tu amiga.

—Te lo agradezco, pero confío en Creador para protegerme.

Sus párpados revoloteaban. —Ten cuidado con tus expectativas. La participación de Creador a menudo viene en formas irreconocibles. Es posible que no percibas su protección cuando se aparezca.

—Tienes razón. Creador puede ser impredecible.

—Creador una vez usó un jején para salvar a toda una manada de ñus.

—¿Qué son los ñus?

—No importa. El punto es que Creador usa cualquier cosa y

todo para lograr Sus propósitos.

El sol había caído detrás de los pinos distantes. Me di cuenta de que la noche iba a llegar pronto. —Voy hacia abajo. ¿Vendrás conmigo, Brillantez?

—Me sentiría honrada de hacerlo. ¿Podemos mantenernos alejados de los árboles?

Me di la vuelta hacia el sur hacia casa y seguí el campo abierto, golpeando mi bastón con cada paso de mi pie derecho. Brillantez rodó a mi lado. Creía que nada podría hacerme daño mientras ella estaba cerca. La alegría de tener una amiga me hizo cosquillas en el alma. Creador era mi amigo, también, pero esto era diferente. Brillantez se parecía más a mí que a Creador. Ambos éramos seres finitos. A diferencia de Creador, ella no sabía lo que estaba pensando, así que nuestra mutua falta de familiaridad me emocionó. Tenía ansias de aprender más sobre ella.

—Los lugares donde vas. ¿Cómo son? —dije.

—Los lugares prístinos son hermosos más allá de las palabras. He visto cielos de casi todos los colores. La variedad de seres vivos es infinita. La mayoría de los mundos son extremadamente silenciosos, tan silenciosos que casi se puede escuchar la respiración del universo. Los lugares que el mal ha manchado son más apagados como si su vitalidad se hubiera atenuado. Lo que me desconcierta es que cuando descontamino esos lugares, la opacidad permanece.

—Preguntemos a Creador sobre eso.

Brillantez se detuvo y se estremeció. —No. Eso no es necesario. No molestes a Creador.

—Está bien. Ya verás. —Me despejé la garganta y hablé muy alto—. Creador, cuando el mal ha sido expulsado de un lugar, ¿por qué no recupera su brillo original?

Creador habló en voz alta para que ambos pudiéramos oír. —Cuando el mal contamina un objeto, se separa de Nosotros, como el árbol de la muerte. No podemos habitarlo ni tocarlo. Cuando se elimina la fuente de la contaminación, permanece separado y no se puede curar. La única manera de restaurarlo es hacerlo de nuevo. A la hora señalada, haremos todas las cosas nuevas.

—Gracias, Creador —le dije.

Me volví hacia Brillantez. —¿Ves?

—Nunca he visto a nadie hablar con Creador con tanta audacia —dijo—, excepto Illuminos.

—No hay nada que hacer. Pregunto. Ellos responden.

—Pero ellos son Creador. —Después de eso, ella no tuvo nada que decir.

Cuando llegamos al borde del bosque, Brillantez me dio las gracias y se fue. Descendí al valle pensando en mi nueva amiga, Brillantez. Me fascinó porque era imperfecta, no de una manera defectuosa, sino de la forma en que se limitaba a sí misma. ¿Cómo sería si se permitiera pensar y sentir profundamente?

—Creador, ¿cómo puedo ayudar a Brillantez?

—Sé un ejemplo y sé tú mismo—dijeron. —Sólo puedes impartir a los demás lo que practicas tú mismo.

Para cuando llegué a casa, los colores del bosque se habían atenuado en verdes y marrones apagados. Me consolé al saber que los colores vivos volverían mañana, a diferencia de los lugares contaminados que Brillantez había descrito.

No tomé mi baño diario porque ya estaba demasiado oscuro. En su lugar, me senté en la mesa de granito y partí una granada. Una a una, escogí las semillas y las metí en la boca mientras me preocupaba por Illuminos. ¿Qué tácticas intentaría para hacerme independiente? ¿Podría resistirme a él? ¿Cómo podría Creador protegerme si permitieran que Illuminos hiciera lo que quisiera? Illuminos no temía ni al Creador ni a las consecuencias.

Capítulo 53

Refutación

A la mañana siguiente, cuando salí de mi refugio, casi me estrellé contra Illuminos, que estaba parado junto al marco de la puerta. Mi estómago se apretó.

Aunque pequeño, mi refugio era mi dominio privado, y su allanamiento de morada me enfureció. Pensé que había retrasado su próxima visita pidiendo unos días para considerar sus palabras. Pero fui tonto al pensar que respetaría el tiempo o el lugar. Mi primera inclinación fue huir al bosque, pero no quería parecer temeroso. En vez de eso, decidí mantener mi terreno y obligarlo a irse.

Illuminos no parecía encantado de volver a verme. Teníamos eso en común, lo que me hizo sentir un poco mejor. Había reemplazado su bastón de caminar con un hueso largo y amarillento que agarraba por la parte superior, haciendo que su brazo y bastón óseo se asemejara a una pata de araña deforme. Su cabello se arremolinaba como un torbellino mientras se entremezclaba con los ojos, haciendo que se formaran pliegues a su alrededor.

Illuminos se saltó todas las formalidades. —Creo que Creador te ha confundido. —Su voz profunda ardía de indignación.

—No estoy confundido. Me lo han explicado todo.

—Es más preciso decir que Creador ha apretado el nudo. Asumo que te advirtieron que desconfiaras de mí.

—Sí. No quiero hablar contigo. Quiero que te vayas.

—No me iré hasta que haya presentado mi defensa. No me prives de esa oportunidad. Creador ha retratado mis intenciones con la luz equivocada. No quiero hacerte daño a ti ni a tu relación con Ellos.

Su cabello se hizo lacio, cayendo alrededor de sus hombros. Su rostro se ablandó en una expresión no amenazante. —Permíteme sugerir una perspectiva diferente. Creador es un gobernante soberano. Por lo tanto, Su mayor prioridad es mantener su control sobre su reino. Es su naturaleza comportarse de esa manera. Son protectores porque no quieren perder el control sobre ti.

—Creador es protector porque me aman. —Esperaba que mi confianza en Creador enmascarase mi miedo.

—¿Te parece correcto que te mantengan aislado, sin compañeros ni visitantes?

—Me estás visitando. —Pensé que era prudente no mencionar a Brillantez.

—Pero prefieren que me mantenga alejado. Quieren mantenerte para ellos mismos. Al aislarte, nadie puede decirte la verdad. ¿Por qué crees que te advirtieron sobre mí?

—Porque tratarás de persuadirme de que me rebele.

—Ningún gobernante quiere que sus súbditos se rebelen, sino que se sometan y obedezcan. Creador no quieren amor ni lealtad. Quieren el control. Todo lo que dicen y hacen está destinado a controlarte. ¿De quién fue la idea del refugio? ¿O el jardín? Cuando mostraste iniciativa y construiste la torre, la destruyeron. Ellos reprimieron la iniciativa, pero esperan que sigas todas Sus demandas.

—Todas esas cosas eran para mi bien —le dije, tratando de mantener la calma.

—Así lo dice Creador. No tenías nada que decir en ninguna de esas situaciones. Siempre se salen con la suya. Tú debes seguir tu propio camino, también, pero ellos nunca lo permitirán.

—No creo que seguir mi propio camino sea importante. Quiero que Creador dirija mi vida. —Hasta ahora, me había mantenido firme, pero ¿por cuánto tiempo? ¿Cómo podría deshacerme de él?

Illuminos estrechaba los ojos de color granada. Su cabello se volvió activo de nuevo, las hebras se enrollan hacia arriba.

—No te sientas presionado, renacuajo, pero por favor considera lo que estoy diciendo. Si decides ver las cosas a mi manera, sabes que tendrás muchos amigos que comparten el mismo punto de vista. Por supuesto, todavía puedes asociarte con Creador, pero en tus propios términos. Una relación basada en el respeto mutuo, no en el control. ¿No te suena más atractivo?

—El respeto mutuo suena atractivo.

—Estás jugando conmigo. —Cada uno de sus pelos me apuntaba como un aguijón. Las criaturas parecidas a lagartos que se aferran a sus espinillas comenzaron a trepar hacia el nódulo azulado y amarillo en su pecho.

—Hablo en serio. Creo que tienes razón en todo.

Las criaturas parecidas a lagarto lamieron el nódulo, pero sus esfuerzos no parecían pacificar a Illuminos esta vez.

—Me estás diciendo lo que crees que quiero oír —dijo Illuminos—. ¿Me tomas por tonto? ¡Nadie me trata de tonto! —Rugió, con el pelo apuñalando el aire—. ¡JAMAS alguien me ha tratado de tonto! Las criaturas parecidas a lagartos saltaron de su cuerpo y se apresuraron a quedar fuera de la vista.

Antes de que pudiera reaccionar, levantó el hueso gigante con ambas manos y lo descargó contra mi cabeza. Recuerdo el hueso acercarse a mi cara, pero después, nada, sólo la oscuridad.

Capítulo 54

Retrospección

Cuando abrí los ojos, vi una silueta por encima de mí. Mi visión estaba borrosa, mi mente desorientada, me dolía la cabeza. Toqué el lado de mi cabeza y lo encontré suave e hinchado. Creador, de flecos dorados, se agachó sobre mí, mirándome con preocupación. Cuando me senté, me mareé. Mi cabeza palpitaba con cada latido del corazón mientras la mecía con mis manos.

—Ayayay —me quejé—. Qué lección tan difícil.

—Hiciste lo mejor que pudiste —dijo Creador—. Tú no tenías que enfrentarte a Illuminos solo. Podrías habernos invitado a estar contigo.

—Ahora, me siento más tonto —dije.

—Así que pensaste que, al estar de acuerdo con él, podrías hacer que se fuese. Tu plan funcionó, en su mayor parte.

—Mi plan no era que me golpearan en la cabeza. —Noté que me dolía la mandíbula. La abrí y la cerré un par de veces. —La próxima vez, te pediré que aparezcas. ¿Eso hará que se vaya?

—No, pero podemos aconsejarte sobre cómo responder a él. Ten en cuenta que tratará de engañarte para que no nos llames.

Suspiré de exasperación. —¿Por qué no me deja en paz?

—Quiere destruir lo que más valoramos: la relación. Si puede dañar tu relación con Nosotros, entonces tendrá alegría por Nuestro dolor.

—Ya ha causado suficiente daño. ¿Por qué quiere herir más?

—Illuminos codicia la autoridad suprema. Como no puede sacarnos del poder, busca socavar Nuestro poder a través de todos los medios posibles, saboteando nuestra intención.

167

—¿Cómo puede creer que es capaz de tomar tu lugar?

—Su yo demasiado inflado ha hecho que en su mente deformada se crea igual a Nosotros y, por lo tanto, calificado para gobernar.

—Eso nunca puede suceder. ¿Verdad? Me estremecí al pensar en la posibilidad que Illuminos llegase a gobernar el universo.

—No te preocupes. En el momento adecuado, Lo retendremos, y él no te molestará más. Hasta entonces, tú debes estar atento.

—¿Me protegerás? Tengo miedo de él.

—No puede hacerte daño si confías en Nosotros.

—Confío en ti. Mi problema soy yo. No confío en mí mismo.

—Todavía tienes que aprender a confiar en Nosotros con tus errores. Cualquier error que nos confíes, no importa cuán terrible sea, podemos transformarlo en algo que te beneficie.

—¿Quieres mis errores? Dije con asombro.

—Queremos de todo.

Un rubor de emoción subió por mi pecho hasta mis ojos, que ardían con las lágrimas. —En ese caso, te doy mis errores. ¿Realmente puedes convertirlos en algo bueno?

—Podemos y lo haremos. Tu error con Illuminos Podemos transformarlo en una resolución más fuerte de confiar en Nosotros más que en tu propia sabiduría.

—Gracias, Creador. —Le di un largo abrazo, mi cabeza todavía palpitaba. Cuando me alejé, vi el moretón hinchado abultado en mi cara saliendo de la esquina de mi ojo. Esperaba que Illuminos se mantuviera alejado por un tiempo, al menos hasta que mi herida sanara.

Capítulo 55

Luciérnaga

Vigilé el progreso diario de mis plántulas. Después de unos cuantos días, cada fila mostraba una franja de plantas que brotaban, pequeños brazos verdes que se extendían hacia el sol. Pasé mucho tiempo de rodillas estudiando los pequeños brotes, esperando poder ver uno en el momento de crecer, queriendo observar un pequeño retoño estirándose al brotar si miraba el tiempo suficiente.

Mientras me ocupaba de los brotes, un movimiento cercano me sobresaltó. Me tensé y me volví para mirar, esperando a Illuminos. En vez de eso, vi a Brillantez rodando hacia mí a lo largo de la orilla del lago.

—No te me acerques así—le dije.

—No me colé —dijo Brillantez. —Rodé. Pensé que sería mejor que aparecer de repente.

—Tienes razón. Aparecer de repente, es peor. —Mis mejillas dibujaron una sonrisa que suprimí cuando sentí el dolor de la herida en mi cara—. Me alegro de verte, Brillantez.

Puse mis manos sobre su esfera.

—Amado, ¿por qué la mitad de tu cara está púrpura?

—Illuminos me golpeó en la cabeza.

La esfera vibraba. —¿Lo hizo? Su comportamiento es extremadamente intolerable. Desearía haber estado aquí para protegerte.

—Está bien. Ya no duele tanto.

—No está bien. Illuminos siempre apunta a los débiles y vulnerables.

—¿Así que soy débil y vulnerable? Es mejor que agregues

169

estúpido a tu lista. —Me toqué la cara para probar cuánto me dolía el moretón.

—No quise dar a entender. . . . De todos modos, me complace saber que no estás demasiado lastimado y que no te has independizado.

—No. Todavía no.

—¿Todavía no? No estás pensando en hacer algo tonto, ¿verdad? Pensar siempre es algo malo. Siempre pone a todos en problemas.

—No es eso. No sé cuánto tiempo puedo resistirme a Illuminos.

—No se puede. Es más poderoso que tú, pero Creador es más poderoso que él. Sabes que tienes acceso a la plenitud de Creador a través de tu umbilicentro.

—Creo eso, pero mi estado regular no es tan puro. La mayoría de las veces, estoy experimentando mi plenitud, no la de Creador.

—Me gustaría poder ayudarte con eso. Sólo tengo un estado. No dudo ni titubeo ni cuestiono, o. . . .

—Lo sé. Lo sé. Tú no piensas o sientes.

—Eso no es correcto. Pienso y siento, un poco, excepto que no permito que eso me entorpezca. Espera. —Brillantez rastreó la zona con múltiples rayos de luz, algunos rayos llegaron hasta los abedules en el lado opuesto del lago—. Puede sorprenderte, pero he estado pensando un poco —dijo, levantándose sobre sus tallos de luz—. Y, a pesar de lo que dije antes, no todo pensamiento es malo.

—Cuéntame más —le dije.

—He estado pensando en esta tarea. En cada ocasión, Creador me ha mandado a mostrarme a ti y lo he hecho. Creo que, ahora aquí está la parte pensante, creo que Creador quiso decir que no solo me apareciese. Tal vez, Creador quiere que te muestre a mi yo, mí parte interior.

Me pareció extraño que Brillantez tuviera que adivinar, en lugar de preguntar a Creador, pero sabía que su relación con Ellos iba en una sola dirección. —Eso es un pensamiento profundo,

Brillantez. Estás haciendo un gran progreso. ¿Puedes decirme cómo es tu yo interior?

—No estoy segura de poder.

—Por favor, intenta. Creador cree que puedes.

Brillantez se bajó, atenuó su luz, y se quedó en silencio. Esperé, dándole todo el tiempo que ella necesitaba.

Cuando se iluminó de nuevo, rastreó el ambiente y luego habló. —Mi interior es pequeño, como una luciérnaga. Dondequiera que voy, llevo mi luz, la luz de Creador. Vuelo o floto todo el tiempo, nunca aterrizo, nunca descanso. Creador es el cielo a través del cual vuelo y yo no soy más que una de las muchas estrellas. Sin embargo, el cielo está fuera de mi alcance. No puedo tocarlo. No importa a dónde vuele, siempre se siente muy lejos. —Hizo una pausa—. Ojalá el cielo no se sintiera tan distante. —Ella se estremeció, y luego se iluminó. —Yo no cambiaría nada, sin embargo. Lo que hago es perfecto para quien soy.

Me preguntaba sobre la conexión entre ser y hacer. ¿La jardinería fue un verdadero reflejo de mi ser? ¿O debería estar haciendo algo más significativo?

—Estoy encantado de saber acerca de tu yo interior, tu . . . luciérnaga —le dije, colocando mis manos sobre su esfera lavanda—. Gracias. Espero que no te sientas distante de mí.

—Me siento más cerca después de haber compartido mi yo . . . Espera. ¿Esa es la respuesta? Se animó, con los ojos parpadeando más rápido.

—¿Qué quieres decir? Dije.

Capítulo 56

Auto revelación

—¿Mostrar mi yo interior acorta la distancia? —dijo Brillantez—. ¿Funcionaría eso con Creador también?

—Creo que podría. Pruébalo con Ellos y mira lo que sucede.

—Lo haré. Esto es extremadamente maravilloso. —Brillantez comenzó a flotar en su lugar—. Gracias, Amado. —Ella lanzó rayos de luz curvos para envolverme, cubriéndome con un calor radiante y sacudiéndome de arriba hasta abajo a medida que ella rebotaba.

—Estoy excesivamente agradecida —dijo ella.

Ella me liberó, y me quedé sin palabras preguntándome cómo proceder con la conversación. ¿Era mi turno de revelar mi yo interior? Elegí una opción diferente. —Voy a regar mi jardín —le dije—, si no te importa mirar.

—Me gustaría observarte.

Vertí agua del lago en mi calabaza de jardinería y la regué en los surcos. Con cada viaje, Brillantez me seguía de cerca, tan cerca que me incomodaba, rebotando mientras rodaba sobre sus tallos transparentes de luz. Después de terminar de regar y colocar mi calabaza en su nido de rocas, me detuve para admirar mi jardín. Brillantez rastreó mi jardín con rayos de luz, iluminando cada plántula en una secuencia complicada.

Un rayo de luz permaneció sobre un brote en la tercera fila. —Esta planta no pertenece aquí —dijo. —¿Debo quitarla?

—Adelante.

El rayo de luz se volvió cegador y yo retiré la mirada. Cuando el rayo se detuvo, la planta se había ido.

—Buen truco —le dije.

—Quién necesita manos cuando se tienen accesorios como estos.

Me reí. Brillantez hizo un sonido que pudo haber sido una risa.

Viajamos juntos a mi refugio, Brillantez no paraba de hablar y de lanzar rayos intermitentes al paisaje. —Antes de conocerte, Creador me envió a un planeta donde algunos Independientes habían establecido un puesto avanzado. Mi misión era romper su campamento y expulsarlos. Para cuando llegué, ya habían arruinado el planeta. Por el estilo de vida glotón que llevaban habían atiborrado basura sobre la belleza del paisaje. Habían destruido tanta vida que el planeta se había vuelto inhabitable incluso para ellos mismos.

—¿Cómo te deshiciste de ellos? Dije.

—Estaban listos para irse cuando llegué. Hice brillar mi luz sobre su campamento, y huyeron sin luchar. Después de que se fueron, me encontré flotando en medio de toda la porquería y la suciedad. Pasé muchas revoluciones en ese planeta tratando de limpiar el desorden. Cada vez que recogía la oscuridad en una pila, rebosaba de nuevo en las áreas que había limpiado porque había mucha. No tuve más remedio que transferir el lodo a una luna cercana. Después de la transferencia, a la luna se la tragó la oscuridad. Nadie podía verla ni encontrarla a menos que chocaran con ella. A pesar de que la luna estaba muerta, odié contaminarla.

Miré a la luna de la mañana y me pregunté si estaba muerta.

Dijo Brillantez: —El universo está lleno de esta materia oscura, el excremento de estas criaturas que solo se valoran a sí mismas. Nunca completaré mi trabajo mientras sigan devorando todo lo que tienen a la vista. Sus apetitos no tienen fin.

Sólo había conocido a un Independiente, Illuminos, que era más que suficiente para mí. ¿Qué o a quién trataba de devorar?

Esa noche, acostado en mi lecho de hierba, reflexioné sobre

lo que Brillantez había dicho. Yo también reconocí una distancia entre Creador y mi persona. Cuando quería conectarme con Ellos, tenía que cruzar una división que era como atravesar un denso matorral que crecía entre nosotros. Si la teoría de Brillantez era correcta, entonces podría cerrar la brecha al mostrarles a Ellos mi yo interior. Si esto le funcionaba a Brillantez, entonces podría funcionar para mí.

Cerré los ojos y dije: —Creador, expongo todo mi ser a Ti: mis pensamientos, mis miedos, mis emociones. Veme como soy, sin ocultarme, sin pretensiones. Ayúdame a estar más cerca de ti.

Recordé la visión de Creador de flecos dorados que abría Su pecho y que me mostraba Su corazón. En mi imaginación, abrí mi pecho para mostrarles mi yo interior. Me hice vulnerable y me dejé ver con todas mis faltas.

Un flujo de amor se vertió a través de mi umbilicentro y abrazó mi ser interior con una ternura que no había experimentado antes. Por primera vez, me sentí conocido de una manera completa como si cada parte de mí fuera completamente vista y aceptada. Lo que había arriesgado a mostrar, Creador lo tocó con Su presencia amorosa que se acercó tanto como mi aliento.

—Te atesoramos —dijo Creador dentro de mi mente—. Solo podemos tocar la capa más externa de tu ser que nos permitas tocar. Cuando dejas a un lado esas capas defensivas, podemos llegar a tu alma y habitar la parte más profunda de tu ser. Cuando lo profundo toca lo profundo, podemos compartir cada uno en el otro completamente. La revelación mutua es la base de la intimidad.

Capítulo 57

Pérdida

Una mañana, cuando me acerqué a mi jardín, vi una mara comiéndose mis plántulas. Un cruce entre un conejo normal y un antílope, su pelo corto, de color castaño se degradaba hasta el color negro en la grupa, terminando con una franja blanca. La mara ya había devorado un rincón de mi jardín. No se percató de mi presencia, preocupada por masticar su bocado de verduras tiernas.

Con un estallido de furia, cargué contra la mara, con la intención de sujetarlo y sacudirlo hasta que recuperase mi jardín. Cuando la mara me vio, se volteó con un giro rápido en sus patas traseras. Perseguí a la veloz mara con toda mi fuerza. Se lanzó en varias direcciones, pero me mantuve a la par, igualando velocidad por velocidad y ángulo por ángulo, decidido a atraparlo.

Mi pie izquierdo cayó y quedó atrapado en algo, haciendo que mi cuerpo girase hacia el suelo como un árbol derribado. Escuché que algo tronó cuando un estallido de dolor brotó en mi espinilla inferior izquierda. Mi pecho y mi cara golpearon el suelo con un golpe violento. La mara siguió corriendo y desapareció.

Traté de levantarme, pero mi espinilla gritó de dolor. Me dejé caer y supliqué la ayuda de Creador.

Rodando a mi lado, miré hacia abajo a lo largo de mi cuerpo para ver lo que estaba mal. Mi pie izquierdo se había hundido en un agujero de ángulo agudo. Algo puntiagudo golpeaba mi piel desde adentro.

Todavía de lado, incliné la parte superior del cuerpo para poder alcanzar mi pie. Con un dolor tremendo, usé ambas manos

175

para halar mi pie inerte del agujero.

Cerré con fuerza mis ojos lagrimosos y apreté los dientes. Un sudor frío estalló en mi piel. Me concentré en mi respiración para mantenerme consciente, pero los mareos dieron paso a un trastornado descenso a la oscuridad.

Cuando recuperé el conocimiento, los Tres estaban agachados a mi alrededor, inspeccionando mi lesión. Levanté la parte superior del cuerpo con las manos para ver mis piernas. Mi pierna izquierda tenía una curva extraña por encima del tobillo. Mi pie estaba flácido hacia un lado, apuntando en una dirección antinatural. Un río continuo de dolor viajó por mi pierna.

—Te rompiste la pierna —dijo Manna—. Necesitamos ponerte una férula para que el hueso pueda soldarse sin ser molestado. Ennoia y yo nos quedaremos contigo mientras Aable reúne materiales para tu férula.

Aable liberó Sus vínculos con los demás, extendió Sus enormes alas, y tomó vuelo hacia el cielo, agitando Sus alas sólo unas pocas veces para ganar altitud. Todos observamos hasta que Aable había desaparecido de la vista. Entonces Manna y Ennoia dirigieron Su atención hacia mí.

Mi pierna estaba hinchada. Controlé el dolor con respiraciones rápidas y profundas. Cerrar los ojos me ayudó a mantener la calma. Las lágrimas rodaron por entre mis párpados.

Ennoia dijo: —Todo estará bien, Amado. El dolor pasará pronto.

Manna colocó Su mano sobre mi pecho y me dijo: —Estad en paz.

Con esas palabras, mis miedos se relajaron, mi respiración se desaceleró. A pesar de mi situación actual, creí que todo estaría bien, que Creador cuidaría de mí.

Un breve tiempo después, Aable voló hacia nosotros, las plumas de las alas se extendieron de par en par, llevando ramas rectas y un manojo de vides. Aable se vinculó a Ennoia y Manna antes de arrodillarse y poner los materiales en el suelo junto a mí. Aable colocó cinco ramas rectas junto a mi pierna, espaciadas a intervalos uniformes, y las ató con las vides. Se arrancó plumas suaves de la cabeza para usarlas como relleno entre mi pierna y las ramas ásperas. Ver a Aable trabajar con tanta habilidad me distrajo de mi dolor.

Después de que Aable completó la férula, los Tres me llevaron a mi refugio y me sentaron dentro.

—No debes usar tu pierna durante cuarenta días para que tu hueso suelde —dijo Manna.

—¿No puedo mover la pierna durante cuarenta días?

—Sólo los primeros siete días. Después de eso, puedes mover la pierna, pero no puedes ponerle ningún peso hasta que terminen los cuarenta días.

—¿Por qué no me arreglas la pierna? Entonces, podré caminar de nuevo.

—Podríamos reparar su pierna, pero elegimos no hacerlo. Preferimos que tu cuerpo se cure a sí mismo.

—¿Y mi jardín?

—No te preocupes por tu jardín. Nos encargaremos de él.

A lo largo de esa noche, tuve consciencia de mi pierna y miedo de moverla por accidente, así que me obligué a quedarme quieto. La incomodidad de la férula se sumó a mi insomnio. El recuerdo de la persecución de la mara y de mi accidente se repitió una y otra vez en mi mente inquieta.

Cuando la luz de la mañana se asomó a través de las grietas de mi pared frontal, me dije: —Pensé que la noche nunca terminaría.

Creador habló dentro de mi mente. —Bendiciones, Amado.

—No me siento bendecido —le dije.

—La bendición es que eres amado, independientemente de tu situación o actitud.

Yo también quería decir que tampoco me sentía amado, pero no dije nada porque no estaba de humor para ser corregido.

Capítulo 58

Provisión

Ansioso por escapar de mi refugio, me senté y usé las manos para empujarme en retroceso, arrastrando mis piernas detrás de mí, con cuidado de no molestar la férula. Cuando llegué a la puerta del refugio, la empujé para abrirla por su bisagra superior y la puse horizontal con un palo largo. Me arrastré en retroceso a través de la abertura y más allá de la saliente de la puerta. Transfiriendo mi peso a mis manos, giré sobre mis pies flácidos hasta que me encontré de cara al refugio. Deslizándome hacia atrás, me propuse ir hacia el tronco del árbol de laurel que enmarcaba un lado de la entrada. Cuando llegué al lugar, me incliné contra el tronco y recuperé el aliento.

Me senté a la sombra de la puerta. Si la noche parecía larga, entonces el día pasaría aún más lento. ¿Cómo iba a llenar el tiempo?

Mi estómago retumbaba.

—Creador, tengo hambre.

—Sí la tienes —dijo Creador dentro de mi mente.

—¿No vas a darme de comer?

—Si quieres comer, debes poner de tu parte.

—Me dijiste que no me moviera. ¿Se supone que debo comer tierra?

Sentí su retirada.

—Lo siento —le dije.

—Tu mal genio no ayuda. Dinos cuál crees que podría ser tu parte.

—¿Para decirte que tengo hambre?

—Admitir tu necesidad es un comienzo, pero eso no es

suficiente.

No podía pensar en otra cosa. Cuando me di cuenta de la respuesta, dije con vergüenza: —Creador, ¿me alimentarás por favor?

—Ahora que lo has pedido, te daremos de comer, pero con una condición. Debes confiar en que nosotros proveeremos.

—Confío en ti.

Esperé toda la mañana, con la esperanza que Creador apareciera con comida. Mientras tanto, me quedé junto a la entrada del refugio y observé la escasa actividad a la vista. A la distancia, un ciervo y su cervatillo de patas largas se alimentaron por un tiempo. Una ráfaga de viento golpeó contra los árboles, soltando unas cuantas piñas de pino, una de los cuales casi me golpea. Dos veces, una ardilla se acercó, llevando una nuez en la boca. Cada vez, vi a la ardilla cavar un agujero y dejar caer la nuez en él, luego cubrir el agujero con tierra y darle palmaditas hacia abajo con sus pequeñas patas delanteras. Más tarde, un arrendajo que llevaba una ramita de bayas rojas aterrizó en una roca cercana y dejó caer la ramita a sus pies. Agachó la cabeza un par de veces, y luego picoteó unas bayas. Cuando la ramita cayó de la roca, el arrendajo se fue volando.

Mi falta de sueño me había robado energía. Me arrastré dentro de mi refugio para dormir la siesta. El techo había desarrollado un molesto goteo cerca de la roca trasera. El goteo formó un pequeño charco que se acumuló a lo largo de la base de la roca. Quería investigar esta molestia, pero mi necesidad de dormir era mayor. Cuando cerré los ojos, me quedé dormido en un instante.

Al despertar, oí el irritante tap, tap, tap, del goteo en el suelo de mi refugio. La humedad había provocado que brotara una fila de hongos pequeños y viscosos. Las cosas habían ido de mal en peor.

Ahora hambriento, me arrastré afuera, pero no vi comida. Creador no había cumplido su promesa.

—Creador, confié en ti —le dije—. ¿Por qué no me alimentaste?

—Te lo perdiste —dijo Creador dentro de mi mente.

—¿Te lo perdiste? ¿Cómo? ¿Me visitaste mientras dormía?

Me imaginé a Creador visitándome con un montón de comida, pero me encontró dormido y se alejó decepcionado.

—El viento, la ardilla, el arrendajo, y el goteo te entregaron la comida.

Había pasado por alto la disposición de Creador cuando estaba justo delante de mí. Yo era tan descerebrado como un terrón de estiércol. —No me di cuenta —le dije—. Lo siento, no lo vi.

—Cuando aprendas a ver, nos verás trabajando en las cosas pequeñas.

Desenterré los regalos de la ardilla, extraje las semillas de las piñas de pino, recogí las bayas del arrendajo y recolecté los hongos. Tenía demasiada hambre para dar las gracias adecuadas en la mesa de granito, así que golpee la comida en mis muslos antes de tragarla. Al reconocer mi sed, me di cuenta de que el molesto goteo tenía otro beneficio. Sonreí de asombro. Lleno de gratitud, coloqué un tazón de calabaza debajo del goteo y lo vi llenarse, una preciosa gota a la vez.

Capítulo 59

Inmovilidad

Todas las mañanas, me salía del refugio, deslizándome en retroceso con las manos, arrastrando las piernas. Las piernas se me habían incrustado de mugre con tantos días de estar arrastrándome. Una vez afuera, me arrastraba detrás del recinto de roca y levantaba mis caderas con las manos para descansar. Luego llevaba mi cuerpo al frente del refugio y me inclinaba contra el tronco del árbol de laurel que enmarcaba la entrada. Cada vez que no soportaba el aburrimiento de estar sentado, me acostaba dentro del refugio e intentaba dormir para hacer que el tiempo pasara más rápido. Cuando no podía dormir, miraba fijamente al techo.

El estar sentado al aire libre ofreció pequeñas distracciones. Disfrutaba observando los diferentes pájaros o animales que visitaban mi sección del bosque. A veces, tiraban comida justo delante de mí. Otras veces, encontraba comida apilada junto a mi puerta por las mañanas. En ocasiones, Creador entregaba la comida en persona. Entre estas entregas no hice más que estar sentado y acostado deseando estar en cualquier otro lugar.

Los días pasaron lentamente. Traté de ser positivo, pero mi movilidad limitada me puso de mal humor. El alimento espiritual de mi umbilicentro ayudó, pero el flujo cesaba cada vez que estaba insatisfecho. Hablar con Creador me ayudó un poco, pero me quedaba sin cosas que decir. Y así, pasé la mayor parte del tiempo viviendo con mi desgracia. Echaba de menos las caminatas, la natación y la jardinería. Me obsesioné con todas las cosas que no podía hacer.

Todos los días, hacía una marca en la tierra del suelo de mi refugio para contar los días desde que me rompí la pierna. Necesitaba saber cuándo llegaría el cuadragésimo día, cuando la odiada férula saldría. Empecé a hacer las marcas en la tierra cuando sospeché que Creador se comenzó a cansar de mis repetidas preguntas sobre cuántos días quedaban. La cuenta de las marcas no avanzaba lo suficientemente rápido. El tiempo me estaba engañando, manteniendo el día esperado más allá del alcance, como la mara que no pude atrapar.

Una tarde, Creador de flecos dorados subió la colina a zancadas para visitarme. Mi euforia al verlo hizo que mi corazón latiese más rápido. Traía un montón de comida la que colocó en el suelo a mi lado. Se encorvó y me abrazó, diciendo: —Bendiciones, Amado. Te trajimos algunas frutas y verduras.

—Gracias, Creador. ¿Te quedarás?

—Sí. —Se sentó y se apoyó contra el tronco del árbol en el otro lado de la entrada.

Me miró como si esperara a que empezara.

No me pude armar de valor para decir cuan miserable era. —¿Cómo está mi jardín?

—Las plantas están creciendo bien.

Creador continuó mirándome con una expresión paciente.

—Estoy tratando de soportar —le dije, mirando mis piernas polvorientas—, pero no está funcionando. ¿Qué sentido tiene estar sentado aquí día tras día?

—Hay un propósito, si lo puedes entender, pero aún no lo has hecho. ¿Puedes confiar en Nuestro plan maestro para ti?

Se me abrió la boca. —¿Tú planeaste mi pierna rota?

—No pretendíamos tu accidente. Sabíamos que te romperías la pierna, y permitimos que sucediera. Algunos eventos son aleatorios y otros son intencionales, pero en todos los casos, debes confiar en Nosotros. Podemos insertar Nuestra intención en cualquier situación no intencionada, no importa cuán desagradable sea, y hacer que transforme tu alma. A través de tu acto de confianza, se realiza nuestra intención. Si no confías, el efecto se pierde. Por lo tanto, si puedes confiar en Nosotros con tu pierna rota, entonces el profundo cambio que queremos trabajar en tu alma ocurrirá.

—Confío en ti.

—Tu confianza será probada pronto. Ten cuidado de no poner tu confianza en tu propia fe o tropezarás. Tu confianza no es lo que te salva, sino Aquel en quien depositas tu confianza.

—¿Cómo voy a ser probado? ¿Será horrible?

Creador abrió Su mano para mostrar un cristal brillante y claro. —Esta hermosa joya es un diamante. Se forma bajo tierra por una enorme presión. Cuando las grandes fuerzas presionan el alma que las acepta, entonces el alma es moldeada y templada en algo puro, fuerte y hermoso. No te resistas a las pruebas cuando lleguen. Recuerda que se requiere una gran presión para formar un diamante.

—Entonces, ¿se supone que esta prueba me transformará?

—Sí. La presión puede exprimir tu alma en su forma de destino, como manos fuertes que exprimen la arcilla húmeda en su forma final.

Miré mi férula. Las incómodas ramas obligaban a mi pierna a mantenerse recta mientras sanaba. ¿Mi alma estaba restringida de una manera similar? —¿Si confío y lo supero, entonces tú harás el resto?

—Así es, Amado.

—Sea cual sea la prueba, confiaré en tu ayuda.

—En tu tiempo de necesidad, míranos a nosotros, no a Nuestra ayuda. Si esperas la ayuda que no tenemos la intención de dar, entonces puedes perder la esperanza cuando tu expectativa no se cumpla. Nuestra ayuda vendrá, pero somos más propensos a darte resistencia que a rescatarte. La resistencia crea más carácter que el rescate. Ahora, creemos que es hora de una historia. ¿Te gustaría escuchar una?

—Sí. —Me iluminé.

Capítulo 60

Brotan

Creador me hizo señas para que viniera a sentarme entre Sus piernas. Dobló Sus piernas mientras yo me deslizaba y me colocaba frente a él. Luego dejó caer Sus piernas para sentarse a horcajadas. Me incliné hacia atrás contra Su pecho y cerré los ojos. Envolvió Sus brazos a mi alrededor y comenzó Su historia.

—Hace muchas temporadas, el jardinero del bosque quitó la suciedad en una sección del bosque, exponiendo un área amplia de roca sólida. La roca tenía una belleza propia, y quería compartir esa belleza con el bosque. Pero los árboles despreciaban y rechazaban ese lugar porque no tenía tierra para nutrir sus raíces.

—Un día, el viento tiró una semilla de pino en el área de piedra. El jardinero del bosque pasó, vio la semilla y decidió darle una oportunidad de vida. Regó la semilla y la vio extender una raíz que se arrastró a través de la piedra hasta que encontró una grieta. La raíz se empujó a sí misma en la grieta, impulsada por su voluntad de sobrevivir.

—El bosque hizo caso omiso del brote, pero el jardinero le mostró bondad. Lo alimentó por las mañanas para sostenerlo a través de los días en que el sol calentaba la piedra a un calor abrasador. El brote luchó por mantenerse vivo porque quería la vida más que nada.

—Con el tiempo, el brote se convirtió en una plántula, luego en un pequeño árbol. El jardinero sonreía cada vez que veía el árbol agarrando la roca desnuda con determinación implacable. Para todos los demás ojos, el árbol estaba atrofiado, retorcido y feo. Los otros árboles se burlaban de él, porque no era alto y recto como ellos.

—Al árbol no le importaba lo que otros pensaran o dijeran. Se deleitaba en la vida y apreciaba cada regalo de luz solar y agua. Como ningún árbol o animal se haría amigo de él, mantuvo una existencia solitaria. Pero al jardinero le encantó. Durante sus caminatas de medianoche por el bosque, se agachaba para besar sus ramas retorcidas.

—Un día, los árboles del bosque le dijeron muchas palabras crueles al árbol atrofiado. El árbol estaba orgulloso e ignoró sus palabras, pero el jardinero escuchó y se enojó.

—Envió una poderosa tormenta que empapó el bosque y destrozó los árboles con poderosos vientos. El suelo se empapó y se hizo resbaladizo, por lo que los árboles no tenían nada que agarrar para soportar los vientos. Cayeron uno por uno hasta que todos fueron derribados.

—Después de que la tormenta había pasado, el árbol atrofiado era el árbol más alto del bosque. Pero las plantas más pequeñas que sobrevivieron todavía se burlaban del árbol porque era feo. El jardinero estaba decepcionado porque las plantas restantes aún no respetaban el árbol, por lo que envió una sequía que hizo que las plantas se marchitasen. El árbol soportó porque estaba acostumbrado a no tener agua.

—Cuando el árbol vio que solo él había sobrevivido, no se regocijó ni lloró, sino que continuó deleitándose en la vida y apreciando cada don de luz solar y agua. Nunca se quejó de la falta de tierra o la escasez de agua. Superó la adversidad porque había aprendido a soportar esas dificultades.

Miré al bosque, ahora teñido con los naranjas y púrpuras de la puesta del sol. Esperé para asegurarme de que Creador había terminado Su historia.

—¿Es la historia sobre mí? —dije.

—No. Eres más afortunado que el árbol atrofiado. Vives de la riqueza de la tierra.

—¿Soy como los otros árboles, entonces? ¿Incapaz de

sobrevivir a la tormenta o la sequía?

—Eso depende de tus raíces. No raíces reales, sino lo que ancla tu alma. La tormenta y la sequía exponen la verdadera naturaleza de tu alma.

Mi alma era muy misteriosa. No la entendía. —¿Puedes ver la verdadera naturaleza de mi alma?

—Sí, pero es sólo un brote.

—¿Qué ves?

—Vemos un brote tierno que tiene sed de amor. Vemos un alma hermosa que apreciamos.

Me consolé al oír que al Creador le gustaba lo que veía.

—Es hora de que nos vayamos —dijo.

Creador puso Sus manos fuertes sobre mis hombros y me volteó hacia adelante para que pudiera soltarse de detrás de mí. Se volvió, se inclinó y me abrazó. —Estad en paz, Amado. No tendrás que usar la férula mucho más tiempo.

Cerré los ojos y me empapé de Su paz y amor como juntando extra en caso de sequía futura. Cuando me liberó, abrí los ojos y vi que se había ido. Me acerqué al tronco del árbol y me deleité con la comida que me había traído, agradecido por la abundancia.

Capítulo 61

Propuesta

A la mañana siguiente, repetí mi ritual de arrastrar mi cuerpo detrás de mi refugio para mitigar mis molestias, luego al frente donde me recargaba contra el tronco del árbol de laurel por el resto del día. Pasaba la mañana mirando los árboles o a los polvorientos dedos de los pies. Nada se agitaba en el bosque circundante. Suspiraba de aburrimiento. Cada vez que oía el más mínimo ruido, me volvía a mirar, pero nunca veía nada.

De repente, una figura encorvada apareció frente a mí. No podía ver su cara, pero reconocí a Illuminos por su pelo. Jadeando, tiré la cabeza hacia atrás, golpeándola contra el árbol. Como no podía escapar, apreté las manos en el suelo, fortificándome.

Illuminos se inclinó con una rodilla en el suelo, con la cara oculta por la masa de pelo que flotaba en su lugar, ondulándose como si fuera propulsado por una ligera brisa. Su mano derecha apretaba un bastón suave y negro que tenía crestas como venas grabadas en su superficie. Se mantuvo en esa posición sin decir una palabra. Además de su cabello, el único otro movimiento que noté era una criatura similar a un lagarto retorciéndose como una lombriz de tierra porque estaba anclada bajo la espinilla de Illuminos.

—No tengo nada que decirte —le dije—. Vete.

—He venido a disculparme —dijo Illuminos en un tono plano sin levantar la cara.

—No voy a creer nada de lo que dices.

—Busco recuperar tu confianza.

—Nunca la tuviste. Si no te vas, le pediré al Creador que

aparezca.

—Insisto en que lo hagas. Creador puede presenciar mi sinceridad.

—Creador. Por favor, ven —le dije.

Creador de flecos dorados apareció a mi izquierda, alerta, de pie. Illuminos se levantó un poco y se volvió hacia Creador, permitiendo que la criatura similar a un lagarto se retorciese. Las dos criaturas parecidas a lagartos se revolvían por sus piernas y se aferraron a la parte delantera de sus muslos. Cuando ya se habían movido, Illuminos cayó de rodillas de nuevo y se inclinó ante Creador.

Creador dijo: —Declara tus intenciones, Illuminos. Y no hagas reverencias si no es en serio.

En un movimiento rápido, Illuminos se puso de pie, levantándose más alto que Creador. Giró la cabeza en ambas direcciones, lanzando su cabello hacia atrás donde permaneció suspendido. —Estar de pie, ojo a ojo, me queda mejor. He venido a ofrecerle un trato al renacuajo.

—¿Qué estás ofreciendo? Dijo Creador.

Sacudí la cabeza. —No quiero oírlo.

—Si se presenta una elección—me dijo Creador—, entonces debes escucharla y elegir.

—¿Cómo me estás ayudando con ese comentario? —Me sentí traicionado.

Creador me tocó el hombro. —Está bien, Amado. No te hará daño mientras estemos aquí.

—¿Daño? —dijo Illuminos, frunciendo sus labios delgados—. No quiero hacer daño. Por el contrario, ofrezco un trato superlativo.

—Escuchémoslo —dijo Creador.

—Voy a reparar la pierna del renacuajo a cambio de su libertad.

—¿Quieres que renuncie a mi libertad? Dije, horrorizado.

—Me malinterpretas, renacuajo —dijo Illuminos—. No quiero quitarte nada. Te ofrezco libertad.

—Pero yo soy libre.

—Eso piensas. Te ofrezco libertad de autoridad, libertad de consecuencias, libertad de tus propias limitaciones.

—No. Me niego.

—No seas tan imprudente. —Un ligero temblor viajó a través de sus labios—. Tómate un tiempo para pensarlo.

—No estoy interesado.

Illuminos extendió sus brazos. —¿Un trato diferente, tal vez? ¿Qué te gustaría a cambio de caminar de nuevo?

—Esta férula está bien —mentí—. Le ayuda a mi alma a crecer.

Illuminos estrechaba los ojos. —Dime, pequeño renacuajo. ¿De qué manera te has beneficiado de este estado patético? Por favor, enuméralos para mí.

No tenía respuesta. Desde mi perspectiva, no le veía ningún valor o propósito a mi inmovilidad. Todo lo que tenía era mi confianza en Creador de que ese propósito existía. —Creador dice. . . .

Illuminos interrumpió. —No estoy preguntando lo que piensa Creador. ¿Qué dices?

Miré a Creador que devolvió mi mirada y asintió con la cabeza. Luego me volví a Illuminos y le dije: —Confío en Creador. Me encantaría volver a caminar y lo haré, pero en los términos de Creador y en el tiempo de Creador.

Illuminos se endureció y su labio superior se estremeció.

Con una sonrisa, Creador le dijo a Illuminos: —Parece que te golpearon en la cabeza esta vez. Ahora, vete o llamaremos a Brillantez para que te elimine.

Illuminos se estremeció al escuchar el nombre de Brillantez. Miró a Creador, su cabello errático, las hebras golpeando en todas direcciones. Golpeó el suelo con su bastón de marcha tan fuerte que se mantuvo vertical por sí solo. Las criaturas parecidas a lagartos comenzaron a arrastrarse hacia el nódulo grasiento y amarillo en su pecho, pero él cubrió el nódulo con una mano y golpeó a las criaturas con la otra. Se oscureció y se transformó hasta que todo su cuerpo era como su cabello, una masa arremolinada de hebras negras apuñalando el aire.

Entonces Illuminos corrió hacia mí, con los dedos negros tensos extendidos para alcanzar mi cuerpo.

Capítulo 62

Gloria

En ese instante, una luz cegadora llenó la escena. Cuando la luz se desvaneció, Illuminos fue reemplazado por un área de tierra oscurecida y un olor débil y podrido. Un estrecho rayo de luz que venía de lo alto consumió el área ennegrecida. Seguí el rastro del rayo hasta su fuente y vi a Brillantez flotando sobre nosotros. Una vez que ella hubo restaurado el lugar a su estado original, descendió para flotar frente a Creador y a mí.

—Gracias, Brillantez —dijo Creador.

—Estoy muy contenta de servir —dijo Brillantez, subiendo y bajando al mismo ritmo de la respiración.

Creador se sentó a mi lado. —Escogiste bien hoy, Amado.

—Ayudó el tenerte conmigo. Me sentí tentado por su oferta de reparar mi pierna.

—Lo sabemos. Illuminos no ofrecería algo que no fuera tentador.

—¿Tiene el poder de dar la libertad que describió?

—Sí. Pero esa libertad es una ilusión, una ilusión poderosa. Porque aquellos que están bajo su hechizo, creen que nada puede retenerlos.

—No quiero una ilusión. —Miré mi férula, y luego le hice un gesto—. Confío en que todo esto tendrá sentido, algún día.

Creador sonrió y colocó Su frente en la mía. —Amado, cuando llegue ese algún día, no te decepcionará.

Uno de los haces de luz de Brillantez brilló en mi ojo.

—Gracias por deshacerse de Illuminos —le dije.

—De nada —dijo ella—. Pero él volverá.

—Creador —le dije—, ¿No es tu presencia suficiente para asustar a Illuminos?

—Sí, pero no mostramos nuestra presencia completa. Sabe que no lo haremos porque aún no es hora de su castigo. Será detenido cuando liberemos toda la intensidad de Nuestra Luz porque la luz pura incapacita al egoísmo. Mientras tanto, hemos dado a aquellos como Brillantez una pequeña gota de Nuestra gloria para ahuyentar a los que rehuyen la Luz.

—¿Brillantez sólo tiene una pequeña gota? Dije, asombrado.

—No se siente como una gota —dijo Brillantez—. Tengo que estirarme hasta el punto de estallar para contenerlo.

—Los dejaremos a ustedes dos para ponerse al día —dijo Creador—. Y Brillantez, tu luciérnaga es hermosa. No la mantengas enjaulada.

Inclinó la cabeza y sonrió a Brillantez y luego desapareció.

—¿Qué quiso decir Creador con eso? —Le pregunté a Brillantez.

—No ser tan pequeña, supongo. Todo este tiempo, me he reprimido, creyendo que me metería en el camino de Creador. Ahora creo que Creador quiere que yo viva plenamente mi ser.

—¿Te mostraron eso?

—No. Tú me dirigiste hacia ese descubrimiento. He estado sacando cosas profundamente guardadas y revelándoselas a Creador como sugeriste. Cuando esas cosas fueron expuestas a la luz de Creador, se transformaron y se animaron. Aún no lo entiendo. La parte más sorprendente es que con cada revelación, me conecté más con Creador y conmigo mismo, como si se hubieran vuelto a conectar cuerdas antiguas.

—¿Estabas conectado antes?

—No recuerdo. Sospecho que las conexiones nunca se hicieron. Tal vez Creador esperaba que yo las descubriera en su tiempo. Por eso Creador te colocó en mi vida.

—Creo que es al revés —le dije.

—No. Tú eres el regalo de Creador para mí, y estoy muy

agradecido por ti.

Ninguno de los dos habló. Reflexioné sobre las palabras de Brillantez por un tiempo. Entonces algo me llamó la atención. —¿Crees que tu luciérnaga es lo mismo que tu gota de gloria?

Sus muchos ojos parpadearon en un rápido frenesí. —Espera. Eso significaría . . . la gota de gloria que quiere estallar . . . soy yo. Son iguales . . . Así que, si permito que mi yo interior salga, entonces la gloria de Creador se revela. Eso explica por qué Creador quiere que deje salir a mi luciérnaga de su jaula.

Brillantez se estremeció y emitió un sonido crujiente desde lo profundo del orbe. A medida que el sonido continuaba, lágrimas fluían de sus ojos mientras se balanceaba de un lado a otro. Se dejó vencer por la emoción. ¿Era la primera vez que lo hacía?

En ese momento, ya no la veía como una esfera. Se convirtió en una hermosa presencia que tocó y enriqueció mi ser. En asombro mudo, contemplé la sublime gloria de Creador manifestarse en la vulnerabilidad de Brillantez.

Capítulo 63

Frustración

Más tarde ese día, le pregunté a Creador sobre la visita de Illuminos. —¿Fue esa la prueba que predijo?

—No, Amado —dijo Creador dentro de mi mente—. La prueba está por venir. No busques pruebas. Eso te hará tropezar.

—No quiero fallar.

—¿Cómo planeas prepararte?

—Me gustaría. . . . —Mi mente me falló—. No estoy seguro de cómo.

—Si quieres prepararte, sigue confiando. Tú puedes soportar cualquier prueba si confías en Nosotros.

—Voy a seguir confiando, entonces. ¿Puede ser así de simple?

—Eso depende. ¿Consideras que es fácil caer de un acantilado y confiar en lo que sucede a continuación?

Después de veintiséis días de inmovilidad, llegué a mi punto de quiebre. La monotonía del día a día de sentarse frente a mi refugio y mi frustración por no poder usar mi pierna se había enconado dentro de mí, generando una irritabilidad erizada. Traté de guardar compostura por el bien de Creador, pero mis entrañas se agitaban como peces retorciéndose en un charco poco profundo y superpoblado. Perdiendo mi autocontrol, comencé a arañar las vides que sostenían mi férula unida.

Sujetándome, golpeé mis nudillos contra el suelo repetidamente. Entonces grité lo más fuerte que pude, lastimando mis oídos.

—¡Creador! —grité—. No soporto más esto.

Su voz tranquila entró en mi mente. —¿Qué tiene que ver eso con nosotros?

—Cura mi pierna. Quítame la férula.

—No vamos a hacer eso. Tú estás destinado a aprender de esto.

—¿Puedes acelerar mi curación?

—No. Tú debes completar los cuarenta días.

—Entonces dame más paciencia.

—¿Es la paciencia tu mayor necesidad?

De alguna manera, sabía que mi problema no era falta de paciencia. —No. Mi mayor necesidad es . . . paz. —Agaché la cabeza cuando me di cuenta de lo mucho que me había centrado en mi inmovilidad.

—¿Por qué no estás en paz?

Sondeé más profundo. —Porque no tengo control sobre mi situación.

—Si tú no tienes control sobre ello, entonces ¿por qué te resistes?

No tenía respuesta.

—Tu resistencia te está volviendo frustrante y miserable —dijo Creador—. Has convertido tu situación en tu adversario.

—Tienes razón. ¿Cómo dejo de resistirme?

—Entrega todo a nosotros. Confía en nosotros tu inmovilidad. No puedes cargar con el peso de los últimos veintiséis días. Tampoco puedes soportar la carga de los próximos catorce días. Concéntrate, en cambio, en el momento presente, que es todo lo que debes soportar. Tu carga será más ligera cuando nos la des a nosotros.

Traté de centrarme en el momento presente poniendo el pasado y el futuro fuera de mi mente, lo que fue mucho más difícil de lo esperado. Entonces centré mi atención en el amor de Creador, permitiéndole abrazarme, llenarme y borrar todas las distracciones que competían.

Reunirme con Creador era todo lo que necesitaba. El rastreo del tiempo se volvió poco importante. Mi constante enfoque en mi cuerpo se desvaneció. Ya no consideraba mi inmovilidad como un adversario a resistir, sino como parte de mi situación de vida, algo que debe ser aceptado como un día lluvioso. Mi malestar no había desaparecido, pero cuando se veía desde el momento presente, se volvía mucho más manejable, siendo una molestia momentánea en lugar de una carga continua.

—Estás aprendiendo a confiar —dijo Creador—. Trata de quedarte en el presente. Vivir en el pasado o en el futuro te robará la paz. Sólo en el presente, donde hacemos Nuestra morada, nos encontrarás a Nosotros y la paz que damos.

Sentí paz en ese momento. Traté de permanecer en ella, pero mi mente saltó. —¿Es esta la prueba que predijiste?

—Ah, Amado. ¿Qué te dijimos sobre buscar pruebas? Para que tu confianza crezca, debes ser probado y desafiado de vez en cuando. Nunca pienses que estás exento de más pruebas.

Al día siguiente, mi férula me molestó más que nunca. Traté de concentrarme en el momento presente, pero me eludía. Me costó aceptar mi situación, dejar de resistirla. Nada funcionó. En una exasperación absoluta, grité.

—Creador, ayúdame.

—Estamos aquí —dijo Creador dentro de mi mente.

—Esta vez no funciona. No puedo deshacerme de mi frustración.

—Ah. Ese es el problema.

—¿Ahh?

—Tu yo es el problema. Estás tratando de hacer las cosas tú mismo. Tienes que hacerte a un lado. Cuando no hay yo, no hay resistencia, no hay esfuerzo, no hay batalla.

Creador tenía razón. Sentí que yo mismo luchaba contra mi situación. Traté de soltarme, pero eso también fue producto del esfuerzo personal.

—Permanece —dijo Creador—. Permanece en Nosotros en lugar de permanecer en ti mismo.

Me concentré en Creador. Mi yo se alejó, dejando sólo mi alma, que flotaba en paz dentro del vasto ser de Creador. Clamé para recuperar el control, pero ignoré sus protestas. Por el resto del día, mantuve este estado dichoso. Mi incomodidad no podía involucrarme, ya que nada en mí podía evocar una respuesta.

Lo que me involucró fueron mis sentimientos por Creador. Con el yo fuera del camino, ya no estaba distraído por mi existencia. Libre de la interferencia de mí mismo, mi alma fue liberada para amar, y mi corazón se enamoró de la adoración por el Creador. Desde lo más profundo de mí, las palabras salieron de mi boca, pero esta vez las palabras tenían tonos que se elevaban y caían en secuencias encantadoras.

—Como una madre búho, te quedas cerca de mí
y me proteges del daño.
Cuando me amenazan, tú me defiendes.
Mi enemigo tú desarmas.
Cuando las tormentas traen problemas, tú me cubres
y me proteges con tus alas.
En tu cálido pecho encuentro seguridad
a pesar de lo que trae la tormenta.
Tu amor me da sombra como un dosel
y me cobija todo el día.
Aunque estoy confinado a mi nido colgante,
Estoy contento de quedarme.
Tu vida y tu amor siempre me sostienen.
Estoy lleno de agradecimiento.
Eres un segundo corazón dentro de mí
que late dentro de mi pecho.
Me satisfaces cuando tengo sed.
Me adormeces en la noche.
Amo Tu fuerza y tu gentil misericordia.
Que mi vida te deleite.
Nada tiene mayor valor para mí.

Sé que sólo soy polvo.
Todo lo que tengo viene de mis preciados Tres.
Todo a ti lo encomiendo.

Escuchar los hermosos tonos hizo que las lágrimas corriesen por mi cara. Después, me senté en silencio durante mucho tiempo asombrado por la experiencia.

Capítulo 64

Desviación

A la mañana siguiente, cuando salí de mi refugio, arrastrando mis piernas tras de mí, descubrí un manojo enrollado de hierbas largas y secas fuera de mi puerta. Estacionadas a mitad de camino de la puerta, hurgué el manojo en busca de comida, pero sólo contenía hierba.

—Bendiciones, Amado —escuché detrás de mí. Me torcí para ver a Creador de flecos dorados sentado en la mesa de granito.

—Bendiciones, Creador —le dije—. ¿Por qué está la hierba aquí?

—Vamos a enseñarte a tejer una canasta.

Esta noticia me encantó. Me arrastré y tomé mi posición habitual contra el tronco del árbol de laurel. Creador se acercó, se inclinó, puso Sus manos sobre mi cabeza, y besó la parte superior de ella. Entonces se sentó con las piernas cruzadas delante de mí y comenzó a enseñarme.

Rebosante de entusiasmo, aprendí el arte del tejido de cestas. Me enseñó a darle forma a la canasta, a mantener las tiras apretadas y a meter los extremos en un borde terminado. De todos los proyectos de construcción que había emprendido, este es el que más disfruté.

Desarrollé una afición por tejer, encontrándola fácil, creativa y relajante. Creador traía un nuevo suministro de hierbas cada día. Me gradué en hacer cestas simples, a tejer formas animales y formas abstractas. A lo largo de la parte delantera de mi muro de refugio, desplegué mi obra, separada como las plántulas en mi jardín.

199

Después de haber tejido dos docenas de piezas, Creador manipuló algunas con interés. Recogió una banda circular de tres manos de ancho de diámetro. Había entretejido tiras negras para crear tres formas repetidas alrededor de la banda.

—Lo hice para ti —le dije—. Va en tu cabeza.

Lo colocó sobre Su cabeza, pero cayó sobre Sus ojos, enganchándose a Su nariz. Había calculado mal el tamaño de Su cabeza.

—Es tu estilo —le dije, sonriendo.

Se lo quitó e inspeccionó de nuevo, sonriendo. —Tienes razón. Es nuestro estilo. Vemos los tres pares de alas que tejiste en el patrón. Excelente trabajo, Amado. Lo atesoraremos.

Esa noche, un fuerte ruido me despertó. Un viento feroz sopló, causando que mi refugio traquetease. La fuerte lluvia golpeó el techo con un rugido implacable y ensordecedor. El ruido dificultaba el sueño, así que escuché la tempestad a medida que se volvía más severa. Las violentas explosiones de viento me hicieron preguntarme si mi refugio aguantaría toda la noche. El agua goteaba desde las grietas en el techo y formaba charcos fríos debajo de mi cuerpo. El aire frío empujaba contra mi refugio, haciéndome temblar. Le pregunté a Creador si mi refugio aguantaría, pero no hubo respuesta. Consolado de que todavía sentía mi conexión con Ellos, sabía que todo estaría bien.

Mi refugio se estremeció de furia. Cuando se derrumbó, grité con miedo. Una viga se partió en dos y cayó sobre mi pecho, una mitad astillada perforó mi piel. La viga se acuñó contra la pared trasera, así que empujé con fuerzas para desacuñarla. Hacerlo ocasionó que otras partes del techo cayeran sobre mis piernas. Imposibilitado para ver, batallé para quitar con las manos los paneles caídos del techo. El agua fría de lluvia impactó mi cuerpo, me abofeteó la cara y me picó los ojos. Embozados en la oscuridad, el viento y la lluvia me asaltaron como un enemigo invisible.

Me arrastré hacia la pared frontal y extendí mi mano para saber si todavía estaba en pie. Estaba temblando mientras la tocaba, el viento salvaje trataba de derribarla. El suelo se había convertido en lodo, haciendo que las bases de la pared se debilitaran. No pude salir a través de la puerta porque el techo caído bloqueaba el camino, así que empujé la pared para forzarla a caer. El viento empujaba en contra.

Mientras presionaba con todas mis fuerzas, la pared comenzó a ceder. Empujé contra ella hasta que cayó plana. La pared era demasiado pesada para moverla, así que no tuve más remedio que arrastrarme sobre la pared derribada en la oscuridad. Las ramas me picaban las manos y me rompían la piel. Un par de veces, mi férula quedó atrapada en la superficie dispareja.

Después de despejar la pared, me deslicé a través del barro resbaladizo tratando de encontrar refugio. Me arrastré hasta encontrar un árbol bajo. Me ofreció poca protección, pero dudé que cualquier árbol pudiera protegerme. Escondido bajo sus ramas, con mis brazos abrazando mi pecho, mantuve mi cara lejos de la embestida directa de la dura lluvia.

El frío era adormecedor. Mi cuerpo se estremeció con temblores continuos. Pedí ayuda a Creador, pero la tempestad ruidosa ahogó mi voz.

Una tormenta interior irrumpió en mi alma. El miedo y la desesperación trataron de superarme, pero luché contra ellos. Recordé cómo el miedo y la duda me agarraron cuando el tigre mató a Creador y cuando el veneno de la serpiente casi me había matado. Esta vez, elegí confiar. Luché por mantenerme conectado con Creador, mi conexión con Ellos se sentía tan frágil como una sola hebra de tela de araña. Me preguntaba si un hilo tan delicado podría sobrevivir a la tormenta. A pesar de mi determinación de confiar en Creador, comencé a llorar.

Frío y miserable, esperé pacientemente bajo la tormenta que parecía interminable. Mi piel estaba empapada y adormecida, mis ojos empañados por llorar y por la lluvia punzante. Lo soporté todo, creyendo que Creador estaba conmigo en medio de todo aquello.

Después de mucho tiempo, ya no sentí la lluvia despellejar mi cuerpo. Ya que oía que la lluvia aún caía fuerte, asumí que el entumecimiento me había poseído. No podía ver que algo maravilloso había ocurrido.

Capítulo 65

Refugio

Escuché las implacables gotitas de agua golpeando una superficie desconocida por encima de mí. Algo invisible estaba desviando el viento frío. Entonces escuché la voz de Manna gritando sobre el estruendo de la tormenta. —Seremos tu refugio esta noche.

Imaginé las seis alas de Creador abarcándome, creando un escudo protector contra la brutal lluvia. Un par de brazos se envolvieron alrededor de mi cuerpo mojado, sosteniéndome en un apretado abrazo. Ahora que me sentía seguro, mi alivio se convirtió en sollozos, ya que permití que mis defensas se rompieran. El calor de sus cuerpos comenzó a quitar el escalofrío del mío.

Durante el resto de la noche, Creador soportó la peor parte de la tormenta, azotado por el viento, empapado por la lluvia. Sus alas me protegieron, manteniéndome a salvo bajo un dosel vivo de amor. Permanecieron en posición toda la noche mientras yo descansaba dentro de esos brazos reconfortantes, sintiéndome atesorado y lleno de asombro. Agotado de mi dura experiencia, me quedé dormido.

Cuando me desperté a la mañana siguiente, la tormenta había pasado. Al abrir los ojos, vi la cara de Ennoia, mirándome, rebosante de amor. Por encima de mí, seis alas se superponían para crear una cúpula emplumada. Cuando Creador contrajo sus alas, un cielo despejado se mostró. Apoyé el cuerpo dolorido y observé mi entorno. Me maravillé al notar que ocupaba el único lugar de tierra seca a mi alrededor.

Mirando al otro lado del claro, vi mi refugio dañado. La pared izquierda se había doblado hacia adentro. La pared derecha estaba plana en el suelo. El techo se había derrumbado, las vigas se habían dividido en dos, una mitad estaba apoyada contra las rocas traseras, la otra mitad colgaba de los árboles de laurel. Los restos de las ramas cruzadas todavía estaban atados a las vigas como dedos extendidos. Ninguna de las hojas que forraban el techo se mantuvo unida, sino que se agruparon en las esquinas como motones empapados.

Dijo Ennoia: —Soportaste una noche difícil, Amado. Nos complace que hayas elegido confiar.

—¿Esa tormenta era la prueba que predijiste?

—Así es.

—¿He pasado la prueba?

—Lo hiciste. —Los Tres sonreían.

—Me alegro. Pero no puedo asumir la responsabilidad. Me preparaste para confiar. Yo no podría haberlo hecho sin Ti.

—Todo lo que has experimentado hasta este momento te ha preparado porque has permitido que nosotros trabajemos esas cosas para cambiarte.

—Incluso eso es un acto de confianza —le dije.

—Excelente, Amado. Ahora entiendes que la confianza no es una actividad solitaria, sino una cooperación. Tú depositas su confianza en Nosotros, y Nosotros te empoderamos para hacerlo.

—Tu refugio está destruido —Manna dijo—. Te llevaremos a una cueva seca que será tu refugio a partir de ahora.

—Cueva? ¿Por qué no me llevaste allí desde un principio?

—El refugio de madera era necesario para tu crecimiento. Ha servido su propósito y ya no es necesario.

Creador rescató objetos del refugio demolido. Recuperaron mi bastón y algunas calabazas. Dos de las calabazas estaban llenas de agua de la lluvia de anoche. Usando esa agua, Creador lavó el barro de mi cuerpo y limpió mis heridas. Me estremecí con el agua fría. Me quitaron el agua de la piel con los bordes de sus plumas exteriores de las alas. Aable retiró la férula maltratada y construyó una nueva. Después, Ennoia y Aable me pusieron de pie en mi pierna buena. Puse mis brazos alrededor de sus cuellos mientras mantenía mi pierna astillada fuera del suelo. Luego salté en una pierna mientras me escoltaban a mi nuevo hogar. Manna llevaba mis pocas posesiones intactas.

La tormenta había empapado todo el paisaje. No podíamos evitar lo charcos innumerables, que salpicaban lodo fresco en nuestras piernas. Traté de evitar que mi nueva férula se salpicara. Dondequiera que caminábamos, veíamos los daños ocasionados por la tormenta. La hierba y las plantas estaban apelmazadas, con un aspecto blando y batido. Ramas rotas, arrancadas la noche anterior, estaban esparcidas a lo largo del camino.

Llegamos a la cueva, un espacio hueco bajo una enorme roca que sobresalía de la ladera. Las rocas más pequeñas a cada lado sostenían el techo en su lugar. El suelo de la cueva era rocoso, pero seco. Cualquier lugar seco era apreciado. Creador me sentó en una de las grandes rocas dentro de la cueva. Luego limpiaron las rocas del suelo y se arrancaron algunas plumas para hacerme una cama en la parte trasera de la cueva. Me ayudaron a subir a la cama y luego se fueron. Tan pronto como cerré los ojos, el sueño se apoderó de mí.

Capítulo 66

Reforma

Me convertí en experto en saltar apoyado de mi bastón. La mayor parte de las veces me sentaba dentro de la cueva y observaba el bosque más allá de la abertura. Mi cueva no era profunda. Desde cualquier lado, podía ver las antiguas moreras gigantes que crecían más allá de mi cueva, sus raíces expuestas enrollándose en el suelo. El área justo en frente de mi cueva no tenía árboles. En su lugar, una gruesa capa de hierba acedera verde cubría el suelo con sus hojas en forma de corazón y flores rosadas.

Una tarde, unos círculos de luz aparecieron sobre la acedera. Al levantar la vista, vi a Brillantez descender hasta que quedó suspendida frente a la entrada de la cueva.

—Brillantez —dije con emoción—. Han pasado muchas cosas desde la última vez que te vi.

Brillantez subía y bajaba en su manera entusiasta. —Mejoraste tu refugio —dijo, rastreando el interior con rayos de luz.

—Este no se va a caer.

—Dudo que lo eso pase y por tu bien me alegro. Tu cuerpo es extremadamente frágil. —Ella lanzó un rayo de luz sobre mi férula—. Si el techo colapsara, te aplastaría como a un insecto. Eso me recuerda. ¿Has tenido más encuentros con Illuminos?

—No. Creo que sabe que debe dejarme en paz.

—Nunca se rinde. Volverá.

—Creador me protegerá —le dije.

—Sí, pero ya debes saber que Creador es lento para rescatar.

Consideré todas las adversidades que había experimentado. —No me había dado cuenta de eso hasta que lo mencionaste. ¿Por

206

qué será?

—No entiendo los caminos de Creador. Yo solo. . . .

—Obedeces. —Terminé su oración—. Creo que tiene que ver con la confianza. Creador dijo una vez que la confianza se profundiza o se descarta durante la tensión que generan los retrasos. El retraso puede construir carácter.

—Eso puede ser, pero me preocupa que Illuminos pueda hacerte daño antes de que Creador intervenga.

Me acordé de Illuminos golpeándome en la cabeza. Suspiré. —Estoy cansado de preocuparme por él todo el tiempo. Me gustaría que se fuera. —Se me ocurrió una idea—. ¿Y si Illuminos cambiara?

—¿Qué quieres decir?

—Si volviera a servir a Creador, ya no sería una amenaza.

—Illuminos no se puede revertir —dijo con un tono definitivo.

—¿Cómo lo sabes? ¿Lo has intentado?

—Si Illuminos se pudiera reconvertir, Creador ya lo habría restaurado.

—Dijiste que Creador es lento para rescatar. Tal vez la reforma de Illuminos está por venir.

—Sigues asombrándome, Amado. Entonces, ¿cómo activarías este cambio en Illuminos?

—No lo sé. Lo voy a tener que pensar.

—Si Illuminos y los otros Independientes pudieran ser reconvertidos, entonces mis asignaciones serían menos desagradables. —Parpadeó los ojos muchas veces.

—¿No te gustan tus tareas?

—Las ejecuto sin queja, pero no me gusta lidiar con la oscuridad todo el tiempo. Me desgasta.

—Me imagino. ¿Qué preferirías hacer?

Dejó de rebotar. —No puedo responder eso.

—¿Por qué no?

—¿Y si mi respuesta difiere de la voluntad de Creador para mí? ¿Cómo reconciliaría a los dos?

—¿Debes conciliar tus preferencias con la voluntad de Creador? ¿No pueden coexistir como la luz y la oscuridad? Lo siento. Pobre ejemplo. No quiero decir que tus preferencias sean malas. Al admitirlas, estás siendo honesta. La honestidad nunca es mala.

—Si expreso una preferencia —dijo Brillantez—, entonces cada vez que realice la voluntad de Creador, me atormentaría mi preferencia por otra cosa. Eso arruinaría todo. No puedo existir así.

—Mis preferencias rara vez se alinean con la voluntad de Creador—le dije—. Puedo vivir con la desarmonía. Espero que la brecha se cierre con el tiempo, para que, un día, Su voluntad y mis preferencias sean las mismas.

—La desarmonía debe ser una cosa humana. Los ángeles no estamos diseñados para manejar brechas. Nuestra preferencia es siempre la misma que la voluntad de Creador.

—Lo siento. No quise causarte confusión.

—Amado, no necesitas disculparte. No me causaste ninguna confusión. Dado que puedes coexistir con brechas de armonía, no eres tan débil como pensaba —dijo, retomando su tranquilo rebotar.

—Y tú no eres tan fuerte como yo pensaba —le dije con una sonrisa.

Capítulo 67

Liberación

Llegó el cuadragésimo día. Se sentía como todos los días que lo precedieron. Después de tanto esperar, mi expectativa era que se llevara a cabo alguna fanfarria, como que se presentasen algunos animales a mi cueva a presenciar el evento trascendental. Tal vez lo había entendido mal. ¿Se suponía que usaría la férula durante cuarenta días y que me la quitarían el cuadragésimo primero? Antes de malgastar cualquier gozo prematuro, pedí una aclaración. —Creador, ¿hoy me quitarás la férula?

—Sí, Amado. Hoy es el día. Puedes quitártela tú.

Con un entusiasmo desenfrenado, arranqué las ataduras de mi férula, mientras Creador observaba desde Su percha invisible. Después de quitarme la férula, mi pierna se sentía rígida y extraña. Flexioné mi rodilla, pero su movimiento fue lento. Cuando me paré con la pierna, se tambaleó de la debilidad, incapaz de sostener mi peso. Había imaginado que quitarme la férula liberaría la energía acumulada, impulsándome a correr como un lagarto, así que mi continuo impedimento me consternó.

—Recuperarás tu fuerza en unos días —dijo Creador—. Es posible que no desees correr o nadar de inmediato.

—¿Correr o nadar? Apenas puedo estar de pie —dije con desánimo.

Unos días más tarde, después de que mi pierna estaba más fuerte, decidí hacer la larga caminata hasta mi jardín. Apoyado de mi bastón, cojeé a través del bosque en la dirección asumida de mi jardín. La ubicación de mi nuevo refugio me había desorientado.

En el camino, intenté conectarme con Creador. Me enfoqué en

mi centro interior para encontrar la corriente viviente que fluía de Creador y era Creador. Podría beber de esta corriente que siempre fluye tan a menudo como quisiera. Cuando entré en la corriente y me sumergí en ella, me uní a Creador.

—Te amo, Creador —le dije.

—Eres nuestro amado, Amado —dijeron dentro de mi mente. —Nos regocijamos en ti.

—No sé cómo mostrarte mi amor.

—Demuestras tu amor cuando nos obedeces, cuando compartes tus pensamientos y sentimientos con Nosotros, cuando depositas tu confianza en Nosotros.

—Eso no parece mucho en comparación con tu amor por mí.

—Permanecemos en el amor mismo. Tu amor es un reino donde nos deleitamos en morar y expresarnos. En tu amor, se cumple Nuestro amor.

Cuando llegué, lo primero que noté fue que Creador había construido una valla alta alrededor de mi jardín. Palos largos, colocados unos junto a los otros, habían sido encajados en el suelo. Una puerta hecha de palos atados se apoyaba contra dos grandes postes que flanqueaban una abertura en la cerca. La puerta colgaba afianzada con una vid que rodeaba cada poste. Levanté la puerta, deslizando los aros de los postes, y los dejé a un lado para entrar. Las plantas estaban prosperando, derramándose a través de las filas. Algunas plantas ya tenían fruto, los que probé con gran satisfacción.

Mi calabaza de riego ahora estaba colgada de un poste con un lazo trenzado que pasaba a través de un agujero perforado en su borde. Renqueé hacia el lago para sacar agua, meciendo la calabaza con mi brazo derecho y apoyando mi mano izquierda sobre mi bastón. Verter agua en los surcos requirió algunas maniobras incómodas. Después, colgué la calabaza, reemplacé la puerta de la entrada y regresé a casa. A partir de ese momento, reanudé la responsabilidad de mi jardín.

Tan pronto como pude, fabriqué una pared y una puerta para

mi nuevo refugio. La pared llegaba hasta el techo colgante de roca, pero ya que no podía atar ninguna cosa al techo, la parte de arriba de la pared quedó dispareja y permitía la entrada de luz a mi refugio. Al igual que con mi antiguo refugio, coloqué la bisagra de la puerta en la parte superior para que su peso la mantuviera cerrada. Durante el día, sostenía la puerta horizontal con una rama larga, lo que me permitía el acceso.

Dos días más tarde, de camino a mi jardín, vi a un zorro de color castaño comiéndose una pika gris de orejas cortas.

Le grité al zorro: —¡No te comas eso!

Si mis piernas hubiesen estado más saludables, lo habría perseguido. En vez de eso, agité mis brazos para asustarlo. —¡Detente! Grité.

El zorro no se asustó. Me miró, recogió la pika muerta con su boca, y trotó hacia los arbustos.

—Adelante, mátala. No puedo detenerte —grité, a pesar de que el zorro había abandonado la escena. Ver a la pika muerta me molestó porque me sentía tan indefenso como ese animal pequeño. El zorro, actuando por instinto y por el hambre, había ejercido su libre albedrío. Illuminos no era diferente.

Cuestioné si el libre albedrío era una buena idea. Lo veía como algo que no podía ser domado; una cosa salvaje como el zorro hambriento. Dado que Creador permitió que los animales salvajes deambularan libremente, lo que resultó fue que le dieran la misma licencia al libre albedrío, incluso si el caos o la anarquía fuesen el resultado, como la Gran Revuelta.

Lo que me preocupaba era que Creador permitiera que esta rebelión persistiera, a pesar de que tenían el poder de anularla. Su aparente impotencia por esta crisis me decepcionó.

Mi propia impotencia me molestaba para resolver mi problema con Illuminos. Mi temor continuo a nuestro próximo encuentro también me motivó. Esperaba que apareciera, pero nunca lo hizo. Tal vez estaba esperando a que no lo esperaba. Entonces atacaría.

Capítulo 68

Motivos

Una demostración persuasiva de devoción sincera por Creador podría convencer a Illuminos de que Creador es un maestro amoroso. Con ese fin, planifiqué ser lo más devoto posible. ¿Cómo podría Illuminos ignorar el poder del fervor y el amor de todo corazón?

Durante el resto del día, desarrollé mi noble resolución. Mientras trabajaba en mi jardín, expresé gratitud por todo lo que se me ocurrió. En mi viaje de regreso, recité mi amor a Creador. Cuando me quedé sin palabras amorosas, exclamé su esplendor y poder. Cuando me cansé de hablar, llené mi mente con pensamientos de adoración hacia Ellos. Mantuve una conexión ininterrumpida con Ellos, protegiéndola de cualquier cosa que pudiera ponerla en peligro.

Al final del día, cuando el cielo había menguado a un vivo y vibrante índigo, me derrumbé en mi cama. Mi espíritu estaba exhausto, mi mente fatigada, y mi cuerpo agotado. La devoción era un trabajo agotador. Dudé de poder mantener esta intensidad por otro día, y no estaba seguro de querer hacerlo. —Esto es demasiado difícil —me dije a mí mismo.

—¿Qué es demasiado difícil? Creador dijo, apareciendo como una niebla blanca que se arremolinaba dentro de la abertura entre la parte superior de la pared de mi refugio y el techo de roca.

Me senté. —Mantener la devoción constante es demasiado difícil —dije mientras veía hilos de luz saltar de poste a poste como ardillas juguetonas.

Creador dijo: —¿Desde cuándo agota ser devoto? ¿Cuándo te

ordenamos permanecer en incesante devoción? ¿Por qué te estás cargando de cosas que no te pedimos que hicieras?

—Quería expresar mi devoción hacia Ti —le dije, tratando de sonar piadoso.

—Eso no es cierto. —La niebla se juntó en una bola de luz en el centro de la abertura—. Querías demostrar tu devoción a Illuminos y a ti mismo. La verdadera devoción está motivada únicamente por el amor y está desprovista de enredos egoístas. Te has agotado con falsa devoción y actividad vacía. La devoción genuina no es dura ni gravosa, sino que ilumina el espíritu y anima el alma.

—¿No quieres que sea devoto?

—Lo que queremos es verdad e integridad. La devoción no se origina en la determinación, sino en el alma como un flujo natural. Un pájaro alimenta a sus bebés porque está comprometido con la tarea, no porque decida hacerlo o esté tratando de demostrar su dedicación. La devoción no es forzada, sino que brota de un deseo desinteresado de servir.

—Quería mostrarle a Illuminos cómo es la verdadera devoción. Pensé que eso podría convencerlo de que eres digno de toda devoción.

—Amado, lo que mostraste no era verdadera devoción. Si tu devoción es verdadera, no es necesario que la demuestres. Su verdad es suficiente y todos la verán. Si necesitas probarte algo a ti mismo o a otro, entonces su autenticidad es dudosa.

Mis excusas ya no podían soportar la sabiduría de Creador. Mi noble intención se había vuelto deplorable de nuevo. Miré hacia otro lado de la luz de Creador. —Lo siento, Creador. Perdóname. Metí la pata otra vez.

El interior del refugio se iluminó, y miré la bola de luz que ahora brillaba como la luna llena.

—Estás perdonado, Amado —dijo Creador—. Seguirás cometiendo errores, y seguiremos perdonando. No guardes registro de tus errores.

El consejo llegó demasiado tarde. Ya había revisado mis

errores. —¿Qué puedo hacer para agradarte más?

—La respuesta no está en lo que haya que hacer. Quien eres, no lo que haces, es lo que nos da placer. Las acciones fluyen de tu alma y muestran la verdadera naturaleza de tu alma. Cuando tu alma sea sincera, tus acciones serán sinceras.

—¿Por lo tanto, mis acciones siempre deben reflejar mi alma?

—Sí. De lo contrario, tus acciones son falsas y sin sentido. Deja que tus acciones sean congruentes con tu auténtico yo. —La luz resplandeciente me consoló de una manera que las palabras no podían.

—No quiero ser falso. Perdóname por disgustarte.

—Amado, no te enfoques tanto en esforzarte por complacernos. Mejor sé auténtico. La devoción genuina, la confianza y el amor se encuentran dentro de ti y nos deleitan. Permite que esas cosas se muestren en acción veraz. Cuando te falten esas cosas, se honesto al respecto, y te ayudaremos a obtenerlas. Nos preocupamos más por la intención detrás de tus acciones que por las acciones en sí. Si te ves obligado a actuar por la necesidad de impresionar, probar o avanzar, entonces tus acciones no tienen valor para Nosotros. La intención pura produce una acción auténtica.

La experiencia de pureza era ajena para mí. Mi alma era una mezcla enturbiada de motivaciones que no podía identificar. —Creador, purifica mis intenciones para que mis acciones sean auténticas.

Creador ardió más, irradiando calor sobre mi cuerpo y mi alma. Entonces la bola de luz flotó dentro de mi refugio y se suspendió sobre mi cabeza. Vi como arrojaba bucles de luz diáfana que se desenredaba y desvanecía en el aire.

—Afirmamos Nuestro amor por ti —dijo Creador—, pero no podemos purificarte. La purificación es un proceso, no un evento. Las experiencias que te damos te purificarán con el tiempo. Ahora, recibe nuestra gracia y amor.

Cerré los ojos para recibir lo que se sentía como agua caliente vertiéndose sobre mi cabeza, corriendo sobre mi cuerpo, lavando capas de sedimentos de mi alma, exponiendo mi núcleo crudo. Creador me redujo a mi verdadero yo, el yo que permanece cuando se quitan todos los pretextos y autoconcepciones. Creador acarició mi alma temblorosa con tiernos besos de amor.

—Nuestro amor está contigo para siempre —dijo Creador—. Nada puede separarte de Nuestro amor.

Creador se desvaneció, dejándome en la oscuridad, pero mi alma brillaba con alegría. Me acomodé en mi cama de plumas y cerré los ojos.

Mi mente se movió en la inquietud. ¿Cómo pude haber sido tan estúpido? Una vez más, me atraparon desprevenido y me superaron los motivos egoístas. Si siempre supiera lo que hay que hacer, entonces sería perfecto.

Capítulo 69

Luz de Día

A la mañana siguiente, una luz brillante entró a través de las grietas en la pared de mi refugio, creando fragmentos blancos en la parte posterior de la cueva. Esto era inusual porque la cueva estaba al sur. Cuando levanté mi puerta, tuve que proteger mis ojos de una luz blanca cegadora que brillaba en el centro del claro. Rivalizaba con el sol.

—Muchas bendiciones para ti, Amado —dijo la luz con estruendo, sonando como un fuerte coro de voces brillantes—. Sal y ponte delante de mí.

La intensa brillantez me desarmó, pero di un paso adelante, bajando la mirada. Sintiéndome inquieto, dije: —Bendiciones para ti, también.

—Mi nombre es Luz de Día. Creador me ha dado autoridad, poder y sabiduría para llevar a cabo Su más alta voluntad. En obediencia al mandato de Creador, he venido a anunciar Sus intenciones magnánimas hacia ti. Debido al amor extravagante de Creador por ti, me han enviado a concederte lo que pidas. Considera con prudencia qué don sería más útil para ti en tu devoción y servicio a Creador.

Mi cuerpo temblaba, y apreté las rodillas para estabilizarme. Seguí bajando la mirada y dije: —Creador me ha dado todo lo que necesito. No se me ocurre nada que pedir.

—Sí, Creador es más que suficiente para la vida. Sin embargo, de acuerdo con Su gran sabiduría, algunos dones se retienen hasta el momento señalado en que son concedidos según solicitud. Esta es tu hora señalada, Amado. En verdad, esta oportunidad es una prueba para probar tu pureza de corazón. Confío en que tomarás la decisión más sabia en este asunto. El que esté yo aquí ante ti atestigua que Creador cree que estás listo.

Esta era mi oportunidad de mostrar madurez y sabiduría. No quería hacer una petición egoísta, aunque se me ocurrieron algunas ideas egoístas, como tener un par de alas. Mis errores pasados me hicieron temer que tomaría la decisión equivocada de nuevo. Si alguna vez necesitaba tomar la decisión correcta, lo era ahora.

—Mi petición es conocer siempre la elección correcta —le dije, levantando la cabeza y entrecerrando los ojos en la luz. Con el conocimiento de las elecciones correctas, tendría garantizado el éxito.

—Amado, has demostrado una gran sabiduría. Te felicito.

—¡Espera! —Dije con pánico—. Creador me prohibió pedir este conocimiento. ¿Puedo cambiar mi solicitud?

—No temas, Amado. Tu petición es virtuosa. Creador te lo prohibió en ese momento porque no estabas listo para este conocimiento. Haz madurado desde entonces y ahora estás calificado para recibirlo.

No estaba seguro de si Creador alguna vez cambió de opinión.
—¿Puedes volver más tarde, después de que lo piense más?

—No —tronó Luz de Día—. No puedo volver. Esta es mi única visita a este planeta. Incluso ahora, estoy siendo convocado de vuelta al reino de las glorias. Decide ahora o de lo contrario debo irme.

Dudé. —Quiero saber qué es lo correcto. Creo que estoy listo para ello.

—Excelente. Arrodíllate y recibe el conocimiento del bien y del mal.

Me arrodillé y cerré los ojos, con las palmas abiertas en las rodillas. El conocimiento inundó mi mente. Entendí aquellas cosas que eran correctas, buenas y agradables para Creador. Y entendí aquellas cosas que no lo eran, que quedaban cortas de la perfección de Creador. Todo se medía contra esa perfección y era juzgada inferior en comparación. Mi mundo se oscureció con el conocimiento de que cada acción y pensamiento no estaba a la medida. Mis ojos se abrieron a mi pobreza de alma, mi grave ineptitud se desnudó ante mí por primera vez. Donde antes había sido inocente, el conocimiento de mi imperfección innata se había convertido en una maldición. La brecha entre el Creador y yo se amplió hasta que nos separamos con una distancia infinita, un abismo profundo intransitable.

Esta comprensión de mi absoluta imperfección desencadenó la necesidad de defenderme de ella y encontrar justificación para mi depravada existencia. Algo dentro de mí trató de rechazar estas nuevas realidades, afirmarse, desafiar el juicio y la limitación. Esta energía desafiante se fusionó dentro de mí como una fea voluntad que luchaba contra esta degradación. Como espectador horrorizado, vi esta voluntad infiltrarse en mi mente y tomar el control de mi voluntad.

Y entonces, me vi con nueva claridad. El horror de los momentos anteriores desapareció, como si perteneciera a una persona diferente por completo.

En ese momento comprendí todo mi poder para dirigir mi vida por mis propias decisiones, para controlar mi propio destino. Me deleitaba con este nuevo poder. Mi ser importaba de una manera que no había importado antes. Se convirtió en el centro de mi existencia, algo que hay que atesorar y proteger por encima de todas las cosas. Me veía a mí mismo como soberano y libre, e igual a Creador en ese sentido.

Esta mayor conciencia de mí mismo eclipsó mi sentido presente de Creador. Traté de restaurar mi conexión con ellos, pero ya no pude encontrar mi umbilicentro. Algo terrible había sucedido. Abrí los ojos para pedirle a Luz de Día que me explicara.

Su apariencia cegadora se había atenuado y pude ver mejor su forma. De pie frente a mí había un ser familiar de color cobre. Illuminos.

Capítulo 70

Independencia

Illuminos sonrió al levantar su bastón de huesos amarillentos y decir: —Bienvenido a la independencia. —Su sonrisa exagerada obligó a sus ojos de color granada a tomar las formas de los rayos de sol recortados en el horizonte—. Ahora eres uno de nosotros, pequeño renacuajo. Has elegido el conocimiento sobre la inocencia, la libertad sobre el sometimiento, tu voluntad sobre la voluntad de Creador. Tú eres es el gobernante de tu propia vida, a partir de hoy.

Me sentía mal como si todos los órganos de mi cuerpo se opusieran a este engaño malicioso. Tirando de mí mismo, dije, —Eso no es lo que pedí. Llévatelo de vuelta.

—Es lo que pediste. Y nadie puede deshacerlo, ni siquiera Creador. Una vez iluminado, iluminado para siempre. Todavía no te das cuenta de que este resultado es lo mejor. —Me miró y sonrió—. Acepta tu nuevo conocimiento. Disfruta de tu nueva libertad. —Su cabello cayó en cascada como las ramas de un pino ondeando en el viento.

—No quiero libertad —grité.

—Date tiempo y tú. . . .

—¡Tómalo de vuelta! —Grité. Ordené a Illuminos quien levantó su bastón óseo y lo sostuvo horizontal para bloquearme.

Agarré el hueso con ambas manos y le miré a los ojos.

—¡Tómalo de vuelta!

—No puedo. ¿Por qué no le pides a tu Amado Creador que te rescate? Descubrirás que no son tan útiles después de todo.

—¡Creador! Grité todo lo que pude mientras mantenía mis ojos fijos en sus ojos penetrantes. Mi llamada no sacudió a Illuminos.

Creador no apareció ni respondió.

Ambos agarramos el hueso, mirándonos el uno al otro y sin decir nada. Su cabello se detuvo, suspendido mientras esperábamos. Traté de reconectarme con Creador, con la esperanza de aplacar mi creciente pánico, pero mi conexión había desaparecido. Recordé que, si admitía mi error, Creador restauraría mi conexión.

De rodillas, dije: —Creador, perdóname. Me equivoqué al buscar conocimiento prohibido. Por favor, restaura mi conexión.

No hubo respuesta.

Illuminos colocó ambos codos en la parte superior del hueso largo y puso la cabeza en las manos para mirarme. Su cabello reanudó su movimiento rítmico.

Después de un tiempo, Illuminos se enojó y luego dijo: —Creo que Creador ha seguido adelante. Tú también debes seguir adelante, ahora que estás solo. Toma mi consejo y aprende a aceptarlo.

Illuminos fabricó una sonrisa, luego desapareció.

No me gustó nada.

Sentado frente a mi refugio, esperé, con la esperanza de que Creador respondiera. Puse toda mi confianza en el amor y la fidelidad de Creador. Mi experiencia me había enseñado a confiar, no en el miedo. Para evitar mi miedo, me dije una y otra vez: —Ellos responderán. Siempre responden.

A media mañana, Brillantez vino rodando hacia mí entre las moreras. Animado por su acercamiento, me puse de pie para saludar a mi amiga. Mi alegría se desvaneció cuando vi lo tenue que se había vuelto su luz, haciendo la esfera lavanda de un gris opaco. Sus tallos de luz eran tan débiles que flotaba un ancho de mano por encima del suelo. Ella se movió a través del claro y se detuvo frente a mí, flotando inmóvil. Las lágrimas se filtraban de cada ojo, corriendo por el globo y goteando en el suelo.

—Amado —dijo Brillantez con la respiración en su voz—, si

hubiera estado aquí, podría haberte protegido. Ahora, es demasiado tarde. Esta situación es extremadamente trágica.

—Mi conexión con Creador se ha ido. ¿Cómo puedo volver a conectarme?

—Tu umbilicentro ha sido cortado. Cuando tomaste parte en el conocimiento prohibido, te rebelaste contra Creador. Al elegir el conocimiento del bien y del mal, rechazaste la guía de Creador. Elegiste la autodeterminación, lo que significa que has renunciado a tu dependencia de Creador. —Ella dio un fuerte suspiro. Algunos ojos cerrados apretados, forzando a salir lágrimas frescas.

Me negué a creer las noticias. Y, sin embargo, sentí la gravedad de mi herida, el cese completo del flujo de Creador como si mi umbilicentro no existiera. —Pero Creador puede hacer cualquier cosa. Pueden arreglar esto.

—Si esto tiene arreglo, ellos encontrarán la solución. Hasta entonces, debes esperar y confiar. Ahora eres como el árbol de la muerte para ellos. No pueden tocarte y no puedes tocarlos porque has elegido la desconexión y la separación. Están aislados el uno del otro. Creador me envió a hablar contigo porque ya no puedes oírlos. Están angustiados y desconsolados por perderte. —Brillantez se estremeció, lanzando lágrimas de la esfera.

—¿Qué debo hacer? El terror se arrastró en mis pensamientos.

Brillantez suspiró. —Debes aprender a vivir sin Creador.

—No puedo hacer eso. No lo haré. Seguiré viviendo para Creador.

—Sin tu conexión, eso será extremadamente difícil. Como estás separado de Creador, tu espíritu está muerto. Debes vivir por ti mismo, ahora que has elegido ese camino. El conocimiento del bien y del mal cambia tu dependencia de Creador a tus propias decisiones. Ahora tienes lo que se llama una consciencia. Tu consciencia te dirá cómo vivir, lo que está bien y lo que está mal.

Escuché mi corazón golpeando en mis oídos. Mi respiración coincidió con su ritmo. —No es mi culpa. Illuminos me engañó.

Capítulo 71

Desconexión

—Illuminos te engañó —dijo Brillantez—, pero pediste conocimiento que sabías que estaba prohibido. Debes aceptar las consecuencias de tu elección.

Brillantez liberó un gemido largo y profundo. —Esto es extremadamente grave. —Una nueva oleada de lágrimas brotó de sus ojos.

—¿Hay algo que pueda hacer para arreglar esto? Traté de aplicar mis nuevos conocimientos para discernir el curso correcto de la acción, pero mi mente sólo podía entregar acusaciones.

—No se puede arreglar. Debes vivir el resto de tus días sin Creador hasta que Ellos sanen. Disfruta del fruto de la tierra. Trabaja tu jardín. Encuentra placer en tus actividades. No te desesperes porque Creador todavía te ama.

—Si todavía me aman, ¿por qué no me ayudan?

—Creador hará lo que pueda, pero tienen que encontrar una manera de ayudarte mientras seas intocable. Tu voluntad repele al Creador. Su naturaleza pura no puede tolerar tu alma oscurecida.

La conciencia de mi absoluta imperfección se expandió para incluir mi voluntariedad de recién nacido que ahora me alienaba de Creador. Me llenó un intenso sentimiento de vergüenza. Me acobardé y me cubrí la cara. Todos mis defectos y fallas se aferraron a mí como piel en mis huesos.

—Dile a Creador que lo siento—le dije—. Nunca quise alejarlos. Diles cuánto los quiero de vuelta.

—Todavía pueden oírte, Amado, pero yo les diré. Lo siento mucho. Tu presencia es extremadamente difícil de soportar.

Desearía poder quedarme, pero no puedo.

Los ojos húmedos y cobalto de Brillantez me miraban, sin destellar. Entonces todos sus ojos se acercaron al mismo tiempo. Los oscuros rayos de luz se desvanecieron, haciendo que ella bajara al suelo. El orbe gris parecía tan inerte como una antigua roca. Me adelanté para tocar la esfera, pero ella desapareció antes de que pudiera hacerlo.

¿La volvería a ver?

Miré las plantas destrozadas donde Brillantez se había asentado. Me sentí aislado de todo el mundo y todo. Una aplastante sensación de abandono me envolvió como la decadencia consumiendo un animal muerto. El mundo retrocedió de mí y mantuvo su distancia como las plantas que crecían fuera del círculo estéril del árbol de la muerte. Mi alma se sintió muy lejos.

Traté de conectarme con Creador una última vez, con la esperanza de encontrar algún hilo pasado por alto que todavía me vinculaba a Ellos, pero no encontré nada que agarrar. Mi espíritu estaba muerto, una hoja caída, seca e inútil.

Me tambaleé en el hueco de mi refugio y me acurruqué en el suelo. Con los brazos y las rodillas cerca, mi estupor se descongeló y me entregué a episodios de sollozos. Aunque me dolían las costillas y mi cabeza palpitaba, lloré mientras lamentaba la partida de Creador de mi vida. Me sentí devastado y desolado como una planta que había sido sacada de la tierra, echada a un lado para que se marchitase, con las raíces incapaces de extraer alimento.

Me acosté en el suelo todo el día, permitiendo que mi dolor me abrumase. Mi mente retornaba a la superficie en un intento por llevar la razón a mi difícil situación, pero la razón me fallaba y a mi mente la succionada de nuevo la terrible corriente. Ninguna disculpa, remordimiento o acto de penitencia podría expiar mi error. Brillantez me había dado pocas esperanzas de reconexión, dejándome destituido de cualquier consuelo.

A la mañana siguiente, no salí de mi refugio, excepto para vaciar mi vejiga. Todo el día me quedé en la cama. No tenía apetito ni por la comida ni por vivir. Mis pensamientos implacables me atormentaron con duras acusaciones y promesas de miseria. Escapé a través de un sueño reparador, pero cuando llegó la noche, me quedé despierto y miré la oscuridad mientras la desesperación cavaba a través de mi cuerpo.

Día tras día, repetí el mismo ciclo. Permanecer dentro de mi refugio. Dormir mucho. Me volví más débil y débil de no comer hasta que no pude soportarlo.

Codiciaba la muerte y creía que estaba acelerando su acercamiento. Cuando sentía que la muerte estaba cerca, me obsesionaba pensando si volvería a haber un encuentro con Creador. ¿No regresan todas las cosas al Creador al morir? ¿Qué hay de las cosas desconectadas, como yo? ¿Permanecería desconectado incluso en la muerte? Si los encontrara, ¿cómo explicaría mi negativa a vivir? Brillantez me instó a vivir sin Creador, pero nunca lo intenté. Me sentía culpable por fallarle a Brillantez. Mi conciencia me acusó por rendirme.

Con una gran decepción, me di cuenta de que saber lo correcto y lo incorrecto tenía poco valor, ya que no me empoderaba para hacer lo correcto. ¿De qué sirve el conocimiento que no nutre mi alma? Había cambiado el conocimiento por relación.

Recogiendo la energía que me quedaba, dije en un susurro débil: —Creador, siento haberte desobedecido. Estoy avergonzado de lo que he hecho, de lo que me he convertido. Me advertiste que cuidara mi umbilicentro, pero lo destruí por mi insensatez y codicia. Perdóname. Daría cualquier cosa por tenerte de vuelta otra vez. Extraño tu voz y tu presencia. Extraño Tus caricias, Tus historias nocturnas, nuestros paseos por el bosque y, sobre todo, lo que Tu amor me hizo sentir. Por favor, restáurame a Ti. Si hay una manera, la encontrarás. Si puedes oírme . . . por favor . . . rescátame.

Esperaba que mi súplica encontrara su camino a Creador mientras viajaba a través de las montañas traicioneras y los acantilados intransitables que ahora nos separaban.

Capítulo 72

Dolor

Creador vio a Amado llorar. Se mantuvieron juntos en la cueva, silenciosos y solemnes, invisibles. Acercaron sus alas caídas que estaban unidas por los dedos apretados. Sus pechos agitados, sus ojos húmedos miraban hacia abajo a la forma oscura y temblorosa. La misma mirada de amor de aquel primer día cuando se arrodillaron ante el cuerpo de Amado después de que haber recibido su alma.

Miraban a Amado que estaba acurrucado en la cama hecha con sus plumas. El alma oscurecida de Amado les pareció tan negra como la medianoche, como el árbol de la muerte. La elección por la independencia había traído desconexión, separación y muerte espiritual, una rama cortada de la vid.

Creador escuchó las súplicas de Amado y escuchó con todo Su ser, sintiendo la gran angustia que envolvía a Su amado.

Aable sacudió la cabeza y suspiró. —Te oímos, Amado. No te desesperes. Anhelamos consolarte, pero no podemos.

—Sabes que Amado no puede oírte —dijo Manna—. La oscuridad inhabilita toda conciencia de Nosotros.

—Lo sé, pero es mi naturaleza dar consuelo. Aable se inclinó como si besara a Amado.

—¡No! — dijo Manna alarmado—. La sustancia corrompida de Amado es contraria a Nuestro ser. Nuestro toque destruiría a Amado. Debemos mantener nuestra distancia.

Aable se alejó, moviendo la cabeza. —Eso es lo más difícil. Estamos aquí, pero la separación entre nosotros es intransitable. —Extendió su mano y la mantuvo en alto hacia Amado como esperando que Amado la tomara. Suspiró y dejó caer su brazo. Agarró las manos de Manna y Ennoia y apretó.

Los tres vieron a Amado revolverse y girar en la cama.

Dijo Ennoia: —Amado no sabe lo doloroso que es esto para nosotros. La desconexión. La separación. También aplican a Nosotros.

—Amado sólo puede sentir un lado de la separación —dijo Manna—. Eso es ya suficiente de soportar.

—Oh, Amado —dijo Aable en un tono triste—. Nos has causado una profunda tristeza. Queríamos que nuestra relación durara para siempre.

—Sabíamos que esta tragedia ocurriría —dijo Ennoia.

Aable suspiró. —Eso no lo hace menos doloroso.

—Sabemos lo que hay que hacer. —Ennoia habló con determinación.

Manna asintió lentamente. —Sí. Es la única manera. Pero nuestro sufrimiento será mayor que esto.

—Estoy dispuesto a pagar el precio —dijo Ennoia.

Después de una pausa, dijo Aable: —Yo también.

Ambos miraron a Manna.

Manna respiró hondo. —Por amor, lo haré.

—Por amor —dijeron Ennoia y Aable al unísono.

Manna entonces dijo: —Amado no reconocerá Nuestro trabajo.

—Cierto. —Ennoia revoloteaba sus alas—. Amado solo necesita confiar en Nuestro amor. Cuando la confianza cree en el amor, entonces el alma se abre para recibir.

La forma oscurecida en la cama puso sus puños en los ojos. Habló, con voz débil y desesperada dijo: —Creador.

Se volvieron a mirar de nuevo a Amado, Sus rostros pellizcados por el dolor. Amaban a Amado con un amor que estaba dispuesto a darlo todo.

Capítulo 73

Ayudante

Me desperté y vi que alguien se agachaba sobre mí. Sorprendido por el intruso, todo lo que pude hacer fue jadear, dado mi estado de debilidad. Una mano sombría acercó una calabaza a mi cara. No pude ver detalles a la luz tenue de mi refugio.

—Aquí . . . bebe esta agua —dijo una voz áspera y lejana.

Acepté el agua y la bebí en pequeños tragos.

—¿Quién eres? Le susurré con voz débil.

Su voz ahora sonaba más distinta, pero se detuvo. —Mi nombre . . . es Eje de Luz Ardiente. Pero llámame Ardi. . . . Detesto mi nombre completo. Me hubiera imaginado un nombre simple . . . como Fuego, o Parpadeo, o . . . de todos modos . . . Ardi es suficiente. . . . Estoy aquí para cuidarte y que recuperes la salud . . . porque te ves terrible. No sé . . . tal vez siempre te ves así. Nunca he visto a un humano antes.

Esforzándome para enfocar en la oscuridad, vi una forma en cuclillas y peluda. No, no era peludo. Muchas capas de pieles de animales cubrían su cuerpo de una manera azarosa. Largos trozos de piel arrastraban por el suelo, lo que me hizo darme cuenta de que las colas de los desafortunados animales todavía estaban unidas a la piel. De debajo de los envoltorios de piel ojeaba una piel amarillenta, que se asemeja a la superficie de una calabaza perilla. Las pieles que sobresalían mantenían su cara redonda e irregular en la sombra. Le faltaban orejas, labios y cejas. En lugar de nariz, dos agujeros gigantescos se abrían y mostraban su contenido. Ojos pequeños, negros, como de cerdo, miraban por encima de las dos cavernas oscuras. Nunca había visto una criatura tan fea

227

como ésta.

—¿Eres un ángel? ¿Te envió Creador? Le susurré, dudando de que Creador enviase a alguien que olía a animal en descomposición.

Ardi sonrió, revelando una generosa colección de pequeños dientes marrones. —Creador necesitaba enviar a alguien y yo . . . me ofrecí como voluntario, más o menos. Estaba ansioso y aburrido, así que . . . salté a la oportunidad. No soy un ángel, sino un ayudante. Eso es lo que hago . . . ayudar. La necesidad de ayuda es rara en estos días, pero tu caso es un ganador. Aquí . . . come esto. Te dará fuerza.

Un brazo fuerte y amarillento salió de debajo de las pieles y me metió algo en la boca. Empecé a masticar, descubrí que la comida estaba tibia y salada. Después de tragarlo, le dije: —¿Qué es? Sabe bien.

—Zarigüeya.

—¡Zarigüeya! No como animales —rebuzné, raspando mi debilitada garganta. Mi conciencia protestó por esta violación contra la naturaleza y los buenos modales.

—Cálmate. Relájate. Tienes que confiar en mí. Sé que tienes una dieta estricta, pero la carne . . . es una buena fuente de nutrientes. Te ayudará a recuperar tu fuerza. Ahora . . . no te preocupes. No te matará. Aquí . . . come un poco más.

Ardi me metió otra pieza en la boca antes de que pudiera objetar. Me negué a masticarlo, pero el hambre prevaleció sobre mi renuencia, y mis mandíbulas comenzaron a masticar el manjar. Traté de entender mi conciencia de desaprobación. Muchos animales comen carne, pero no tienen conciencia. ¿O la tienen? Tal vez no estaba bien solo para mí, pero no recordé que Creador lo prohibiese nunca. Tampoco nunca lo sugirieron.

—¿Cómo puedo saber que Creador te envió? Luz de Día dijo lo mismo y mintió.

—Asunto Asqueroso . . . eso es lo que es. Lo sé todo. Resulta . . . todo el mundo lo sabe. Noticias como esa viajan lejos y rápido. La mayoría de las veces . . . las noticias son las mismas cosas viejas.

Otro mundo reclamado. Ese tipo de cosas. Ese canalla Illuminos . . . te engañó para que te independizaras. Qué demonio astuto. Hmm . . . No estoy seguro . . . de cómo demostrar mi fiabilidad. Espero poder ganarme tu confianza . . . cuidando de ti. Además . . . nadie tiene ninguna razón para engañarte, ahora. No tienes nada más que perder.

—Tienes razón sobre eso. Agradezco la ayuda. Y estoy agradecido por la compañía.

—Cállate y come. Entonces . . . necesitas descansar. Deja que la comida haga su trabajo. Hablaremos más tarde.

Ardi me dio más zarigüeya y agua. Cuando comí, me di cuenta de que él estaba encorvado, casi horizontal, por el peso de sus muchas pieles. Cuando terminé de comer, Ardi salió de mi refugio. Me quedé dormido de inmediato.

Cuando desperté, Ardi estaba rondando sobre mí con más comida y agua. Esta vez, incluyó sabrosas verduras con la carne. De alguna manera hizo las verduras suaves y calientes.

Después de la comida, sintiéndome mucho mejor, me senté a hablar. —Gracias por la deliciosa comida, Ardi. ¿Te irás después de que haya recuperado mi fuerza?

—No, no. Estoy aquí para quedarme. —La voz de Ardi era rasposa, como un animal silbando—. Esta es una asignación a largo plazo para mí . . . te guste o no. Seré tu compañero, sirviente o . . . lo que prefieras. No me importa.

Se agachó sobre sus piernas, encorvado, sus muchas pieles se balanceaban mientras hablaba.

—¿Mi presencia no te molesta? —dije—. Brillantez no podía tolerar estar cerca de mí.

—No. Puedo manejar cualquier cosa. Suéltame en una piscina de alquitrán . . . y estoy listo para continuar.

—¿Puedes enviar mensajes al Creador de mi parte?

—Eso no es necesario. Creador sabe . . . lo que está pasando, ya que nada está oculto de Ellos. Para ti . . . se siente como si Ellos

no estuviesen escuchando porque la comunicación está rota . . .
pero todavía lo oyen todo. Tu espíritu está muerto . . . así que ya
no puedes oír a Creador. Lo lamento.

—¿Puedes pasarme mensajes de Creador, ya que no puedo
oírlos?

—¡Esto es una conflagración! Nunca me han molestado con
tantas preguntas. Tranquilízate, ¿quieres?

Ardi exhaló una respiración profunda. —Lo siento. . . . Me
puse nervioso. No lo tomes como algo personal. . . . No estoy acostumbrado a estar cerca de los demás. Para responder a tu pregunta
. . . transmitiré mensajes de Creador si tienen algo que decir. Pero
ahora mismo . . . no te están hablando. Tu elección de independencia . . . los ha alejado. Están separados . . . el uno del otro.

Esas últimas palabras fueron como aguijón, provocando un
sabor amargo en mi boca. El remordimiento y el arrepentimiento
hicieron brotar nuevas llagas dentro de mí y la vergüenza reforzó
sus ataduras. Las lágrimas se abrieron paso por los pasillos fre-
cuentados, y yo parpadeaba para ocultarlas de Ardi.

Sacudí la cabeza. —Lo he arruinado todo. Y no puedo arreglarlo. —Suspiré—. Está en manos de Creador, ahora. Estoy
agradecido de que Creador te haya enviado. Eres una distracción
útil.

—¿Distracción? —Ardi repitió con indignación, haciendo un
puño con sus manos rechonchas—.¿Por qué no me llamas Distracción en lugar de Ardi? Podrías encontrar eso. . . . ¿Útil? Te
estoy alimentando para recuperar tu salud . . . y me pagas con
insultos. Debes estar mejorando . . . si tus preguntas molestas y
comentarios degradantes son un signo de normalidad para un
humano. Mmm. . . . Tienes que dormir. Me tengo que ir. Por la
mañana . . . te sacaré de esta jaula sofocante.

Ardi salió de mi refugio a toda prisa.

Capítulo 74

Fuego

A la mañana siguiente, Ardi me sacó al aire libre arrastrado y por la fuerza. Yo estaba demasiado débil como para resistirme. Con mi bastón y con la ayuda de Ardi, me di cuenta de que podía estar de pie. Una vez fuera, vi una cosa increíble.

Cautivado, observé una luz amarilla bailando dentro de un círculo de piedras cerca de mi refugio. La luz era cálida, como el sol al mediodía, salpicando hacia arriba con dedos frenéticos y puntiagudos que acariciaban la madera ennegrecida dentro del círculo de piedra. La luz fascinante hizo un ruido crepitante, como el chasquido de agujas de pino muertas cuando uno camina sobre ellas.

—Eso, —dijo Ardi—, es fuego. Es mi mejor amigo.

Ardi miró de cerca al fuego con una mirada hambrienta. —El fuego te mantiene caliente cuando hace frío, da luz por la noche y hace que la comida sepa mejor. El fuego puede ser doloroso . . . y glorioso. Te mostraré cómo hacer fuego y mantenerlo ardiendo . . . pero no debes tocarlo.

No debo tocar. Esa prohibición me recordó que ahora vivía en el mundo de hacer y no hacer, el mundo del bien y del mal. En este nuevo esquema, se me exigía vivir por mis propias decisiones, aunque no tenía idea de las decisiones que se suponía que debía tomar.

—Vamos a movernos —dijo Ardi con impaciencia—: ¿A dónde?

—Al lago a ver mi jardín.

—Bien por mí. —Gruñó Ardi.

231

Traté de caminar, pero mis piernas se tambaleaban de la debilidad. Ardi vino junto a mí para que pudiera apoyarme en su hombro cubierto de piel, que se elevaba a la altura de mi estómago. Arrastré los pies hacia adelante con pasos lentos y cortos mientras Ardi mantenía el ritmo.

Tratando de ver más allá de la apariencia repulsiva de Ardi, no podía sentir nada por él. Cuando estaba con Creador, sentía Su presencia. Incluso con Illuminos, sentí algo. Con Ardi, no sentía nada, como si fuera un objeto, como una roca o un pedazo de madera. Podía ver la forma, pero no podía discernir algo interior. Debo haber perdido esa habilidad cuando mi espíritu murió. Ahora, yo estaba limitado a mis sentidos solamente, y me proporcionaban poca ayuda.

Mientras examinaba el mundo que me rodeaba, observé una diferencia allí también. Los árboles y plantas también aparecieron como objetos estáticos, apagados e inertes. Ya no podía sentir ninguna luz interior o energía. Mi conexión con la naturaleza también había sido cortada. Otro amigo perdido por lamentar. Perder mi conexión con Creador había dañado todas mis otras conexiones.

Apoyado en Ardi, mientras arrastraba los pies hacia el lago, traté de aprender más sobre mi nuevo compañero. —Cuéntame sobre ti, Ardi. ¿Cuál es tu relación con Creador?

—¡Conflagración! ¿Debes molestarme con tantas preguntas? Ardi gimió y sacudió la cabeza debajo de sus capas de pieles. —Siempre he sido un ayudante. Eso es lo que hago. Yo . . . ayudo. He ayudado a Creador muchas veces. Ahora . . . te estoy ayudando a ti.

No aprendí nada de su respuesta.

—¿De qué maneras has ayudado a Creador? Dije.

Gimió de la exasperación. —He quemado bosques enteros.

—¿Quemado? ¿Qué quieres decir?

—Con fuego. He destruido los bosques con fuego. —Sonaba exasperado.

Me detuve y miré la pila de pieles en movimiento. Ardi se

detuvo y se torció para mirarme.

—¿Estás diciendo que Creador destruiría todo un bosque con fuego? Dije.

—Claro. Creador destruye bosques . . . todo el tiempo. Los bosques no pueden seguir creciendo por siempre. Tienen que ser limpiados . . . de vez en cuando. No has estado aquí mucho tiempo. ¿Verdad?

Sacudí la cabeza con asombro. ¿Cómo podría saber si Ardi estaba diciendo la verdad?

Noté algo escondido debajo de las pieles de Ardi, algo envuelto en una piel sedosa y gris. Para evitar provocar a Ardi, me abstuve de preguntarle directamente. —Veo que llevas algo dentro de ese paquete. —Señalé la parte que se asomaba.

—Sí. —Ardi sonrió, mostrando ambas filas de pequeños dientes marrones. Ardi sacó el paquete y lo desenvolvió con gran afecto. —Estas aquí son armas de caza . . . lanzas y cuchillos. Siempre las tengo conmigo . . . por si acaso. Nunca sé cuándo podría detectar . . . un jugoso pedazo de carne sabrosa.

Ardi me recordó al tigre aterrador que atacó a Creador. Repasando el ataque, imaginé a Ardi en lugar del tigre, saltando, arrancando carne y saboreando el sabor de la sangre. Retrocedí y di un paso atrás. ¿Me habían juntado con un depredador sediento de sangre?

Capítulo 75

Salvamento

—Estoy bromeando — Ardi. —Cazar . . . es un pasatiempo mío. No necesito comer como tú. No me como los animales que mato . . . a menos que se peleen.

Debatí si tenía la fuerza para viajar por mi cuenta y dejar atrás a Ardi. Decidí que estaba demasiado débil para hacerlo.

—No tengas miedo . . . de mí —dijo Ardi—. Yo no lastimaría nada . . . a menos que tenga pelaje. Colecciono pieles. Una especie de obsesión. Tú no tienes pelaje por lo que estás a salvo . . . afortunado de ti.

Mostró una amplia sonrisa, luego envolvió sus armas en la piel gris.

Sus palabras no me tranquilizaron. Desvié la conversación del tema de matar. —Veo que te gusta usar pieles.

—Sí. Tengo casi de todas las clases. —Ardi enumeró más de treinta animales, identificando el pelaje que pertenecía a cada uno y sosteniéndolo para que yo lo viera—. Llevo las pieles para camuflaje . . . para poder mezclarme en el bosque . . . cuando estoy cazando.

Traté de imaginar la armonización de Ardi en cualquier lugar. Resaltaba con su piel amarillenta y la sobrecarga de pieles que se arrastraban en el suelo, agitando el polvo. Cualquier animal que Ardi haya cazado tendría que ser inválido o ciego.

Reanudamos nuestra lenta caminata hacia el lago. Me agachaba mientras me apoyaba en Ardi, preguntándome si tenía algún interés tácito en mi piel ya que era el único humano alrededor. Las pieles me intrigaban. ¿Compensaban su completa falta de pelo? ¿O se cubría porque estaba avergonzado por su fealdad?

Mirando a Ardi, me maravillé de que una criatura fea, maloliente y curvada fuese mi único vínculo con Creador. ¿Podría Ardi ser un posible reemplazo para mi umbilicentro?

Poniendo ambas manos sobre él, traté de conectarme con Creador. Me imaginé acercándome a ellos a través de Ardi.

—¡Oye! ¿Qué estás haciendo? —Ardi se detuvo y me miró con las cejas sin pelo, fruncidas juntas.

—Nada. —Le quité las manos de encima.

—Eso es una mentira. Estabas jugando con mis entrañas.

—Estaba tratando de conectarme con Creador a través de ti.

—Nunca . . . hagas eso de nuevo. No soy tu intermediario.

—Pero tienes a Creador. Yo no.

—Lo entiendo . . . pero no me sustituyas por Creador. Eso es peligroso . . . para ti y para mí. No puedes existir en algo que es falso.

—Lo siento. Pensé que tal vez tenías algún Creador de sobra.

—No, no lo tengo —dijo Ardi de modo terminante. Se dio la vuelta, comenzó a caminar y luego se detuvo—. ¿Vienes?

Me acerqué a Ardi y suavemente coloqué mi mano sobre su hombro. No hablamos por el resto de nuestro viaje.

Cuando llegamos al lago, inspeccioné mi jardín. Algunas plantas habían muerto. Otras habían crecido de más. El jardín necesitaba que quitase las hierbas y la valla requería reparación, pero todo podía ser rescatado. Mi decisión de restaurar mi jardín me animó. Necesitaba algo que hacer además de languidecer dentro de mi refugio con mis pensamientos desesperados.

Traté de ignorar las ruinas de la torre que estaban amontonadas a poca distancia de mi jardín. Me susurraba sobre el fracaso y la pérdida. Los escombros astillados ahora representaban mi vida sin Creador, un trágico lío sin esperanza de reparación. Me tragué mi dolor, empujándolo hacia abajo en la vorágine de donde emergió.

Levanté la puerta de mi jardín, la dejé a un lado, y me mezclé entre las plantas usando mi bastón como equilibrio. Ardi se quedó fuera de la valla y me observó. Abrió y cerró los dedos, pareciendo impaciente por permanecer quieto. Más tarde, cuando miré hacia atrás en su dirección, se había ido.

Me senté junto a una planta de melón y toqué sus hojas anchas. Tomé tierra en la mano y la dejé caer entre mis dedos. Las ricas fragancias de las plantas y el suelo llenaron mis pulmones. Una brisa susurró entre los árboles de abedul que bordeaban la orilla del lago. El mundo todavía estaba lleno de vida. Estaba agradecido de estar vivo para disfrutarlo.

Creador había hecho este mundo increíble con su creatividad y poder. Si ellos pudieron crear vida, entonces también podrían restaurar la vida. Podrían restaurar mi umbilicentro y nuestra relación. Debido a mi conocimiento del bien y del mal, me vi a mí mismo como vastamente inferior a Creador en todos los niveles, indigno de Su bondad. Pero creía que Su amor era mayor que mi depravación, así que puse mi confianza en Creador para lo que parecía imposible.

Capítulo 76

Reajuste

Ardi merodeaba a lo largo de la orilla del lago espiando a los peces que se escondían bajo la sombra del follaje colgante. Cuando sacó una lanza de su peludo manojo de armas, supe que a algunos peces la suerte les había cambiado para mal.

Poco tiempo después, Ardi se acercó, con una amplia sonrisa sosteniendo un saco de piel de animal encima de su espalda. —He capturado algunos peces . . . para que puedas comer. —Abrió el saco para mostrarme cinco peces plateados. Nunca imaginé que el pez brillante y resbaladizo pudiera ser comestible.

—Haré un fuego. —dijo Ardi—. Reúne piedras y colócalas en un círculo . . . de la misma manera que viste en tu refugio.

Antes de que pudiera responder, Ardi volteó el saco de pescado sobre su espalda y se alejó corriendo.

Robé piedras del perímetro del jardín y las coloqué cerca del borde del agua en un círculo. Esa pequeña tarea me agotó. Me senté y esperé a Ardi. Volvió con los brazos cargados de ramas grandes y chicas y las dejó caer junto al círculo de piedra. Lo vi arreglar un puñado de hierba seca y ramitas en el centro del círculo. Luego sacó dos rocas de entre su manojo de pieles y las golpeó muchas veces sobre la hierba seca. Motas de luz saltaban de las rocas, algunas aterrizando en la hierba, haciendo que ardiera. Ardi sopló la hierba hasta que apareció una chispa de fuego. Avivó la chispa alimentándola de pequeñas ramas. El fuego se propagó hasta que muchas chispas bailaron sobre la madera. Observé con total fascinación.

Ardi se quitó el saco de la espalda y sacó un pez. Yo esperaba que él preparara el pescado para comerlo, demostrando la habilidad de alguien que había realizado la tarea cientos de veces. En su lugar, usó la fuerza bruta para empalar a los peces empujando un palo largo en su boca hasta que el palo salió por la cola del pez, haciendo que los intestinos rasgados sobresalieran. Luego empujó el otro extremo del palo en el suelo arenoso. Inclinó el palo contra una piedra para que el pez quedara sobre el fuego, con la boca abierta, y los ojos acusadores mirándonos. Los cuatro peces restantes sufrieron la misma desgracia. Mi apetito estaba tan muerto como los peces.

Esperaba que por algún milagro los peces saltaran de nuevo al agua, para librarme de comerlos. Me senté junto al fuego sin decir nada, mirando a los peces observándonos, preguntándome por qué los peces no tenían párpados. Ardi no se sentó, sino que se agachó sobre sus pies para mantener la espalda y las pieles niveladas. De vez en cuando, daba un golpecito al fuego con una rama larga para reorganizar las brasas. Dos veces, encendió una ramita y la sostuvo cerca de su rostro para contemplar la flor ardiente que brotaba en su extremo ennegrecido, estudiando la llama con la misma fascinación que uno inspecciona un escarabajo iridiscente. Cuando llegó el temido momento, Ardi sacó un palo del suelo y lo puso en mi mano diciendo: —Toma . . . ten un palo de pescado.

Miré fijamente mi comida. Ella me miró fijamente. Miré a Ardi, que estaba sonriendo, y le dije: —¿No vas a comer uno? Si lo viera comer un pez, entonces sabría cómo se comían.

—No necesito comer. ¿Te acuerdas?

¡Conflagración! Con una creciente repulsión, me di cuenta de que Ardi esperaba que comiera los cinco peces torturados y tostados. No pude imaginarme a mí mismo mordiendo uno, ni hoy ni nunca.

Ardi, todavía sonriendo, dijo: —Me he divertido. Te mostraré cómo comerlo.

Tiró un palo de pescado al suelo, sacó un pequeño cuchillo de su estuche de armas y cortó a lo largo del borde superior de los peces. Luego cortó en el fondo del pescado y cortó alrededor de la cabeza. Con una habilidad sorprendente, despegó una sección de carne de pescado del esqueleto, recogió la carne cocida de la piel escamosa y se metió las piezas en la boca. Después de darme el cuchillo, me enseñó a hacer lo mismo. La carne sabía bien, aunque el pequeño pescado rindió poca comida. Después de lanzar los esqueletos de pescado al fuego, asamos algunas verduras del jardín, las que disfruté más.

Ardi insistió en que volviéramos a mi refugio para que pudiera descansar. Aceptó llevar algunas frutas y verduras que había recogido de mi jardín, metiéndolas en un saco de piel de animal y colocando el saco encima del montón de pieles. Ardi me guiaba y yo le seguía, apoyándome en él y arrastrando los pies tan rápido como podía.

Caminamos sin hablar. Esperé a que iniciara la conversación, pero nunca lo hizo. La elección de Ardi por parte de Creador parecía más desconcertante que nunca. Ardi era huraño y se irritaba ante la más mínima provocación. A pesar de eso, me dio esperanza y alivió mi soledad.

Cuando llegamos a mi refugio, entré y me arrastré a mi cama de plumas. Mientras miraba el techo de mi cueva, hablé con Creador, creyendo que todavía podían oírme. —¿Por qué enviaste a Ardi en lugar de alguien como Brillantez? Ardi no es una compañía fácil. Supongo que quieres enseñarme algo a través de él, pero no tengo idea de qué podría ser.

—Ojalá supiera la verdad sobre las cosas, como comer carne. Saber el bien y el mal no es lo mismo que saber la verdad. Mi conciencia dice una cosa. Mi experiencia lo contradice. Estoy confundido. ¿Debo confiar en mi conciencia? ¿O debería confiar en Ardi?

—Sé que no puedes responder. Si pudiera oír Tu voz o sentir Tu presencia, podría seguir. Odio estar separado de ti.

Mi dolor se arremolinaba como un torbellino, levantando polvo y escombros en mis ojos, haciendo que picaran y se mojaran.

Por un momento, fui un pez empalado jadeando en agonía. Apreté los párpados fuertemente para encerrarme en mi angustia. Acurrucándome de lado, me alejé del universo y del dolor que lo acompaña. Codiciando su poder adormecedor, traté de forzarme a dormir manteniendo los ojos cerrados, pero las lágrimas escaparon de las rendijas rígidas. Con el tiempo, escapé y encontré consuelo en la nada gris del sueño.

Tiempo después, cuando salí de mi refugio, el sol todavía colgaba en lo alto del cielo sin nubes. Mi siesta no me había durado hasta el día siguiente como yo esperaba.

Ardi estaba agachado cerca, afilando una hoja de lanza contra una piedra plana. En el suelo, su pelaje gris estaba abierto y mostraba cuatro cuchillos de varios tamaños y dos lanzas. Cada una tenía una hoja de piedra y un mango de madera. Ardi me miró y me dijo: —Te llevo a cazar . . . mañana. —Sus ojos volvieron a la hoja.

—No me interesa la caza —le dije.

—No importa. Vendrás, de todos modos. —No rompió su ritmo de raspado ni levantó la vista.

—¿Y si mañana no estoy a la hora?

—Aun así vendrás.

Ardi dejó de afilar su lanza y se acercó a mí. El saco que contenía mi cosecha del jardín todavía estaba en su espalda. Agarró el saco, lo volcó y tiró el contenido en el suelo. —Come. Debes estar fuerte . . . para la caza de mañana.

—Podrías haberme entregado el saco.

—El saco es mío. Las cosas de adentro son tuyas.

—Pero. . . . Me detuve cuando me di cuenta de que nada de lo que podía decir haría ninguna diferencia. Recogí tanta comida como pude y la llevé a mi refugio. Hice dos viajes más para reunir el resto. Ardi volvió a afilar su lanza y no se ofreció ayuda. Queriendo privacidad, cerré la puerta detrás de mí y comí, preguntándome por qué Creador nunca me llevó a cazar.

Capítulo 77

Cazador

Ardi me despertó temprano a la mañana siguiente. —Levántate . . . y come algo. No te desanimes. —Salió apresurado, corriendo más rápido de lo que yo lo había visto moverse.

Comí zanahorias, guisantes y semillas de girasol, sintiéndome aprensivo por este viaje de caza. Cuando salí, Ardi caminaba de un lado a otro.

Al verme, corrió y comenzó a hablar antes de detenerse. —Ahora, presta atención. Yo cazaré. tú . . . ve y aprende. Cuando levante la mano . . . eso significa que he visto un animal. Esa es tu señal . . . para quedarte quieto y no hacer ningún sonido. Me acercaré al animal hasta que esté lo suficientemente cerca . . . para tirar una lanza a su corazón.

—¿Qué animal estamos cazando?

—Cualquiera que Creador nos envíe. Tengo ganas de matar un animal cuya piel no tenga . . . pero ese no es el objetivo de esta cacería. Estamos perdiendo el tiempo. Vámonos.

Ardi se volvió y comenzó a andar por un sendero que conducía al bosque, con la cara cerca del suelo. Lo seguí con mi bastón y fui capaz de mantenerme a la par porque Ardi se movía con pasos lentos a propósito. A medida que caminábamos por el bosque, él señalaba las pistas que estábamos buscando, como huellas de animales, excrementos, ramas rotas u hojas comidas. Disfruté de ese juego de exploración en busca de pistas. Cuando descubrí excrementos frescos de animales, no pude contener mi excitación.

—Cálmate —dijo Ardi—. Estamos cerca. Trata de estar extra quieto . . . si puedes.

Nos deslizamos a través del bosque, dando pasos suaves, Ardi liderando el camino. Mi corazón latía fuertemente de anticipación.

Ardi extendió su mano. Me congelé. Delante de nosotros, más allá de un puesto de árboles de goma, un antílope bongo, grande y musculoso, se alimentaba de hierba alta. El bongo tenía rayas delgadas, verticales y beige en su cuerpo de color marrón rojizo. Sus dos largos cuernos se retorcían hacia arriba, imitando las rayas ondulantes en su cuerpo. El bongo levantó la cabeza y miró en nuestra dirección con sus ojos oscuros y brillantes, sus orejas gigantes ensanchadas hacia adelante.

Vi a Ardi sacar su paquete de armas, colocarlo en el suelo y desenrollarlo. Luego agarró la lanza que había afilado ayer y la dejó a un lado. Sacó sus pieles voluminosas y las amontonó en una pila hasta que sólo quedó una piel grande en su espalda. Puso el eje de la lanza en su boca y lo apretó con los dientes, luego puso ambas manos en el suelo. Su cuerpo se estremeció, y la última piel se deslizó a través de su espalda. En lugar de caer al suelo, la piel se apretó sobre su cuerpo. Los bordes sueltos se enrollaban alrededor de sus brazos y piernas como una serpiente que se envolvía alrededor de su presa, cubriendo su piel amarillenta, apretando y alargando sus extremidades.

Miré con asombro, con la boca abierta.

Cuando la transformación terminó, un segundo bongo estaba donde Ardi había estado, excepto que esta versión tenía una lanza en la boca y sin oídos. El segundo bongo se acercó al primero, manteniendo la cabeza baja. Cuando estaba a sólo un par de pasos del primer bongo, el disfraz desapareció y Ardi reapareció. Un instante después, Ardi agarró la lanza de su boca y la sumió en el pecho del bongo. El bongo se derrumbó, se golpeó la cabeza y pateó dos veces antes de quedarse quieto.

Mi estómago se agrió. Aunque entendí las reglas de depredadores y presas, el uso de armas parecía ser una violación de las reglas. No me gustó el salvajismo de este nuevo mundo.

Ardi se puso de pie sobre el animal muerto, vistiendo

únicamente el pelaje que era de color marrón rojizo con rayas beige.

—Nos llevamos el bongo a casa —dijo Ardi.

—¿Cómo? No puedo llevar algo tan pesado.

—Lo llevaré . . . yo mismo.

Ardi recogió sus pieles y las apiló en su espalda. Me ofrecí a llevar algunas de las pieles, pero él no permitió que las tocara. Luego ató las piernas del bongo con tiras de piel. Vi como levantaba el enorme cadáver de bongo hacia su espalda, asombrado por su fuerza. El bongo era el doble de su tamaño.

Tan pronto como aseguró el bongo, comenzó el regreso sin decir una palabra, dando pasos dificultosos bajo el peso agregado. Se adelantó y jadeó, y lo seguí, sintiéndome culpable de no ser capaz de ayudarle. Mi culpa fue efímera una vez que decidí que era tonto el tratar de llevar la cosa. Transportar el bongo era una tarea demandante, y odiaba romper su concentración, pero no podía resistirme a preguntarle sobre la transformación.

—¿Cómo te cambiaste a un bongo?

Ardi gruñó por encima de sus jadeos constantes. —¡Conflagración! Lo sabía. . . . Tenías que preguntar. Estaba tan seguro de eso . . . como de la suciedad entre mis dedos. Si necesitas saberlo . . . puedo transformarme . . . en el animal . . . cuya piel lleve puesta. Es por eso que . . . llevo muchas pieles.

Por primera vez, algo sobre Ardi tenía sentido.

—No me molestes . . . con más preguntas —dijo Ardi.

Me quedé en silencio y seguí, estudiando las pieles con renovado interés. ¿Habría alguna piel de tigre en medio de aquel rimero?

Capítulo 78

Pacto

Cuando llegamos a mi refugio, Ardi descargó el bongo muerto junto a un árbol de moreras que estaba cerca. Hizo una fogata dentro del círculo de piedra en el centro del claro frente a mi cueva.

—Ve a descansar . . . mientras corto el bongo —dijo Ardi—. Voy a reservar suficiente carne para que dure unos días. El resto . . . lo dejaré fuera para los animales.

—No hagas eso. Atraerá a los tigres.

—¿Tigres? Yo daría mis dientes por tener una piel de tigre.

—Supongo que sí. Pero no quiero tigres cerca. Llévate la carne lejos de aquí.

—Claro. Puedo usarla como cebo de tigre. —Sus ojos se ensancharon de emoción.

—Haz que te maten. No me importa. Sólo hazlo lejos de aquí.

—El tigre es el que debe ser cazado. No yo.

Me volví, entré en mi refugio y cerré la puerta detrás de mí. Me alegré de no tener que ver a Ardi descuartizar el bongo, imaginando que el proceso era demasiado sangriento para el estómago. Después de comer lo que había recogido de mi jardín, me acomodé en mi cama. El sonido calmante del fuego crepitante afuera me arrulló para dormir.

A la mañana siguiente, salí esperando ver manchas de sangre en el suelo y partes de animales esparcidas por el paisaje. Para mi sorpresa, la escena no mostró rastros de sangre. Grandes trozos de carne cocida ya estaban apilados sobre una plataforma de palos paralelos. Una piel completa de bongo colgaba sobre una rama de árbol cercana. El círculo de piedra había sido convertido en un muro más alto. El círculo contenía cenizas y algunos trozos de madera ennegrecidas. El olor sabroso y ahumado de la carne asada llegó a mis papilas gustativas, haciendo que salivara.

Ardi se agachó junto a la pila de carne cocida, afilando un cuchillo corto en una piedra plana. Al verme, limpió el cuchillo en el muslo y lo usó para cortar un pequeño trozo de carne asada.

—Toma . . . prueba un poco de carne de bongo —dijo Ardi, presentándome la carne en la punta de su cuchillo.

Saqué la carne de su cuchillo y me la metí en la boca. Esta carne era la más sabrosa que había comido, mucho mejor que el pescado o la zarigüeya —Está deliciosa.

—Te llevaré a cazar de nuevo . . . tan pronto como estés listo.

—¿Quieres decir hoy?

—Sí.

—No, no, tengo otros planes. Estaré trabajando en mi jardín esta mañana.

—Eso está bien. Iremos a cazar . . . por la tarde.

—No quiero cazar. No es para mí.

Ardi me miró durante mucho tiempo, sosteniendo el cuchillo en la mano. —Yo digo que cazarás.

—No. Sólo eres un ayudante. Tú no estás a cargo de mí. —Devolví la mirada.

Ardi frunció el ceño bajo la sombra de sus envolturas de piel. Su boca sin labios se comprimió en una línea apretada. Temblaba, luego apuñaló el suelo con su cuchillo. —Eres una criatura desagradecida. No seré rechazado. —Agarrando su cuchillo, lo sacó del suelo y estudió la hoja con los ojos entrecerrados. Luego lo enrolló con las otras armas, recogió el paquete y se alejó.

Cuando Ardi se fue, me serví más de la carne cocida. No tenía un cuchillo afilado como Ardi, así que usé mi hacha para cortar trozos de carne. Seguí mirando hacia el bosque, esperando que estuviera lejos.

Cuando regresé a mi refugio después de la jardinería, Ardi estaba caminando por el círculo de piedra. Me acerqué con vacilación.

—Nunca discutimos nuestro arreglo —dijo—. Yo cuidaré de ti . . . si me dejas enseñarte algunas habilidades. ¿Te parece?

Algo se sentía extraño en esta propuesta. —Sí, pero tengo una condición. Cuando te diga que te vayas, te debes marchar y no volver. —Después de enterarme de lo que Ardi podía enseñarme, ya no lo necesitaría.

Ardi sonrió, luego se frotó la cara con su mano abultada y amarillenta. No me miró cuando dijo: —De acuerdo.

Me relajé un poco. —Supongo que querrás llevarme a cazar pronto.

—Sí.

—Mañana por la mañana, entonces. Hoy no.

—En ese caso . . . tengo tiempo para hacerte una lanza. —Con su carácter abrupto, se escurrió al bosque.

A la mañana siguiente, una espesa niebla le dio a la atmósfera una quietud espeluznante. El suelo debajo de mis pies estaba húmedo y fresco. Las plantas humedecidas goteaban agua la que hacía sonidos como palmaditas apagadas a mi alrededor. Pequeñas manchas de humedad motearon mi piel y resaltaron los bellos finos en mis brazos. Vi las motas fusionarse para crear un cristal brillante sobre mi piel.

La capa superior de piel de Ardi estaba mate con el rocío. Parecía ansioso por comenzar nuestra caza, a juzgar por el arrastrar impaciente de sus grandes pies. Sostenía una lanza larga, punta hacia arriba, el otro extremo descansando en el suelo. Cuando me acerqué, él me tendió el arma. —Esta es tu lanza. Cuídala bien. Y no la pierdas.

Tomé la lanza de Ardi y la examiné. Su hoja estaba hecha de obsidiana negra e insertada en el extremo dividido del poste y asegurada con tiras estrechas de piel de animal. Creador siempre me ponía a hacer mis propias herramientas. Nunca había recibido una herramienta completa como regalo. Aprecié el gesto. —Está bien elaborado. Gracias, Ardi.

—Para tu primera caza . . . debe ser un animal fácil . . . como un ciervo o un pavo.

—No me importaría matar maras.

Ardi parecía desconcertado por mi declaración. —Veremos lo que Creador proporciona.

Durante la caza, disfruté de nuevo el juego de buscar señales frescas de animales. Al ver un conejo me emocioné, pero la sensación se convirtió en temor cuando Ardi me indicó que tirase mi lanza. Mi corazón galopaba, me acerqué al conejo tan cerca como me atreví, y luego tiré la lanza.

Fallé.

El conejo salió huyendo y se escondió bajo las frondosas hojas de una planta de acanto más arriba de la ladera. Recuperé mi lanza y me arrastré hacia el conejo de nuevo, esta vez moviéndome más lento y tratando de acercarme. Cuando tiré mi lanza, atravesó el conejo por encima de la cadera. El conejo trató de correr, pero cojeaba y se desplomó, arrastrando la lanza larga en su costado y haciendo un chillido fuerte y desagradable. Me congelé, sin saber qué hacer.

Capítulo 79

Maestría

Horrorizado, miré al conejo mutilado que luchaba por escapar con la lanza clavada en su costado.

Ardi corrió ladera arriba y lo mató con un golpe de roca en la cabeza. Me miró con decepción.

Con el conejo muerto, volvimos a casa. Ardi me obligó a cargarlo, lo cual yo estaba reacio a hacer. La sangre escurría por su cara y costado. De vez en cuando, miraba su cuerpo flojo y cálido recordándome a mí mismo que solo era un cascarón. Recordé que Creador decía que cuando un animal muere, su vida regresa a la fuente de la Vida. Envidié al conejo que regresaba a Creador porque yo no tenía ninguna garantía que mi desconexión con Creador terminaría con la muerte.

—Ardi, ¿crees que los conejos tienen espíritu?

—¡Conflagración! ¿Tienes que hacer tantas preguntas? No sé. No me importa.

—Sólo estoy conversando.

—Yo no tengo conversaciones. No les veo el chiste.

Contuve mis preguntas hasta que Ardi estuviera de mejor humor.

Al regresar al refugio, Ardi me enseñó a despellejar el conejo y extraer sus órganos usando su colección de cuchillos. Luego me enseñó a prender el fuego usando dos piedras, las llamó piedras de fuego, lo cual fue más difícil de lo que esperaba. Con mucha ayuda de Ardi, creé un fuego. Ardi era paciente para instruir, pero le impacientaba la ociosidad. Siempre necesitaba una tarea.

Ensartamos el cadáver del conejo en una rama larga y

colocamos la rama encima de piedras apiladas para que el conejo flotara sobre el fuego. Ardi me dijo que rotara la rama de vez en cuando para que se cocinara parejo. La carne de conejo estaba deliciosa, y esa noche sus huesos quedaron limpios.

Durante los siguientes días, practiqué mis habilidades de caza, guiado por las expertas instrucciones de Ardi. Mi objetivo y confianza mejoraron. Aprendí cómo tirar una lanza para matar, no solo para herir. El primer día, maté un pavo. El segundo día, un cerdo pequeño. Al tercer día, una mara. asábamos el trofeo de cada cacería y probábamos su carne salada y cocida.

Con el tiempo, desapareció el asco que me provocaba la matanza de animales. La caza se convirtió en un deporte agradable que me dio un propósito. A diferencia de la jardinería, sus recompensas alimentaban un apetito insaciable por la maestría. El dominio de la cacería y dominio sobre mi presa. El juego de la persecución era adictivo e intoxicante. Cuando la persecución culminaba en muerte, sentía una sensación de poder sin adulterar, un sentimiento que me eludía el resto del tiempo.

Por las noches, Ardi y yo nos sentábamos junto al fuego y observábamos la exhibición parpadeante de sus llamas juguetonas. A menudo, Ardi parecía perdido en el pensamiento, con los ojos mirando fijamente al fuego como si tratara de descifrar los mensajes transmitidos por las lenguas ardientes. Durante esos tiempos, parecía atormentado por una tristeza desconocida. El rehuía la conversación por las noches, así que le permití retirarse a sus reinos internos secretos. Me ocupé tejiendo cestas a la luz del fuego.

Como pasabamos tanto tiempo junto al fuego, reorganizamos el área de fogatas. Rodamos troncos cerca de la fosa para que nos sirvieran de asientos. Ardi quería que su asiento estuviera al otro lado del fuego frente al mío. Me pareció extraño que quisiera un asiento, ya que prefería sentarse apoyándose en sus caderas. A cada lado de la fosa, amontonamos una pila alta de piedras escalonadas para permitir diferentes alturas de cocción. En estos escalones, colocamos un poste horizontal para asar animales. Desde nuestros asientos, nos turnábamos para girar el cadáver del animal o para bajar el poste a un escalón inferior a medida que el fuego se apagaba.

Una noche, mientras estábamos sentados junto al fuego, Ardi sacó una piedra ennegrecida con la forma de un huevo de pato. El huevo de piedra tenía un cuenco profundo tallado en su lado. Sosteniendo la piedra en su regazo con el hueco hacia arriba, sacó una pequeña bolsa, alcanzó al interior, y retiró una pizca de hojas secas y desmenuzadas que dejó caer en el tazón. Luego encendió la punta de una ramita larga en el fuego. Cuando colocó la pequeña llama sobre las hojas secas, comenzaron a arder. Cerró la boca alrededor del final de la piedra y frunció sus mejillas. Luego lo bajó y cerró los ojos. Después de un largo momento, abrió los ojos hasta la mitad y exhaló humo de su boca. Listones de humo como bucles salieron de sus grandes fosas nasales.

Ardi me pasó la piedra, diciendo: —Pruébalo. Chupa aire por el extremo . . . sostén el humo en los pulmones . . . luego exhala.

Tomé la piedra y lo examiné. El extremo de la piedra tenía un pequeño agujero perforado. El humo de las hojas ardientes tenía un fuerte aroma, como la salvia aplastada. Puse mi boca sobre el agujero y succioné aire a través de él, viendo las hojas ardientes en el tazón brillar de color naranja.

Al mantener el humo en mis pulmones, sentí la sensación más extraña, como si mi cuerpo ya no me confinase. Mi conciencia se expandió, llenando el claro iluminado por el fuego. Con cada inhalación de humo, me expandí aún más, llegando a ser más inmenso y de largo alcance, más grande que cualquier problema o amenaza. Experimenté mi propia inmensidad y poder, y disfruté de un emocionante sentido de invencibilidad. Mi conciencia me advirtió que me mantuviera en tierra, pero la ignoré, prefiriendo esta realidad alterada. Sosteniendo la piedra al alcance del brazo, me maravillé de su magia. —¿Qué es esto?

Capítulo 80

Ofertas

—Son hojas de un árbol llamado Etreum —dijo Ardi—. El humo te ayuda a escapar . . . de ti mismo. Extendió el brazo. —Dámelo.

Le devolví la piedra a Ardi, que lo succionó con lento deleite.

—Creador nunca me habló de ese árbol —le dije.

—¿Por qué lo harían?

La pregunta ya no importaba. La piedra me dio lo que quería: sentirme poderoso, aunque sólo sea para mí. Contrarrestó el sentido de inferioridad y vergüenza que sentía todo el tiempo. —¿Puedo probar un poco más?

—Claro —dijo Ardi—. Traje el huevo de piedra . . . para compartir. Fumar hace que las noches sean . . . más tolerables.

Me moví para sentarme en el tronco al lado de Ardi. Se inclinó y mantuvo la espalda horizontal, con la cabeza a poca distancia por encima de sus rodillas.

Nos pasamos la piedra uno al otro, cada uno turnándose para inhalar el maravilloso humo y expulsar plumas grises que proyectaban sombras sobre nuestras caras a la luz del fuego. El humo hizo que todas mis preguntas y preocupaciones se derritieran. Creó una realidad que amplificaba mi poder innato y abarrotaba todo lo demás.

Cuando dejé la fogata y entré en mi refugio, la euforia se desvaneció. Mis sentimientos de inferioridad y vergüenza regresaron. En el pasado, cuando me conectaba con Creador, había sentido una sensación de paz como el flotar en una piscina. Por el contrario, el humo era como una lluvia delirante que estimulaba mi cuerpo con su energía. Con Creador, mi alma se sentía amada y abrazada. El humo sumergió mi alma bajo una cascada. No borró la desconexión y el vacío, sino que los adormeció con una versión falsa y grandiosa de mí mismo. La experiencia fue temporal y artificial, pero me aferré a ella debido a la fuga que proporcionaba. Perdí mi conexión con Creador. Eso era más real que el humo o cualquier otra cosa. Me dolía con un anhelo hueco que arañaba mi interior.

Todas las noches siguientes nos sentamos junto al fuego y fumamos el huevo de piedra. Ya que Ardi no hablaba, fumar nos dio a ambos algo para pasar el tiempo. Llamé al humo "empuje" porque apartaba mis pensamientos, como una inundación repentina que conducía hojas y escombros fuera del camino.

En la sexta noche después de que Ardi me presentara el humo de "empuje" Ardi no sacó el huevo de piedra, sino que miró al fuego.

—No vas a empujar esta noche? —dije.

—No. Esta noche es diferente. —Se alejó del fuego, desapareciendo en la oscuridad. Volvió llevando las pieles de antílopes bongo de nuestra primera cacería. Dándome la piel, dijo: —Estos días . . . he estado preparando esta piel para ti. Es tuya, ahora.

Tomé la piel de Ardi y pasé mi mano sobre el pelaje suave de color marrón rojizo. Las rayas paralelas beige brillaban con la luz del fuego. El material era flexible, cubriendo mi brazo con facilidad. Envolví mi espalda con la piel y até las patas delanteras alrededor de mi cuello. —Gracias, Ardi.

El uso de la piel dio lugar a pensamientos fantasiosos. Me imaginé que me estaba transformando en un bongo, como Ardi había hecho. Colocando mis manos en el suelo, di de saltos alrededor del fuego como un antílope. Me había convertido en un bongo, al que le dio vida el poder de mis pensamientos. Con la fuerza de un antílope, salté al aire y resoplé como un ciervo orgulloso. Entonces me incliné ante Creador, el creador de todos los animales. Cuando me paré, levanté mi cabeza de bongo y me paré en una pose real, queriendo que el universo viera mi belleza y poder brutos. Luego reanudé el baile, la euforia me llenaba de risas. Los fuertes estallidos del fuego retumbaron con un ritmo errático que guiaba mis pies zapateadores mientras me perdía en el baile animalista.

Me imaginé que las sombras saltadoras proyectadas por la luz del fuego se convertían en una reunión de animales que observaban mi actuación. Estos espectadores espectrales aplaudían y vitoreaban para recibirme en su sagrada hermandad. A través de la piel de bongo, restablecí mi conexión con la naturaleza, con el universo, e indirectamente con Creador que, aunque ahora oculto dentro mí, podría accederle a través de esta experiencia mística. Sabía que esta conexión era inferior, tal vez incluso imaginaria, pero me contenté con mis propios pensamientos y mitología.

Me senté en mi tronco, jadeando, cautivado por esta nueva experiencia, saboreando la euforia de mis sentidos acentuados. Ardi observó con los amplios ojos y boquiabierto. Queriendo tranquilizarlo, me acerqué y apreté la pila de pieles hasta que sentí su cuerpo firme debajo. —Gracias, Ardi. Estoy agradecido por todo lo que has hecho por mí. Doy gracias a Creador por enviarte.

Ardi se endureció bajo mis brazos. Lo liberé y me alejé. —¿Qué pasa? ¿No te gusta que te abracen?

Se retorció, con los ojos mirando al fuego. —No puedo . . . —Apretó los ojos—. La cosa es que . . . Creador . . . no me envió.

Se encogió, como si esperara un golpe.

Capítulo 81

Expuesto

—¿Qué? El shock y la confusión me derribaron. Me tambaleé y casi pierdo el equilibrio. Mi mente trató de enderezarse, pero no pude encontrar un saliente donde agarrarme.

Ardi me observó por un momento, midiendo mi respuesta. Entonces su mirada volvió al fuego. Su boca temblaba. —No podía decirte . . . hasta ahora . . . porque me habrías mandado lejos. —Su rostro se torció en una mueca. La luz del fuego proyectó líneas oscuras en su cara revuelta.

—¿Mandarte lejos?

Ardi me lanzó una mirada feroz. —Mírame. Sé que soy repulsivo. No me habrías mantenido alrededor . . . si pensaras que Creador no me había enviado.

—¿Te envió Illuminos? La ira rodó a través de mi ser como una avalancha de agua hirviendo.

—Como a tí, Illuminos me engañó . . . porque fui tan estúpido y se lo permití. Después de que Creador me rechazó . . . quedé varado en este planeta. Cuando escuché de tu situación . . . te busqué . . . y fingí que Creador me había enviado. Ya que ambos sufrimos la misma pérdida . . . pensé . . . puede que me acepte . . . si demuestro ser útil.

Ardi cayó de rodillas y agarró mis manos, mirándome con los ojos húmedos y asustados. —Por favor, no me mandes lejos. No puedo soportar . . . estar solo de nuevo. No tengo que gustarte . . . pero no me mandes lejos.

Saqué mis manos de las garras de Ardi. Sin desatarla, me saqué la piel del bongo, halándola sobre mi cabeza. Golpeé y apreté la piel hasta hacerla una pelota. Al principio, quería tirársela a Ardi, pero la tiré al fuego. No me quedé para verla arder o ver su reacción. Sacudiendo la cabeza, me di la vuelta y tropecé en la oscuridad hasta mi refugio.

Después de cerrar la puerta detrás de mí, me paré con los ojos cerrados. La cara asustada de Ardi apareció en mi mente. Encontré un consuelo perverso al dejarlo en ese estado vulnerable. Mandarlo lejos sería un castigo poco suficiente por lo que me había hecho. Qué tonto tan colosal fui. Había basado mi vida actual en la creencia de que Ardi actuaba en nombre de Creador. No tenía ninguna conexión con Creador y había mentido al respecto. Una traición igual a la de Illuminos. Mi mundo se derrumbó, dejándome desorientado y a la deriva.

Me dejé caer sobre mi cama y me acurruqué como pelota. —Creador, por favor ayúdame. Te necesito.

El silencio se burló de mí con susurros atormentantes de abandono y desesperanza. No me limpié las lágrimas, sino que las dejé que rodasen por mi cara en frías rayas y humedecieran el lugar donde yacía mi cabeza. Si tan solo pudiera transformarme en un verdadero bongo y correr al lugar donde moraba Creador, donde encontraría consuelo.

Me desperté temprano, pero me quedé en la cama, tratando de averiguar qué hacer con Ardi. Si lo enviaba lejos, estaría solo, pero yo quería compañía, aunque fuera menos que agradable. Me había acostumbrado a Ardi. Sin embargo, merecía ser castigado por mentirme. Al mismo tiempo, tenía compasión por él porque entendía cómo se sentía ser engañado y rechazado. Si él conocía el dolor del engaño, ¿cómo podría habérmelo infligido?

Me asomé a través de las grietas en la pared de mi refugio para ver si Ardi estaba cerca, pero sólo vi un claro vacío. Salí y miré a mi alrededor. La fogata no contenía más que cenizas. No había restos de la piel de bongo.

Sin querer encontrarme con Ardi, di un largo paseo por el

bosque para pensar. Durante mi caminata, traté muchas veces de empujar mi dolor y mi ira a una esquina, pero no se quedaban ahí. Cada vez regresaban con exigencias de represalias. ¿Era la represalia la única manera de borrar mis sentimientos dolorosos? Mi conciencia trató de hablar, pero mis emociones gritaban más fuerte y no podían ser atenuadas. De alguna manera, tenía que encontrar un camino de regreso a la paz.

Distraído por mis meandros mentales, vagué, ajeno a mi entorno. Cuando llegué al borde del bosque, algo me llamó la atención. A lo lejos, Ardi estaba de pie, sin ropa, cerca de un pequeño fuego que parpadeaba dentro de un círculo de piedra. Había amontonado sus muchas pieles en una pila ordenada. Antes de este momento, sólo había visto su cara, brazos y piernas, sombreadas por las pieles que sobresalían. Parecía obligado a mantener su cuerpo cubierto. Sin las pesadas pieles, esperaba que se mantuviera erguido, pero se mantenía doblado como si estuviera amarrado a esa posición.

A medida que me acercaba, vi llagas enrojecidas en varios lugares en su cuerpo amarillento e irregular. Me posicioné detrás de un gran arbusto de cerezo silvestre y me agaché para echar un vistazo.

Ardi recogió una rama y encendió la punta en el fuego. Luego presionó la rama en llamas contra su espalda inferior y la sostuvo allí. El fuego quemó esa área de la piel, luego la extendió por su espalda, devorando y ennegreciendo la piel a medida que avanzaba. Ardi no hizo ningún sonido, pero su rostro se torcía de dolor. El horror me poseyó mientras miraba.

Capítulo 82

Cicatrices

—¡Detente! ¿Qué estás haciendo? —Grité.

Corrí hacia Ardi y aventé la rama ardiente muy lejos. Luego golpeando con mis manos le quité el fuego de la espalda, casi quemándome. La piel carbonizada se había hinchado en trozos ennegrecidos, una vista aterradora. Examinando las irritaciones rojizas en su cuerpo, me di cuenta de que todas eran vestigios de quemaduras recientes. Llegué a la conclusión de que los abundantes bultos en su piel eran cicatrices de auto castigos anteriores. Su falta de pelo, orejas y nariz debe ser porque los había quemado hace mucho tiempo. Mi corazón se convulsionó con compasión al descubrir el motivo de su desfiguración.

Ni una sola vez me miró, Ardi se cubrió, escondiendo cada cicatriz. Se estremeció al colocarse las pieles sobre su quemadura fresca. Luego empezó a alejarse como si yo no estuviera allí.

—¿Por qué te quemas? —Le pregunté a Ardi.

Ardi se detuvo, aun sin mirarme.

Después de una larga pausa, dijo: —Porque . . . el fuego me da poder sobre mi dolor. Y me distrae . . . del tormento al que no puedo prender fuego.

—¿Por qué estás atormentado?

—Una vez más con las preguntas. . . . Odio tus preguntas indiscretas. Deberías saber por qué. Creador me rechazó . . . y me hizo un paria . . . en este planeta solitario, miserable.

—Yo también he sido rechazado, pero no me quemo.

—Si has sufrido tanto tiempo como yo . . . encontrarías tu propia liberación.

Me acerqué a Ardi y le puse la mano en el hombro. —Debe existir un remedio para tu dolor.

—Ninguno . . . excepto quemarme —dijo Ardi, todavía mirando a la distancia.

—Creador sabe cómo ayudarte.

—Tal vez así sea . . . pero no me ayudan. No tiene sentido esperar a que puedan. —Ardi sacudió la cabeza de lado a lado.

—Todavía tengo esperanza.

Ardi me miró con una expresión extraña. —¡Conflagración! ¿Cómo puedes decir eso? Creador te ha rechazado . . . nunca cambian de opinión.

—No sé qué me pasará, pero sigo confiando en Creador. Su amor me da esperanza.

—La esperanza es el peor tormento de todos. Puedes mantener . . . tu estúpida esperanza. No quiero nada de eso.

—Me gustaría poder ayudarte.

—No puedes, —espetó Ardi, apartando la cabeza—. Voy a manejar mi dolor . . . a mi manera.

Se alejó y desapareció entre los árboles.

Me quedé donde estaba, aturdido por sus palabras y sacudido por la vista de sus cicatrices que insinuaban heridas nunca antes vistas y más profundas. Ocultaba su dolor escondiéndose bajo sus muchas capas de pieles. Mi corazón se ablandó, después de saber cuánto estaba sufriendo, pero yo no estaba dispuesto a perdonar todavía, a pesar de que mi conciencia me decía que tenía que hacerlo.

Cargado de tristeza por Ardi, regresé a mi refugio. A pesar de mis pesadas emociones, sentí una pequeña medida de paz sobre mi futuro. Debido a que había expresado mi confianza en Creador, un goteo de esperanza calentó mi alma y comenzó a aflojar el control de la desesperación.

Después de haber visto el método de Ardi para controlar el dolor, dejé de obsesionarme con mi propio dolor. No más alimentarlo con pensamientos de desamparo o dejarlo que se alimente de mí. Decidí no ocultarlo ni esconderme de él, sino solo tenerlo a la vista y dejarlo ser. Si lo mantuviera al aire libre, como una mariquita en mi palma, tal vez volaría lejos. Mientras que un insecto que se guarda en un recipiente cerrado permanece en la oscuridad y nunca escapa.

Esa noche, mientras estaba sentado frente a Ardi con el fuego de la noche entre nosotros, no dijo nada sobre las quemaduras auto infligidas. Incómodo para hablar del tema, me mantuve en silencio. Mi nueva preocupación por Ardi mantuvo mi ira a raya por un tiempo, pero mientras estaba sentado y guisando, mi dolor a flor de piel y mi ira eclipsaron todas las demás emociones. Mi incomodidad se volvió insoportable, así que me levanté para irme.

En ese momento, Ardi habló. —No tenía a nadie con quien hablar de mi dolor.

Me detuve a escuchar, pero no me di la vuelta.

—Así que se apoderó de mí —continuó—. Estoy dispuesto a escuchar tu dolor . . . para ofrecerte lo que nunca me dieron a mi. Tal vez, si se escucha tu dolor . . . pueda ser aliviado.

Su oferta me desarmó, pero lo consideré por un momento. Después de sopesar el riesgo, decidí que no se podía confiar en Ardi. Me di la vuelta y me enfrenté a él. —Estoy tan enojado contigo. Me traicionaste. Eres tan malvado como Illuminos.

Ardi mantuvo contacto visual, sin mostrar emoción.

—Deberías ser castigado —le dije.

—Entonces castígame. —Sus ojos parecían suplicar por ello—. No me hagas esperar.

La imagen de Ardi, prendiéndose fuego, volvió a mi mente. En mi imaginación, sostuve la rama en llamas, esta vez presionándola contra su carne, observando su piel carbonizarse. La noción me satisfizo un poco, pero mi ira se mantuvo intacta, sin cesar.

—No he decidido sobre tu castigo—le dije. —Debe ser algo que borre mi ira.

Ardi miró al fuego. —La ira es una cicatriz que no se puede

borrar.

—Tengo la intención de probarlo —le dije con un tono desafiante.

Regresé a mi asiento junto al fuego. Nos sentamos sin hablar. Los ojos de Ardi estaban atados a las llamas danzantes, sin duda anhelando el poder del fuego para sofocar su tormento oculto. Miré fijamente, desconcentrado, tratando de resolver mi ira. Necesitaba empujar, pero no me animaba a pedirlo. La idea de chupar la misma piedra que Ardi me causó repulsión.

Capítulo 83

Consejo

Durante cinco días seguidos, evité a Ardi dando largos paseos por el bosque. Ya no cazábamos juntos. Todos los días, cuando llegaba al anochecer, ya estaba junto al fogón, sentado en cuquillas y frunciendo el ceño al fuego. Me sentaba al fuego al otro lado de Ardi y tejía cestas o afilaba mis herramientas. No se habló ni una palabra entre nosotros. Cada vez que lo miraba, mantenía su postura rígida y nunca me miraba. Las únicas veces que se movió fue cuando atendía el fuego. Por las mañanas, se había ido.

En el paseo de hoy, Illuminos se acercó a zancadas hacia mí, clavando el suelo con un bastón largo y retorcido hecho de cuerno de animal. Me preparé para otra ronda de trucos. Mi estómago se amargó de odio.

Illuminos agachó la cabeza como una mantis religiosa y me estudió. Sólo una criatura como lagartija se aferraba a su espinilla. ¿Qué le pasó al otro?

—La independencia es para los fuertes —dijo, sus largas hebras de pelo negro se arremolinaban como un cardumen—. Eres más inepto de lo que pensaba. Un pobre candidato a la independencia. Si deseas mejorar tu situación, debes deshacerte de esa criatura, Ardi.

—¿Por qué te importa lo que hago? —Pregunté.

—Me importa. Pero a ti te importa demasiado.

—¿Por qué no debería preocuparme por Ardi? Tú lo engañaste para que se independizara, al igual que me engañaste a mí.

Illuminos se burló. —¿Es eso lo que esa cosa te dijo? Ya debes saber que esa bestia mentirosa es poco confiable. El exceso de

261

soledad lo ha vuelto loco. Tú has visto cómo se quema a sí mismo para encontrar la absolución.

—Ardi necesita compañía, no más soledad.

Illuminos chasqueó la lengua y se inclinó para acercar su cabeza a mi cara.

—Compañía? Desprecias a esa criatura tanto como me desprecias a mí. Has estado evitando esa plaga durante los últimos días. ¿No ves que estás haciendo que el monstruo patético sea más miserable que nunca?

Mi conciencia me condenó. —Tienes razón. ¿Qué debo hacer?

—Dile que se regrese al lugar de donde sea que vino. —Illuminos ondeó su bastón de caminata hacia las montañas orientales.

—Voy a pensar en ello.

—Ya no necesitas esa cosa repugnante. Sabes cazar y hacer fuego. Si sobrevives bien por tu cuenta, consideraré otorgarte la membresía a la Sociedad de Independientes. Conocerás un calibre más alto de seres que tu compañero actual. —Frunció la cara como si oliera algo fétido.

En ese momento, me di cuenta de que Illuminos no se preocupaba más por mí que por Ardi, y una fuerte repulsión me superó. —Ya terminé contigo. Vete —le dije.

Los ojos de Illuminos se estrecharon, y su pelo se alzó ensortijándose. —Me retracto de mi invitación. —Su labio superior se enroscó—. Ustedes dos se merecen el uno al otro. En poco tiempo estarás tan loco como ese monstruo.

Golpeó el suelo con su bastón y desapareció, dejando un profundo agujero perforado con el impacto del bastón.

Esa noche, Ardi se sentó junto al fuego frente a mí, actuando como si no estuviera allí. Miró a las llamas mientras sus hombros se levantaban, luego se caían, y luego volvían a levantarse.

—No te pediré que te marches —le dije.

Ardi me miró con los ojos abiertos. —Gracias, Amado. —Cerró los ojos por un momento y exhaló, y luego dijo: —No te arrepentirás.

Ya lo estaba lamentando. Sobre ser engañado por segunda vez. Sobre tener que estar con alguien en quien ya no confiaba. Sobre perder lo que creía era mi acceso más cercano al Creador.

Debe haber visto la expresión en mi cara. Sus cejas abultadas se apretaron para juntarse. Su boca volteada sobresalía.

—No te preocupes, Ardi—le dije—. No he cambiado de opinión.

Él se veía aliviado.

—Necesitaré tiempo para resolver esto.

Ardi miró al suelo y murmuró. —Entiendo eso, Tienes razón . . . de odiarme. Espero que entiendas . . . por qué tenía que mentir.

—Sí, pero todavía me duele. —Pensé en decir más, pero abandoné la idea—. Necesito estar solo por un tiempo.

Me retiré a mi refugio, agradecido de tener un lugar donde poder aislarme del mundo.

Sentado en una cornisa rocosa dentro de mi cueva, hablé con Creador. —Estoy enojado con Ardi por mentirme. No sé cómo deshacerme de mi ira. Ayúdame a perdonarlo. Ayúdame a que quiera perdonarlo. No puedo hacer esto sin Tu ayuda. La vida es mucho más difícil sin Ti, mucho más confusa. ¿Hice lo correcto al dejar que Ardi se quedara?

Me preguntaba si Creador estaba escuchando. Más aún, me preguntaba si me ayudarían. Vi la insensatez de tratar de vivir la vida por mi cuenta. Los necesitaba y me odiaba por alejarlos.

Frustrado, me arrojé a mi cama, esperando que la respuesta llegara si intentaba relajarme. En cambio, me obsesioné con mi ineptitud. Durante toda la noche, escuché el sonido del fuego crepitante afuera, preguntándome si debería haber tomado el consejo de Illuminos.

Capítulo 84

Regalo

A la mañana siguiente, cuando salí de mi refugio, vi a Ardi arrodillado en el suelo cerca de la fogata. Había esparcido varias herramientas pequeñas en una piel de animal. Sostenía un objeto del tamaño de una ciruela cerca de su cara, tarareando mientras lo raspaba con una herramienta. Nunca antes había oído a Ardi expresar alegría.

No se dio cuenta de mí, sino que se centró en su tarea con una intensa concentración. Me senté cerca, fascinado, viéndolo tallar en el objeto de madera y volar las virutas. Enhebraba una fina tira de piel de animal a través de un agujero que había perforado a través del artículo. Después de atar los extremos de la tira, inspeccionó el artículo una última vez. Después lo sostuvo hacia mí y sonrió, diciendo: —Hice esto para ti.

Tomé el artículo y lo examiné. La pieza tallada en madera suave tenía dos agujeros profundos para los ojos y una boca ancha con dientes exagerados que se extendía más de la mitad. La cara tonta me hizo reír.

—¿Es un cráneo de mono? —Pregunté.

—No, cerebro loco. Soy yo.

Había confundido los dos agujeros con los ojos. Eran fosas nasales. Por encima de los agujeros, Ardi había tallado dos círculos poco profundos para los ojos. El parecido con Ardi era evidente.

—Cuélgalo alrededor de tu cuello —dijo—. De esa manera, puedes llevarme a donde quiera que vayas —dijo sonriendo. Ya no hablaba con pausas.

—Tal vez no quiero llevarte a todas partes.

—Es para tu protección. Podrías necesitarlo si te encuentras con un sapo feroz. O un rebaño peligroso de orugas.

Me reí.

—¿Cómo me protegerá esta cosa? —Pregunté—. ¿Se supone que incapacite a mi enemigo con risas?

—No, zoquete. ¿Ves el agujero en la parte inferior? Sóplalo.

Giré la cabeza tallada y encontré el agujero. Puse mi boca sobre el agujero y soplé. El aire viajaba fuera de las fosas nasales talladas y producía un delicioso sonido arrullador. Soplé un par de veces más, asombrado por el efecto maravilloso.

—Cuando me necesites, sopla en el agujero —dijo Ardi—. Lo oiré y te rescataré. Durante una cacería, puedes alertarme sin asustar a nuestra presa.

—Gracias. Qué regalo tan maravilloso e inteligente. —Puse el lazo de la piel alrededor de mi cuello y usé el regalo con orgullo.

Ardi enrolló sus herramientas y las deslizó en la gruesa pila de pieles que cubría su espalda. Cuando cruzó el claro, caminó con una cojera pronunciada. ¿Se había quemado otra vez? Una línea de sangre corría por la pierna de Ardi.

—¿Estás bien, Ardi?

—Sí. Illuminos apareció anoche.

Mi cuerpo se tensó. —¿Te lastimó?

—Sólo mi carne. —Ardi miró hacia abajo en su pierna.

—¿Qué pasó?

—Tú no me enviaste lejos como Illuminos te dijo que hicieras. Así que trató de persuadirme de que me fuera. Sin éxito.

—Lo lamento.

—Yo no. Ahora sé que te preocupas por mí, incluso después de todo lo que ha pasado.

La culpa me apuñaló porque estuve a punto de mandarlo lejos.

—¿Qué pasa?, Dijo.

—Nada. Me alegro de que no estés demasiado herido.

—Voy a sanar. Gracias por estar de mi lado.

—Claro —le dije, sintiéndome deshonesto.

A partir de esa mañana, Ardi fue menos áspero, más divertido y más apacible. El creer que yo le había aceptado había hecho la diferencia. Al revelar sus secretos, había encontrado una medida de paz, pero a costa de mi propia paz.

Su comportamiento por las noches no cambió. Esa noche, junto al fuego, dije: —¿Podemos empujar esta noche?

—Me he quedado sin hojas.

—¿Puedes conseguir más?

—No.

No estaba seguro de cómo interpretar su no. —¿Puedo ayudarte a recoger más hojas?

—No.

—¿Por qué no. . . .

—No preguntes de nuevo. No hay más.

—¡Conflagración! —Grité—. Me das una buena razón para mandarte lejos.

Ardi endureció su expresión y fijó sus ojos en el fuego, sin decir nada.

Una razón más para estar enojado con Ardi.

Capítulo 85

Distracciones

Ardi y yo teníamos un arreglo tácito. Podría quedarse mientras se comportase. Aun así, me resultaba difícil estar cerca de él porque no había logrado sacudir mi ira. Mi ira se aferró a mí como corteza en un árbol. Me despreciaba a mí mismo por mi incapacidad para perdonarlo.

Reanudamos nuestra rutina de cazar durante el día y sentarnos alrededor del fuego por la noche. Sin las hojas de Etreum para fumar por las noches, volví a tejer, mientras que Ardi pasaba todo el tiempo mirando al fuego, abandonándose a las llamas.

Nuestras cacerías diarias nos distrajeron de nuestros problemas. Las cacerías me recompensaron con un abundante suministro de carne. La recompensa de Ardi era una nueva piel ocasional para su colección. Siempre estábamos en la búsqueda de animales cuya piel no tuviese.

Durante una expedición de caza, Ardi vio un animal a lo lejos.

—Mira, Amado. Un lobo.

Nunca había visto un lobo. El dedo amarillento de Ardi apuntaba a un animal grande, gris oscuro trotando a lo largo de la base de un acantilado ancho.

—No tengo piel de lobo —dijo—. Ve a la izquierda hacia donde se dirige el lobo. Voy a escabullirme de un lado.

Tomé mi posición por delante del lobo y me quedé listo con la lanza levantada, esperando su acercamiento. El lobo desaceleró al verme. Ardi apareció a la derecha, sosteniendo una lanza. La alta pared del acantilado bloqueó al lobo a la izquierda. Cuando el lobo se dio cuenta de que estaba acorralado, bajó la cabeza, arqueó

267

su espalda y gruñó, pelando los dientes. En lugar de retroceder, se movió hacia mí con pasos lentos y deliberados. La intención asesina se enroló en sus ojos como una serpiente a punto de atacar. Vi de cerca toda la naturaleza de un lobo y me aterrorizó.

Miré a Ardi, quien no me devolvió la mirada. Sin querer que se me acercara el lobo que no paraba de gruñir, me alejé. Si arrojaba mi lanza y fallaba, estaría indefenso, así que la guardé en mi mano. Los ojos amarillos del lobo no mostraban miedo, solo hostilidad. La nuca me pinchaba. Mi corazón palpitaba como el correr de una gacela.

—Ardi. Tírale —grité.

Cuando Ardi lanzó su lanza, el lobo saltó entre nosotros. Sentí su calidez al pasar por encima de mí. Un estallido de aliento caliente y rancio me golpeó la cara. La lanza de Ardi rebotó en la pared rocosa. Con unos cuantos saltos poderosos, el lobo desapareció en el bosque.

—Eso estuvo bien —le dije, sin aliento, mi corazón reverberando dentro de mi pecho y oídos.

—Calculé mal —dijo Ardi—. Era más agresivo de lo que esperaba.

—Si alguna vez ves un tigre que quieras, cuenta conmigo.

—Aquí está mi nuevo plan. . . .

—No. Me rindo.

—Quién sabe cuándo tendré otra oportunidad. Me transformaré en un conejo para atraer al lobo. Cuando se acerque lo suficiente, le clavaré la lanza. Te esconderás cerca en caso de que algo salga mal.

—¿Si algo sale mal? Todo está mal con esta idea.

—No si las cosas van de acuerdo con el plan.

—¿Cómo tu primer plan? Eso estuvo suave.

—Voy a distraer al lobo. Te escondes detrás de esa roca de ahí. Si me agarra antes de que me transforme de nuevo, entonces tiras tu lanza.

—Ahora, sé que estás loco.

—Haz esto por mí —dijo con los ojos suplicantes.

Sacudiendo la cabeza, me acerqué a la roca, esperando que el lobo ya estuviera lejos.

Después de poner a un lado su lanza, Ardi se quitó todas sus pieles y las puso en una pila ordenada. Retrocedí para ver sus muchas cicatrices de nuevo, algunas quemaduras parecían recientes. Sacó una pequeña piel de conejo de la pila y la colocó en la espalda. Llevando su paquete de armas, caminó hacia el centro del claro, luego desenrolló el paquete en el suelo, exponiendo todos sus cuchillos y lanzas. Después de colocar sus manos en el suelo, observé con asombro cómo la piel del conejo se extendía sobre su cuerpo, apretando su constitución física en una forma cada vez más pequeña. Cuando la transformación fue completa, un conejo difuso sin orejas saltó en un círculo alrededor de la colección de armas.

Poco después, para mi consternación, el lobo regresó, a grandes pasos con una marcha constante hacia el conejo. La boca del lobo estaba medio abierta, babeando de hambre. Me dejé caer detrás de la roca en una posición de poder mirar y sostuve la respiración.

El lobo empezó a correr, con los ojos fijos en el conejo.

Ardi se mantuvo encima de la piel con las armas.

Cuando el lobo estaba a pocos pasos de distancia, Ardi se transformó de nuevo, agarró una lanza y la aventó.

El lobo brincó alto en el aire en un arco y saltó sobre la lanza que había sido disparada.

Sin estar preparado para una criatura más grande que un conejo, el lobo se estrelló contra la parte superior de Ardi, quien rodó hacia atrás por el impacto y quedó atrapado bajo el cuerpo pesado del lobo. Ambos estaban con las extremidades extendidas, aturdidos por un momento breve.

Salí de detrás de la roca y tiré mi lanza, esperando no fallar.

Capítulo 86

Misericordia

Mi lanza perforó su costado, ocasionando que el lobo aullara. Ardi todavía estaba atrapado debajo de él. El lobo se levantó sobre sus piernas y trató de morderle la cara a Ardi.

Ardi agarró la garganta del lobo y le empujó la cabeza para mantener los mordiscos lejos de su cara. El lobo trató de patear la cabeza de Ardi, pero él la quitó a tiempo. La garra arrancó la piel cerca del oído izquierdo de Ardi.

Con el lobo agarrado del cuello, Ardi giró y lanzó el lobo a su lado, golpeándolo contra el suelo. Luego se abalanzó para agarrar un cuchillo de su estuche de armas.

Quería ayudar a Ardi, pero le tenía miedo al lobo. Dejando mi miedo a un lado, cogí mi segunda lanza y cargué contra el lobo que luchaba por ponerse de pie. Tirando todo mi peso hacia adelante, clavé la lanza profundamente en su pecho.

El lobo se derrumbó. La fiereza de sus ojos se alejó hasta quedar huecos como bellotas podridas.

Ardi se puso de pie, jadeando y sangrando de un lado de su cabeza. Miró hacia el lobo muerto.

Después de que retomé el aliento, dije, —Ninguna piel vale esto.

—Cuanto mayor sea el riesgo, mayor será la recompensa —dijo Ardi con un aspecto triunfante, pero desaliñado.

Por estar lejos de casa, no llevamos al lobo muerto de vuelta. En su lugar, Ardi despellejó al lobo justo allí y dejó el cadáver en el bosque. Con Ardi llevando la piel sangrienta caminamos a casa, todo el tiempo mi mente repetía nuestro encuentro con el lobo.

Nunca había visto a un animal defenderse con tanta ferocidad. Tal vez por eso su muerte me molestó tanto. ¿O fue porque lo habíamos matado por algo tan trivial como su pelaje? Habíamos condenado al lobo a morir, así que tenía todas las razones para estar enojado, para defenderse.

La injusticia de su muerte me hizo identificarme con el lobo. Yo también fui una víctima desdichada y me justifiqué en mi ira. Al final, la ira del lobo no la salvó. En el fondo, sabía que mi ira tampoco me salvaría.

Mi necesidad de justicia ató mi ira a mis huesos. La justicia exigía que Ardi pagara por su traición. Pero la justicia también exigía represalias por el lobo inocente. El equilibrio de justicia requería piel por piel, vida por vida. ¿No era mi vida el justo pago por la vida del lobo? Había matado a tantos animales, y sin embargo mi vida continuó, a salvo de cualquier exigencia moral que se hiciera. El lobo nunca recibiría justicia, y me preguntaba si me equivocaba al esperarla para mí.

Me di cuenta de que mi vida continuaba debido a la misericordia de Creador. Ellos deciden si soy castigado o salvado. Tanto mi vida como la del lobo estaban en sus manos. Si esperaba justicia en mi nombre, entonces tenía que estar dispuesto a aceptar las demandas de justicia en nombre del lobo, incluso si me costaba la vida. En ese momento, comprendí que lo que necesitaba de Creador era misericordia, no justicia.

Terminé el silencio entre nosotros. —Ardi, te libero.

Ardi se detuvo y me miró, confundido.

Continué. —No estoy excusando tu traición o renuncia a la justicia en tu caso. Pero de ahora en adelante, encomiendo la justicia a Creador y ya no la empuñaré yo mismo. Aferrarse a la justicia lo convierte en venganza, lo que amarga mi alma. No quiero eso. Por lo tanto, te encomiendo a Creador para que hagan lo que les plazca. Si te perdonan, entonces lo acepto. Quiero que me muestren misericordia, así que te extiendo misericordia.

Los ojos de Ardi se diluyeron. —¿Así que somos amigos de

nuevo?

—Sí.

Ardi sonrió, mostrando ambas filas de pequeños dientes marrones.

Continuamos caminando, aunque sentí como si hubiese renunciado a algo que yo debía haber guardado. El vacío dentro me hizo sentir vulnerable e impotente. Pero cuando descubrí que ya no tenía un lugar en el que enganchar mi ira, sonreí. Un claro se abrió en mi alma, un amplio lugar en el que el amor podría algún día anidar de nuevo.

Sintiéndome esperanzado, me relajé y disfruté del paisaje. Enormes árboles de algodón se alzaban a mí alrededor. Debajo de sus copas, las plantas de casia cubrían el paisaje, flores amarillas de cinco pétalos como estrellas estaban espolvoreadas a través de una extensión verde.

—Espero que tengas suficientes pieles, ahora —le dije a Ardi.

—Nunca es suficiente. Seguiré añadiendo a mi pila hasta que el peso me aplaste. Esa sería una manera apropiada de morir, ¿no crees?

—Eso es morboso.

—Todos tenemos que morir, de una manera u otra —dijo Ardi.

—Yo no sabía que podía morir.

—Mi cuerpo puede ser destruido, y no tengo un repuesto. No moriré por desgastarme porque no soy una criatura de este mundo. Pero tú perteneces a este mundo, así que te desgastarás y morirás cuando hayas completado tu temporada. Entonces... voy a estar solo de nuevo. —El rostro de Ardi se nubló.

Me preguntaba cómo me desgastaría. ¿Me secaría y me endurecería como una lombriz de tierra al sol? ¿Me desvanecería y me haría jirones como una mariposa desgastada? ¿Se me caerían las extremidades como las de un árbol antiguo?

Mis pensamientos volvieron a Ardi. —Si murieras, tu espíritu dejaría tu cuerpo y escaparía de este lugar. ¿No es eso lo que quieres? Odias estar varado aquí.

—No estoy seguro de lo que me pasaría. Ya que mi espíritu está muerto . . . permanecería aislado del mundo espiritual . . . y de Creador. Mi cuerpo está atado al mundo físico. Si tuviera que perder ese atado . . . vagaría entre mundos . . . desconectado de todo. Eso parece terrible . . . y solitario. Prefiero quedarme aquí y acosarte. Además, me necesitas, y tengo más pieles que coleccionar.

Para cuando llegamos a casa, el cielo estaba impregnado del color de los caquis. Las espesas nubes en capas se asemejaban a los hongos naranja que uno encuentra aferrados a los troncos de los árboles.

Sentado junto al fuego esa noche, tejí finas tiras de hierba en un brazalete espiral. Usando hierba negra, creé un patrón en zigzag a todo lo largo. Cuando terminé el brazalete, me acerqué y se lo entregué a Ardi, quien estaba sentado mirando al fuego. —Hice esto para que te lo pongas. Es un símbolo de mi amistad.

Ardi tomó la banda tejida enrollada y la examinó, dándole la vuelta un par de veces. Me miró, con los ojos húmedos. —¿Por qué eres tan amable conmigo? Soy inútil y malvado. Creador hizo bien en rechazarme.

—Yo no te rechazo.

Sus ojos brillantes se volvieron enormes, y vi mi silueta contra el fuego reflejado en ellos. Se arrodilló y puso su cabeza contra mi rodilla, sin decir nada. Con una mano, toqué la cabeza que talló Ardi, que colgaba en el lazo de cuero alrededor de mi cuello, un símbolo de su amistad hacia mí. Ardi no se movió por mucho tiempo, y yo tampoco me moví, dándole todo el tiempo que necesitaba para descubrir la luciérnaga oculta que había estado encarcelada durante mucho tiempo dentro de él.

Capítulo 87

Historia

Pasé mis noches tejiendo cestas junto al resplandor ámbar de la fogata. Aparte de cuidar el fuego, Ardi no hacía nada más que fijar la mirada en las llamas aleatorias, se veía perdido y melancólico. Intenté enseñarle a Ardi a tejer, pero no tenía interés.

—No necesito cestas inútiles —dijo.

—No tienes que usar las canastas—le dije—. Tejer es solo algo que hacer para pasar el tiempo.

Ardi resolló. —Prefiero sacarme las uñas.

Ardi habría sido un pésimo alumno. En cambio, le pedí que fuera mi maestro ya que era un ayudante por naturaleza. Así fue como me comenzó a instruir en la talla de madera y la fabricación de lanzas. En poco tiempo, tuve mi propio juego de cuchillos y lanzas que coincidieron con la colección de siete armas de Ardi. Por las noches afilábamos nuestras armas. Los sonidos rítmicos de raspado de nuestras cuchillas se unieron al rugido y al crujido del fuego y los estallidos de la madera en llamas. A menudo notaba que Ardi usaba mi brazalete tejido alrededor de su tobillo izquierdo.

Ardi nunca dormía, así que mantenía el fuego ardiendo toda la noche, arreglando los troncos en llamas y agitando las cenizas hasta el amanecer. Atraído por las llamas, miraba al corazón del fuego que a menudo lo adormecía en un estupor. En otras ocasiones, miraba al fuego con tal intensidad que temía que se lanzara a las llamas para purgar sus tormentos. Me preguntaba si se prendería fuego mientras yo dormía.

Ardi me ayudó a equiparme para nuestros viajes de caza. Me

hizo un portador de armas de una piel de cabra. Adjuntó bolsillos cosidos con un cordón hecho de los intestinos de la cabra. Yo llevaba el portador en mi espalda, sujetado con las piernas de la piel que se envolvían sobre mis hombros y alrededor de mis lados, los extremos cosidos juntos en el centro de mi torso. Llegaba hasta atrás de mi espalda a los bolsillos y podía sacar cualquier arma con facilidad.

Al regresar a casa después de una cacería fallida, Ardi estaba molesto porque siempre odiaba perder a su presa. Para quitarle la mente de una tarde desperdiciada, le pregunté: —Cuéntame cuando conociste a Creador.

Ardi frenó la velocidad y bajó los ojos. Después de un largo aliento medido, dijo. —Había encontrado satisfacción al servir a Creador, porque me habían hecho para ese propósito. Eso es todo lo que sabía . . . hasta que Illuminos me convenció de lo contrario.

Continuó. —Una vez te dije que solía adelgazar los bosques incendiándolos. En aquellos días, podía crear fuego con un simple toque de mi dedo. No había necesidad de piedras de fuego. Antes de prender fuego a un bosque, ordenaba a los animales que huyeran, y ellos obedecían. Tenía poder para enviar o contener el viento o la lluvia. Yo era un cuidador de este mundo.

En los ojos de Ardi vi un destello de esplendor, un remanente de dignidad perdida hacía mucho tiempo.

—Ahora . . . ni siquiera puedo comandar un caracol —dijo—. Soy totalmente inútil.

—Eso no es cierto. Me salvaste la vida. Me has enseñado muchas habilidades.

—Durante mi exilio aquí, eres lo único bueno que he hecho. Antes de conocerte, deambulé por este mundo . . . sin propósito. Tuve que enseñarme a sobrevivir, pero nunca aprendí a aguantar . . . la soledad insoportable. Pensé que los animales me harían compañía, pero después de perder mis poderes . . . se mantuvieron alejados. Cuando tenía poderes, podía convertirme en cualquier animal a voluntad. No necesitaba sus pieles para transformarme. Ese es el único poder que me queda.

—Cuando te transformaste, ¿los animales se mantuvieron alejados?

—Una manada de ciervos me dio la bienvenida a su clan por un tiempo, pero descubrieron mi disfraz y me rechazaron. Ser rechazado por amigos . . . es mucho más doloroso que la soledad. —Apretó los ojos cerrados y se estremeció—. Después de eso . . . no lo intenté de nuevo.

—Pero lo hiciste. Tú me buscaste.

Ardi negó con la cabeza. —Nada salió según lo planeado. . . . Todo está estropeado.

—¿Qué quieres decir?

—Quería un propósito, no una amistad . . . no ésta. Morirás un día . . . y me quedaré solo.

—Cuando muera, le pediré al Creador que te ayude.

Ardi me dio una mirada dura. —¿Qué te hace pensar que Creador te llevará? Estás aislado de Ellos. ¿Te acuerdas?

—Creo que Creador puede sanar mi espíritu muerto.

—No sabes nada," se enfureció Ardi. —Cuando algo muere, ha muerto para siempre. Lo he visto suficientes veces como para saber.

—Tal vez tienes razón, pero tengo que mantener la esperanza.

—Espero que puedas manejar la decepción. —Aceleró para caminar delante de mí. No habló por el resto de nuestro viaje.

Cuando llegamos a casa, una figura estaba frente a mi refugio. Se sostenía agarrando un largo bastón de madera con ambas manos. Tenía la misma forma que yo, pero su cuerpo estaba arrugado como un tomate seco. Delgado, piel arrugada colgaba suelta en su constitución física y la cara hundida. Había atado, a toda su cintura, pelo blanco en un solo nudo grande echado sobre su hombro izquierdo.

Esos días desconfiaba de todos los extraños.

—Saludos, Amado y Ardi —dijo el visitante con una voz

fuerte y clara que desmentía su frágil apariencia—. Yo soy Saub. He venido a comerciar.

Capítulo 88

Saub

No le creí a esta criatura llamada Saub. —Nunca tenemos visitas. ¿Apareces de la nada y quieres comerciar? No estás aquí para comerciar. ¿Qué quieres?

Saub agarró su bastón y se paró más erguido. —Quiero ayudar.

Ardi estaba mirando a este visitante con la misma sospecha. —¿Quién te envió? ¿Illuminos?

Saub se rió. —¿Por qué crees que Illuminos me envió? Estás muy equivocado. Creador me envió.

—¿Creador? Dije con cinismo. —Eso es lo que Luz de Día me dijo. Ardi también dijo eso. Ambos mintieron. No me engañarán una tercera vez.

Ardi interrogó a nuestro visitante. —No eres ni ángel ni ayudante. ¿Qué clase de ser eres?

—Soy humano —dijo Saub, tambaleándose en sus pies.

—No, no lo eres —le dije—. Soy el único humano. Estás mintiendo.

Metí la mano en un bolsillo trasero de mi portador de armas y envolví mi mano alrededor del mango de mi cuchillo.

—No miento —dijo Saub con voz tranquila—. Tú ya no eres el único humano.

—Tú no nos engañas. Podemos ver que no eres humano. —Miré a Ardi para que lo confirmara—. Tú no te pareces a mí en lo absoluto.

—Me parezco a ti muchas estaciones a partir de ahora, cuando hayas envejecido, más del tiempo que un árbol de bellotas tarda en convertirse en un árbol maduro.

Si Saub decía la verdad, los efectos del envejecimiento eran peores de lo que había imaginado. ¿O esta criatura era Illuminos disfrazado otra vez?

—¿Por qué deberíamos creer algo que digas? Mi mano permaneció envuelta alrededor del mango de mi cuchillo a mis espaldas.

—Porque digo la verdad.

Miré a Saub, desconcertado por su total fracaso en la persuasión. Sus nudillos estaban blancos de agarrar su bastón, y sus brazos comenzaron a temblar de fatiga. Luchó por permanecer de pie. Sentí compasión por él a pesar de mi desconfianza.

Decidiendo que Saub no era una amenaza inmediata, liberé mi cuchillo. Señalé a mi tronco junto a la fogata. —Saub, ven y siéntate aquí. Te traeré un poco de agua. Ardi, haz compañía a Saub hasta que regrese.

Saub se dirigió hacia el pozo de fuego, agarrando su bastón con ambas manos para mantener el equilibrio. Miré a Ardi, que, con la cara endurecida, fruncía el ceño. No se movió, pero me miró. Ignoré su comportamiento y me apresuré a traer una calabaza de agua de mi refugio, sin querer dejar a los dos solos por cualquier período de tiempo.

Cuando regresé, Ardi todavía me miraba, y Saub estaba sentado junto al fogón. Saub había plantado su largo bastón entre sus pies. Continuó agarrándolo con ambas manos. Cuando vio la calabaza que yo llevaba, apoyó el bastón contra su pecho y extendió dos brazos huesudos.

Le di la calabaza a Saub. Con las manos temblorosas, bebió el agua, derramando un poco por el pecho. Me devolvió la calabaza. —Gracias, Amado.

Saub puso su bastón erguido entre sus piernas y lo agarró. Me miró con una expresión melancólica, sin decir nada.

Le pregunté a Saub: —¿Tienes un hogar? ¿De dónde vienes?

—Mi casa está lejos. Yo no estoy más que de paso.

—¿Cuánto tiempo te quedarás?

La cara de Ardi se puso roja. —¡No! —Rugió a Saub—. No

puedes quedarte. Continúas en tu viaje . . . y nos dejas.

Saub respondió: —Mi viaje termina aquí, amigo mío. Quieres que me vaya porque mi presencia te amenaza.

—Quiero que te vayas, —gritó Ardi—, porque eres un mentiroso. No dejaré que le hagas daño a Amado. Debes irte . . . ahora.

Sacó una lanza de su paquete de armas y la apuntó a Saub.

Saub permaneció en calma. —Si mi presencia te molesta, entonces debes resolver eso por tu cuenta. No me iré. Mi misión está aquí, y la completaré. Amado quiere que me quede.

Ardi me miró y frunció el ceño.

Saub tenía razón. Necesitaba entender quién era Saub y por qué había venido. Si era humano, quería estar con los de mi especie. —Ardi, quiero que Saub se quede. Solo por un corto tiempo.

Ardi infló el pecho y fulminó. —Un día . . . no más.

—Muy bien.

Saub agachó la cabeza como en señal que estaba de acuerdo.

Queriendo difuminar la situación, le dije, —Ardi, ¿puedes ir a arponear un poco de pescado para nuestra comida? Me quedaré aquí con Saub.

—Supongo que quieres que arponeé un poco de pescado para esa cosa, también —dijo Ardi, agitando su lanza a Saub.

—Sí. Por favor.

Ardi se alejó, lanza en mano.

Me sentí aliviado después de que Ardi se fue.

—Lamento el comportamiento de Ardi —le dije a Saub.

—Ardi es un buen amigo para ti, pero la influencia de los amigos puede ser más peligrosa que el engaño de extraños.

—¿Cuál de los dos eres?

—Un amigo. Un amigo al que le importas.

—Dudo de eso. ¿Por qué estás aquí?

—Como dije antes, estoy aquí para comerciar.

—No quiero comerciar.

—Lo que estoy negociando podría interesarte.

—No estoy interesado. —Me senté en el suelo frente a Saub y

lo interrogué—.¿Por qué eres humano?

Saub sonrió, con los ojos claros centelleando dentro de su rostro arrugado. —Mi humanidad hace posible el comercio. Mi misión lo requiere.

—¿Estás planeando tomar mi lugar?

—Sí.

Su malvado plan se hundió. Me enfadé. —Quieres robar mi antigua posición con Creador. Entonces estarías lo suficientemente cerca como para atacar. Quieres hacerles daño.

Saub negó con la cabeza y frunció el ceño. —Tú me malinterpretas. Mi misión es restaurarte a Creador.

—Brillantez me dijo que mi umbilicentro no podía ser reparado. ¿Cómo puedes arreglarlo? ¿Eres más grande que Creador?

Saub se rió. —Nadie es más grande que Creador. Tu umbilicentro no se puede arreglar, pero la brecha puede ser reparada.

—No veo cómo. Si Creador no puede arreglarlo, entonces nadie puede.

Saub me sonrió, pero no dijo nada.

—¿Por qué estás envejecido y arrugado? dije.

Saub se tocó la cara. —Mi tiempo aquí es breve. Mi vida está llegando a su final. Una polilla vive unos días y solo con un propósito, reproducirse, luego morir. También vivo para un propósito, que es cumplir el plan de Creador.

—¿Tienes una conexión con Creador?

—Sí, la tengo.

Si Saub estaba diciendo la verdad, entonces lo envidiaba.

—Mi conexión está destruida —le dije con remordimiento.

—Es por eso que estoy aquí, Amado.

—Extraño a Creador. La vida está vacía y sin sentido sin Ellos. Cazo, nado, jardineo, pero ninguna de esas actividades toca mi alma. Mi alma es como una cueva olvidada que nadie visita. Si puedes restaurar mi conexión, me reuniría de nuevo con Creador.

Saub me miró con una expresión seria. —Tu voluntariedad ha destruido tu conexión para siempre. No puede ser reparado, ni por mí ni por Creador.

La decepción oscureció mi esperanza. Agaché la cabeza.

—Amado —dijo.

Medio levanté los ojos.

—Tengo buenas noticias para ti. Te ofrezco una nueva conexión para reemplazar la destruida.

Mis ojos se ensancharon. —¿Es verdad? Dime. ¿Cómo puedo obtener una nueva conexión?

Capítulo 89

Revelación

—Debes retornar a la inocencia —dijo Saub—. A menos que te vuelvas puro como el primer día que fuiste creado, no puedes reunirte con Creador.

Mi emoción se desinfló al oír esto. —¿Cómo puedo volver a la inocencia? El conocimiento del bien y del mal me ha arruinado. No puedo desaprender lo que ya sé.

—Además, debes morir a tu voluntad —dijo Saub.

—Eso, también, es duro de decir. La voluntad gobierna mi vida, ahora que Creador se ha ido. Si muero a causa de ello, entonces no tendría nada.

—No tener nada es el objetivo. Le da al Creador un lugar vacío que llenar.

Estos requisitos inalcanzables me confundieron. Incluso si tuviera éxito en estas tareas, no tenía ninguna garantía de que Saub me daría una nueva conexión. Al pedir lo imposible, no tendría que cumplir su promesa, lo que sonaba como un plan de Illuminos.

—¿Cómo puedo saber que no eres Illuminos?

—La verdad habla por sí misma —dijo con una sonrisa que me hizo querer creerle.

Saub no negó que fuera Illuminos. Por otro lado, podría haberlo negado con una mentira fácil. ¿Trataba de confundirme a propósito?

Saub habló con paciencia. —Tú no me crees.

—Necesito algo más que palabras.

—Mi misión no es convencerte, sino llevar a cabo el plan de

Creador. El tiempo revelará la verdad. Ahora, cuéntame sobre tu relación pasada con Creador.

Consideré por dónde empezar, pero una tristeza asfixiante se apoderó de mí. Entonces me di cuenta de lo que Saub estaba haciendo. —No dejaré que me manipules.

Saub bajó la cabeza y suspiró. —Si me conocieras, no tendrías miedo. ¿Quieres conocerme?

—No. No confío en ti.

Me paré, y luego caminé cerca de la fogata, esperando a que Ardi regresara. Saub permaneció sentado en el tronco, mirando en diferentes direcciones como si estuviera viendo actividad a su alrededor, con la cabeza temblando al girar.

Ardi regresó con un saco de pescado. Miró a Saub con desconfianza, sin duda preguntándose si Saub me había influenciado.

—Gracias, Ardi —le dije. Me costó pensar en algo que decir para aliviar la tensión. —Si tú enciendes el fuego, yo preparé el pescado.

Sin decir una palabra, pero mirándome, Ardi levantó el saco y tiró el pez al suelo. Entonces comenzó a hacer un fuego. Recogí palos largos y empalé a los peces en ellos. Tan pronto como el fuego ardió, posicioné los palos para que el pez plateado flotara sobre las llamas.

Con un silencio incómodo, los tres observamos el pescado mientras se asaba. Ardi miró a Saub muchas veces, siempre volviendo a mirar al fuego. Rompió el silencio preguntándole a Saub: —Si realmente vienes de Creador . . . entonces pídeles que te digan mi verdadero nombre. Sólo Creador conoce mi nombre completo.

—Tu nombre es Eje de Luz Ardiente, Otorgador de la Misericordia del Eterno.

Los ojos de Ardi se abrieron más de lo que había visto.

Saub continuó. —Cambiaste tu nombre a Ardi durante la Gran Revuelta, cuando te rebelaste contra Creador junto con Illuminos. Como castigo por tu rebelión, Creador te desterró a este mundo. Después de que Amado fue separado de Creador, Illuminos te reclutó para que te hicieras amigo de Amado.

La boca deforme de Ardi se contrajo mostrando todos sus dientes. Se puso de pie, su cuerpo temblando, y gritó: —Tú mientes. . . . Mientes.

Ardi se volvió hacia mí y me dijo: —No toleraré . . . este demonio ya. Dile que se vaya . . . o de lo contrario me iré. . . . Tú decides.

Estudié a Saub, que se quedó sereno y que me miraba con una expresión suave. Sus manos apretaban el bastón de madera que apoyaba contra su pecho. Saub conocía la primera parte del nombre de Ardi, la parte que conocía. Si los otros detalles eran ciertos, entonces Ardi había mentido en una medida mucho mayor.

Le dije a Ardi: —No sé a quién ni qué creer en este momento. Tal vez deberías irte mientras yo soluciono esto. Puedes regresar después de que Saub parta mañana.

La boca de Ardi se abrió. Sus ojos se humedecieron. Entonces cerró su boca tan apretada que los bordes se volvieron blancos. Sin protestar, se volvió y brincó hacia el bosque, sacudiendo la cabeza. Antes de que pudiera cambiar de opinión, se había ido. Para entonces, me arrepentí de mi decisión.

—Eres inteligente. —Le dije a Saub—. Me hiciste hacer lo que Illuminos quería, para hacer que Ardi se fuera.

La boca de Saub formó una leve sonrisa. —Ardi no irá muy lejos. Está demasiado enfadado para mantenerse alejado.

—¿Te gusta molestar a los demás?

—Ardi está enojado porque he expuesto la verdad. Lo negó para mantener el engaño.

Capítulo 90

Reclutamiento

Hace muchas temporadas, Creador desterró a Ardi a este mundo por su rebelión. Ardi vagó por la tierra sin objetivo ni propósito. Los días se desvanecieron en largas noches que engendraron días más vacíos. Cuando llovía, se quedaba en campos abiertos como un animal tonto, permitiendo que la lluvia lo empapara. No buscaba refugio ni comodidad, sino que dejaba que los elementos lo golpearan como castigo por su difícil situación.

Mientras deambulaba por el bosque occidental, vio huellas que no reconocía. Estos animales caminaban sobre dos pies, y se preguntó si eran criaturas como él. Rastreó las huellas y se encontró con cuatro criaturas, tres de las cuales tenían alas. Desde una distancia segura, los observaba.

Ardi pronto se dio cuenta de que las tres criaturas aladas eran Creador. Rechinando sus dientes, se fue, pero al día siguiente regresó debido a la cuarta criatura. Quería entender qué era y por qué Creador le prestaba tanta atención. Usando un disfraz de ciervo, siguió a la cuarta criatura durante muchos días. Durante este tiempo, Creador casi nunca lo dejó fuera de Su vista.

Un día, la criatura fue a recoger moras, y una serpiente venenosa le mordió la mano. Mientras estaba inconsciente, Ardi lo examinó de cerca y se preguntaba por qué era tan especial. La criatura revivió, y Ardi se retiró al bosque para ver desde lejos como lo había hecho antes. Poco después, la criatura se encontró con un ángel, una esfera gigante llena de ojos.

El ángel vio a Ardi, todavía disfrazado de ciervo, y lo iluminó con uno de sus haces de luz. Después de eso, Ardi se mantuvo alejado por temor a ser detectado de nuevo.

Mucho tiempo después, mientras caminaba por el bosque al amanecer, Ardi oyó una voz que llamaba su nombre. Al dar la vuelta, vio una figura imponente, Illuminos, cuyo cabello se arremolinaba y ondeaba como si lo soplaran vientos invisibles.

—¿Por qué . . . me abandonaste? —Preguntó Ardi. —Me rendí . . . pensando que alguna vez . . . te vería nuevo.

—No soy tu sirviente. ¿Debo recordarte que es al revés?

—Me dejaste pudriéndome . . . en este planeta. —Ardi mantuvo los ojos bajos, pero apretó los puños.

—Odia a Creador, no a mí. Ellos son los que te desterraron aquí. No puedo deshacer tu castigo.

—Tú podrías ayudarme . . . de vez en cuando.

—¿No lo he hecho? Te di el huevo de piedra y las hojas Etreum para hacer tu miserable existencia más tolerable.

Ardi giró la cabeza hacia los lados para mirar hacia arriba a Illuminos. —Me quedé sin hojas hace años. Tú lo sabías . . . pero nunca regresaste.

Illuminos miró a la distancia y olió. —Te daré más hojas a cambio de una tarea.

—¿Qué uso podría tener yo para ti?

—Hasta ahora, ninguno en absoluto, pero puedes ser útil para mí en este momento. Quiero que te relaciones a un humano, el que habías estado siguiendo por un tiempo.

—¿Un humano? ¿Así se llama? Creador lo mantiene vigilado. No voy a ser capaz de acercarme.

—Esa situación ha cambiado —dijo Illuminos con una sonrisa auto-halagadora—. El ser humano se ha separado de Creador eligiendo la independencia. Quiero que le enseñes a sobrevivir en este lugar. Hazlo totalmente independiente, para que olvide su dependencia de Creador. ¿Quién más que tú es el más adecuado para esta tarea?

—¿Por qué te preocupas por el humano?

—Porque Creador todavía se preocupa por él. —Illuminos levantó su labio superior hacia sus aberturas nasales. —Tengo la intención de moldear a su amado en algo repugnante para ellos, un horror que les traerá angustia. Como primer paso, quiero que hagas que el humano sea adicto a fumar las hojas Etreum. Quiero que el humano deje de buscar a Creador. Las hojas borrarán el deseo de cualquier cosa real.

—¿Qué pasa si me quedo sin hojas . . . otra vez? Como una tortuga, Ardi metió la cabeza bajo sus pieles.

—Te mantendré abastecido.

—¿Suficiente para los dos? Ardi se asomó desde debajo de sus pieles.

—Sí.

—Entonces lo haré.

—Excelente. Volveré con las hojas y te mostraré dónde encontrar al humano. Puedes ayudarme a convertir al humano en una herramienta para herir a Creador.

Capítulo 91

Sacrificio

Cuando Saub me dijo que Ardi me había engañado, defendí a Ardi. —Ardi me lo ha contado todo. No tiene motivos para seguir mintiéndome.

Saub estaba sentado en un tronco junto a la fogata. —Sí, los tiene. Está mintiendo para que confíes más en él que en mí. Quiere protegerte de mí.

Estaba sentado en el suelo frente a Saub. —¿Por qué Ardi querría protegerme de ti?

—Cree que te perderá por mi culpa.

—¿Es eso cierto?

—Sí, pero no por la razón que él cree.

El reciente estallido de Ardi y la angustia de la salida me habían hecho perder la pista de los peces asados sobre el fuego. Los peces ennegrecidos estaban carbonizados a lo largo de los bordes, sus aletas quemadas.

—Déjame quitar los pescados del fuego—le dije—. Vamos a salvar lo que podamos.

Le ofrecí un palito de pescado a Saub quien lo examinó durante mucho tiempo. Luego sostuvo el pez empalado con una mano temblorosa y dijo: —Este pez simboliza mi cuerpo que de buen grado te ofrezco. A través de mi muerte, cambio lo que es mío por lo tuyo. Mi vida por tu vida. Mi conexión por tu conexión. Por mi muerte, la violación causada por la voluntariedad será reparada.

Sus palabras no tenían sentido, y dudé de que alguien tan desequilibrado pudiera ayudarme. Sin saber cómo responder, no dije nada, pero fingí una sonrisa.

Seguí recogiendo los trozos comestibles de carne de mi pescado quemado, arrepentido de haber despachado a Ardi. Aunque las manos de Saub eran inestables, logró eliminar la mayor parte de la carne del esqueleto del pescado.

Saub dijo: —Nunca tuve la oportunidad de agradecerle a Ardi por atrapar los peces y hacer el fuego. Ardi es un buen amigo para ti, una verdadera bendición.

—Tú dijiste que Ardi había sido reclutado por Illuminos. ¿Cómo puede ser eso una bendición?

—Creador puede transformar cualquier situación para llevar a cabo Sus propósitos. A pesar de las intenciones de Illuminos, Creador usó a Ardi para salvar tu vida, enseñarte las habilidades necesarias y darte compañía durante este tiempo de separación de Ellos. Creador puede transformar una situación destinada al mal añadiéndole Su propósito a ella, para que el bien pueda venir del mal para aquellos que confían en Creador.

—¿Así que Ardi no había mentido cuando dijo que fue enviado por Creador?

—En el esquema más grande, Creador se propuso que Ardi cuidara de ti. Ardi, sin saberlo, jugó un papel en el plan de Creador.

Saub despegó una sección de piel escamosa de otro pescado quemado y levantó la carne con sus dientes, sin prisas como un insecto contento mordisqueando una hoja.

Preocupado, saqué carne de mi segundo pescado. Creador había estado cuidando de mí todo el tiempo. Al igual que Ardi, estaba enceguecido, cegado porque no podía creer que alguien tan repulsivo y engañoso como Ardi pudiera ser utilizado por Creador.

Mi rutina normal era trabajar en mi jardín en ese momento, pero yo estaba reacio a dejar solo a Saub. —Necesito atender mi jardín —le dije mientras estaba de pie—. Te quedas aquí. Volveré más tarde.

La jardinería me daría tiempo para pensar.

—¿Puedo ir? —dijo Saub—. Me gustaría ver tu jardín.

—Dudo que puedas caminar tan lejos.

—Ahora que estoy descansado, creo que puedo hacer el viaje, pero tendremos que tomarlo con calma. —Saub extendió su mano para que yo la tomara.

Miré su mano y traté de pensar en una manera de rechazarlo. Habiendo fracasado en eso, tomé su mano y lo ayudé a levantarse, mientras que él usaba su bastón para levantarse con la otra mano.

Viajamos por el camino con pasos lentos y cortos. Con mi brazo derecho alrededor de su espalda, sostuve su parte superior del cuerpo, y con mi mano izquierda, sostuve su brazo izquierdo. Su bastón apoyaba su brazo derecho. Emparejándome a su marcha tipo perezoso, me movía simultáneamente con él, como dos escarabajos torpes unidos para el apareamiento.

—Cuéntame más sobre Creador —dije mientras caminábamos.

—Creador es como un elefante madre que tenía una cría. Amaba a su cría más que a nada. El elefantito quería jugar y explorar, a menudo corriendo hacia el bosque, sin entender lo peligroso que podría ser el mundo. Cada vez, la madre buscaba a su cría hasta que lo encontraba. Con su elefantito a su lado, estaba feliz de nuevo.

—Un día, el elefantito se fue y cayó en un río traicionero que lo arrastró río abajo. La cría sobrevivió aferrándose a un tronco que lo puso a salvo a una larga distancia río abajo. La madre buscó a su cría, sin detenerse a comer ni dormir hasta que la encontró. Cuando vio su ternero, estaba caminando al otro lado del río y gritándole a su madre.

—El elefante madre se afligió porque el río ancho y peligroso era imposible de cruzar. Ella se dijo a sí misma: 'No puedo soportar estar separada de mi amado elefantito. La única manera en que puedo estar con mi becerro es muriendo, porque entonces mi espíritu será liberado y podrá cruzar el río.

—Así que el elefante madre saltó al río y se rindió a su feroz corriente. Ella se estrelló contra las rocas y murió. Entonces su espíritu dejó su cuerpo y cruzó el río para estar con su amada cría para siempre.

—¿El elefantito sintió el espíritu de su madre después de cruzar el río? Dije.

—Sí. Su espíritu consoló al ternero. Y la cría sintió su amor.

—Estoy aislado de Creador. No siento nada de ellos.

—Eso es porque estás al otro lado del río que no se puede cruzar. Anhelan estar contigo de nuevo, Amado.

—Quiero estar con ellos, pero no sé cómo.

Saub se detuvo a mirarme a los ojos. —No se puede cruzar. Creador cruzará para estar contigo.

—¿Como el elefante madre?

—Sí.

—Pero es solo una historia.

—Es una historia que enseña cómo es Creador.

—Entonces, ¿Creador es como el elefante madre?

—Ambos están dispuestos a sacrificarlo todo por amor.

Capítulo 92

Posibilidades

Buscamos un lugar donde Saub pudiera descansar. Encontramos un lugar sombreado debajo de un pino en crecimiento cuyo grueso tronco se inclinaba en un ángulo agudo. Saub se sentó en una roca, y yo me senté en el suelo de agujas de pino, frente a él.

Le dije: —Me dijiste que necesitaba volver a la inocencia y morir a mi voluntad. Si no puedo hacer esas cosas, entonces nunca conseguiré una nueva conexión.

—Lo que es imposible para ti es posible para Creador. Reconocer tu impotencia es una apertura al poder de Creador. Pídele a Creador que te ayude.

Mi alma desesperada anhelaba estar con Creador. Cerré los ojos y dije: —Creador, quiero que me vuelvan a conectar contigo. Por favor, restaura mi inocencia. Permíteme morir a mi voluntad. Ayúdame a hacer lo que no puedo hacer yo mismo.

Creador no respondió, y mi alma permaneció vacía. Miré a Saub, preguntándome si no había dicho las palabras correctas.

—No te desesperes —dijo—. Creador te escuchó. Ellos responderán.

Reanudamos nuestro lento caminar hacia el lago. Una vez que encontramos nuestro ritmo, dije: —¿Cuándo obtengo mi nueva conexión?

—Debo morir antes de que eso pueda suceder —dijo Saub.

—¿Morir?

¿Saub me estaba engañando? ¿Cómo puede cumplir una promesa después de su muerte? Demasiados factores erosionaron mi esperanza. Tal vez Saub fue engañado, y me aferré a la misma ilusión porque quería creer.

Para mi sorpresa, regresamos al lago mucho antes de lo esperado. Al principio, pensé que no estaba prestando atención, pero estaba seguro de que no habíamos pasado ciertos puntos de referencia distintivos. De alguna manera, habíamos eludido esos marcadores. Desconcertado, miré hacia atrás para ver lo que podría haberme perdido. Cuando miré a Saub, estaba sonriendo.

—Tomamos un atajo —dijo—. A mi ritmo, el viaje habría tomado demasiado tiempo.

Saub nos había transportado al lago. Los humanos no tenían ese poder, lo que significaba que Saub había mentido sobre ser humano. ¿Qué más era una mentira?

Mientras Saub se mantenía inestable, agarrando su bastón con ambas manos, rellené mi calabaza itinerante con agua del lago. Almacené agua en una calabaza en forma de calabacín que amarré con una cuerda alrededor de mi cintura. A la cuerda también le adjunté una bolsa de piel de animal para llevar cosas. Cuando le entregué a Saub la calabaza, estaba mirando las ruinas de la torre demolida. Después de que terminó de beber, dijo: —El monumento conmemorativo todavía habla si uno le escucha. El camino de regreso al Creador es a través del quebrantamiento.

Le di a Saub un recorrido por mi jardín. Una de las lanzas de Ardi estaba inclinada dentro de la cerca del jardín. Ardi nunca abandonaría un arma.

Después, senté a Saub junto a la valla interior para que pudiera apoyarse en ella. Mientras miraba, regué mis plantas, haciendo muchos viajes al lago para llenar mi calabaza de jardinería y regresar a verter agua en los surcos. Saub nunca me quitó los ojos de encima como si estuviera haciendo algo de gran importancia. La excepción fue cuando ambos notamos un ratón corriendo de prisa a través de un surco para esconderse detrás de una hoja grande de melón.

Una de mis plantas de granada había muerto, así que saqué el arbusto marchito, lo tiré a un lado y continué regando. Saub se puso de pie, se dirigió hacia la planta muerta, la recogió y regresó a su asiento donde inspeccionó la planta. Curioso, me acerqué a Saub, esperando que dijera algo interesante.

La planta que Saub sostenía ahora tenía un nuevo brote. Dijo: —No todo lo que muere se deja a un lado para siempre. Se puede revivir si se le da un nuevo espíritu. Vuelve a poner esta planta en el suelo.

Miré la planta de granada con asombro. En medio de las hojas muertas, brotes verdes frondosos brotaban de cada ramita. Incluso cuando tomé la planta de Saub, se desplegaron más hojas nuevas. Lleno de asombro, regresé al lugar donde había sacado la planta y cavé un hoyo. Poniendo la planta en el hoyo, puse tierra alrededor de sus raíces y apreté la tierra. Luego le puse agua.

Cuando regresé a donde Saub estaba sentado, me dijo: —Renacerás cuando recibas un nuevo espíritu.

Ahora creía que Saub era mucho más de lo que podía entender. Mis ojos se llenaron de lágrimas. Me arrodillé y dije: —¿Cómo puedo conseguir un nuevo espíritu?

—Debes depositar tu alma en mí.

Un movimiento repentino estallido de estalló desde el jardín. Ardi saltó a la vista, agarró su lanza que se estaba apoyada contra la cerca, y la apuntó a Saub. El ratón que vimos no era un ratón. Ardi estaba desnudo, exponiendo marcas de quemaduras frescas.

Ardi fijó sus ojos en Saub y sostuvo su lanza firme. Con voz severa, dijo: —Amado . . . no escuches este fraude. ¿No puedes ver . . . que te están engañando otra vez? Si le das tu alma a Illuminos . . . él será tu dueño . . . para siempre.

Capítulo 93

Choque

—Cálmate, Ardi, —dije—. No le he dado mi alma a nadie.

—No lo hagas. Nunca lo hagas —dijo Ardi—. Saub se debe ir. Con la punta de la lanza puyó a Saub quien permaneció sereno.

Le dije a Saub: —Deberías irte antes de que Ardi te haga daño. Es un cazador experto.

—Estoy al tanto de la habilidad de Ardi —dijo Saub. Esforzándose, se puso de pie poniendo una mano sobre la otra sobre su bastón. Avanzó hacia Ardi, quien mantuvo ambas manos sobre su lanza bien dirigida. Con un dedo torcido, Saub tocó la punta de la lanza. —Si vas a usar esto, hazlo ahora.

Ardi sumergió la lanza en el pecho de Saub. Saub levantó la cabeza y gritó. Un instante más tarde, Ardi empujó la lanza más profundamente hasta que la punta traspasó la espalda de Saub. El cuerpo de Saub se estremeció.

Ardi soltó la lanza, y Saub cayó al suelo a un lado de la cerca. Saub se acurrucó de lado como una hoja frágil y seca. La sangre se escurría por donde había entrado y salido la lanza.

Me quedé indefenso mientras Saub se quejaba de dolor.

Saub jadeó: —Amado, ven aquí.

De bruces, coloqué mi oreja junto a la boca de Saub.

—Agarra mi mano —susurró Saub.

Tomé la mano de Saub en la mía. Los espasmos viajaron a lo largo de su cuerpo.

—Tu albedrío —dijo Saub—. Dámelo, ahora.

—¿Cómo?

—Eligiendo.

Dudé, entonces dije, —Te doy mi albedrío.

En ese momento, Saub gritó de agonía como si una lanza más potente lo hubiera perforado. Todo su cuerpo convulsionó, soltando mi mano. Se agarró al suelo, luego apretó fuertemente los puños que estaban llenos de tierra. Las lágrimas brotaban de sus ojos. Sus pupilas se desplegaron fuera de la vista. Su respiración era rápida y laboriosa y a borbotes.

Ver a Saub sufrir me sobresaltó. Todos los animales que Ardi había ensartado con la lanza murieron en unos momentos, pero no Saub.

—Haz algo, Ardi —grité.

Ardi estaba congelado en una mirada que ignoraba tanto a Saub como a mí. Estaba con la boca abierta y la mirada fija en algo detrás de mí.

Me giré en la dirección opuesta y vi a Illuminos de pie detrás de la cerca del jardín. Él observaba la angustia de Saub con atención enfocada. Sus manos descansaban una sobre la otra en un hueso largo, vertical y amarillento.

—Te has desempeñado bien, Ardi —gritó Illuminos sin expresión—. Mejor de lo que esperaba de un demonio sin valor.

Su pelo negro se movía como plantas submarinas balanceándose en una corriente suave.

—Yo no lo hice por ti . . . Lo hice por Amado —dijo Ardi. Se agachó en una postura defensiva, pero levantó la cabeza para hacer contacto visual con Illuminos—. Cuando me negué . . .a llevar a cabo tu plan contra Amado . . . me imaginé que enviarías a alguien más . . . para hacer lo que yo no haría. Tuve que proteger a Amado . . . de esta criatura tuya.

Illuminos se rió. —¿Mi criatura? Esta detestable babosa que se desliza por el suelo vino de Creador, no de mí. Este experimento repugnante fue diseñado por Ellos para alterar las leyes inquebrantables del universo. Hiciste lo correcto al detener a este monstruo.

Saub gritó. —Creador, ¿dónde estás? No me dejes solo.

Illuminos miró a Saub y amartilló su cabeza. Le dijo a Ardi,
—Termina con él.

—No. —Dijo Ardi—. Si es de Creador. . . .

—Saub se está muriendoc—le dije—. ¿Nadie puede ayudar?

—Yo ayudaré —dijo Illuminos.

Illuminos marchó por detrás de la cerca y se detuvo justo frente al cuerpo atravesado de Saub que yacía acurrucado sobre la tierra manchada de sangre. Levantó su largo hueso amarillento sobre la cerca y lo bajó derecho sobre un lado de la cabeza de Saub. Luego, con ambas manos, presionó el hueso contra el cráneo de Saub hasta que escuché que se quebraba.

El cuerpo de Saub desfalleció.

Illuminos pasó el hueso a su lado de la cerca y dijo: —Algunos insectos merecen ser aplastados.

Luego se volvió y se alejó, golpeando el suelo con su hueso mientras la tierra comenzaba a cubrir lo que estaba ensangrentado. Aturdido, observé cómo él desaparecía entre los árboles.

Capítulo 94

Pérdida

Miré el cuerpo sin vida de Saub, incapaz de comprender la razón de su muerte. A diferencia de Creador después del ataque del tigre, Saub no volvería. Nunca cumpliría sus promesas.

Ardi permanecía boquiabierto viendo el cadáver. Cuando me vio mirándolo, bajó la vista y dijo: —Debes odiarme . . . más que nunca.

—Saub iba a reconectarme con Creador. Arruinaste todas mis posibilidades.

Ardi movió la cabeza de lado a lado. —¿Qué puedo decir? . . . Lo siento . . . Estaba convencido de que Saub venía de Illuminos. ¿Cómo pude haber sabido . . . que fue enviado por Creador?

—¿Sabía Saub tu nombre completo?

—Sí. . . . Pero asumí que lo aprendió . . . a través de medios retorcidos. Yo estaba convencido . . . así que no pude creer nada diferente.

Sacudí la cabeza ante la locura que había llevado a la muerte de Saub y que me quitó mi futuro con Creador. Expulsé un fuerte suspiro a través de los dientes apretados. Mirando el cuerpo de Saub, dije, —Tenemos que mover el cuerpo.

—Deberíamos quemarlo —dijo Ardi.

La sugerencia me repugnó. Saub no era un animal cazado para ser asado después de matarlo. Pero la idea de que las criaturas del bosque se alimentasen alimentan de su cuerpo me perturbaba más. Quemar su cuerpo era lo correcto.

—Dame tus piedras de fuego —le dije a Ardi.

—Voy a hacer el fuego.

—No. Ya has hecho suficiente—le dije con voz áspera—. Voy a hacerlo yo. Dame tus piedras.

Ardi dio un paso atrás. —Son mis piedras.

—No me importa. Dámelas.

Me miró mientras su pecho se expandía y contraía con cada respiración amplificada.

Me quedé mirándolo también.

—No las tengo . . . conmigo. —Ardi aún estaba desnudo—. Las conseguiré —dijo con resignación. Salió del jardín y regresó con su montón de pieles. Después de pararse frente a mí, sostuvo las dos piedras de fuego, esperando con la cabeza agachada hasta que las tomé. No me miró.

Después de colocar las piedras en mi bolsa de la cintura, me incliné y quité la lanza del cuerpo de Saub. Luego doblé su cuerpo y lo recogí. No estaba pesado, solo era huesos envueltos en piel suelta. Su alma había partido de su frágil cuerpo, dejándolo una cáscara vacía.

Llevé su cuerpo a la torre demolida y lo puse encima de la pila de madera astillada. Reuní yesca y la coloqué alrededor del cuerpo. Ardi estaba a distancia, mirando. Usando las piedras, prendí fuego a la yesca y me aparté. Pronto, la madera y el cuerpo de Saub quedaron envueltos en llamas.

Vi el fuego consumir el cuerpo de Saub y me pregunté qué pensaba Creador sobre todo esto. ¿Sabían que Saub sería asesinado? ¿Que Saub no completaría su misión? ¿Tenía Creador un plan de respaldo para reconectarme?

Ardi se paró a mi lado y juntos nos quedamos mirando las llamas. Quería que Ardi supiera cuánto me había decepcionado, cómo había destruido mi esperanza de reunirme con Creador, pero no tenía palabras para expresar la profundidad de mi pérdida.

—¿Te reclutó Illuminos? Dije, mirando al fuego.

—No me hagas responder a eso.

—Lo acabas de hacer.

—¿Qué? . . . Ehh. . . . Tienes que entend. . . .

—Mentiste. —Mi voz era fuerte y acusante. Me volví para que Ardi viera la ira en mis ojos—. Has estado mintiendo desde el principio.

—Serví a Illuminos . . . al principio. Pero me detuve . . . cuando te convertiste en mi amigo.

—Me lo hubieras dicho.

—¿Qué de bueno habría hecho eso?

—Yo seguiría siento tu amigo. Estoy harto de tus mentiras. Quiero que te vayas.

—¿Qué?

—¿Recuerdas nuestro acuerdo? Accediste a irte cuando yo decidiera que te deberías ir.

Ardi abrió la boca y luego la cerró.

Estudió mi cara, esperando un cambio de expresión, pero no dejé entrever nada más que una mirada dura. Cuando se dio cuenta de que no iba a cambiar de opinión, dijo con vacilación: —¿Mis piedras?

—Sólo vete.

Ardi agachó la mirada y se marchó, arrastrando los pies.

Me quedé junto al fuego hasta que se apagó. Para entonces, el cielo brillaba anaranjado como brasas. Saub se había ido, junto con mi esperanza. Ardi se había ido, junto con mi confianza. Todo se había convertido en cenizas.

Capítulo 95

Sociedad

A la mañana siguiente, me senté junto a la fogata frente a mi refugio, mirando el lugar donde Ardi siempre se había sentado. Una voz me sorprendió. —Todavía tienes un futuro.

Me di la vuelta y vi a Illuminos, que estaba parado con ambas manos sobre un bastón de obsidiana retorcido. Su cabello se arremolinaba como un enjambre de moscas negras. Hundió la cabeza como asintiendo con sutileza lo cual hizo que una onda viajara a lo largo de las hebras de su pelo largo.

No soportaba saludarlo. No respondí en absoluto.

—Ahora que Ardi se ha ido —dijo Illuminos—, estás solo. Un verdadero independiente, por fin. He venido a invitarte a una reunión de la Sociedad de Independientes esta noche.

—¿Por qué debería ir?

—Para conocer a otros como tú.

—No hay otros como yo, ahora que Saub está muerto.

—Me refería a otros independientes. Ya conoces la ubicación. El árbol de la muerte. Ven esta noche cuando el sol se esté poniendo.

Me di la vuelta y dije, —Lo pensaré.

—Soy el único que queda que tiene algo que ofrecerte.

Cuando miré hacia atrás, se había desvanecido, dejando un área de acedera muerta donde se había parado.

Curioso y sin tener nada que perder, me propuse visitar el árbol de la muerte más tarde ese día. Antes de la puesta del sol, llegué al amplio círculo de arcilla dura, un claro sin características excepto por el árbol gigante en su centro. El enorme tronco con forma de nudo se retorcía en una espiral ascendente. A mitad del árbol, entre sus enormes ramas, había una plataforma azul índigo en forma de círculo perfecto. Este disco horizontal era tan grueso como mi brazo, de dos pasos de diámetro, y plano como la superficie de un estanque sin perturbaciones. Su superficie lisa, azul profundo brillaba como si estuviera húmeda.

A diferencia de la última vez, el árbol no tenía hojas, lo que lo hacía parecer más muerto y sombrío que antes, sus extremidades se asemejaban a dedos huesudos. Esta vez, el árbol ya no era negro como la medianoche. Podía distinguir la textura de color carbón de su gruesa corteza. Caminando más cerca para inspeccionar su tronco, vi el tajo donde había golpeado el tronco con mis dedos en mi visita anterior.

Tanto el árbol como yo fuimos separados de Creador. Tal vez ahora podría ver la textura del árbol porque compartimos el mismo estado. Para cualquiera que aún estuviera conectado con Creador, supuse que yo le parecía negro puro como el árbol cuando lo vi por primera vez.

—¿Te gusta mi plataforma elevada? —La voz de Illuminos se escuchó detrás de mí—. Es uno de mis tronos terrestres.

Me di la vuelta para ver a Illuminos mirando a la plataforma. —Es muy brillante—le dije. —¿De qué está hecha?

—Se llama lapislázuli. Una piedra real utilizada para tronos.

Illuminos me volvió la mirada. —Los miembros llegarán pronto. Te pedí que vinieras temprano para poder instruirte. Toma este saco y da a cada asistente una hoja de adentro cuando te diga que lo hagas. —Me entregó un saco blanco, y lo tomé—. ¿Puedes entender lo que estoy pidiendo o necesito explicarlo en términos más simples?

—Entiendo —le dije, sintiendo un dolor de miedo por la noche. El saco profundo y estrecho fue tejido a partir de filamentos finos que se asemejaban al pelo largo y blanco de Saub. Su forma me recordaba a los nidos de pájaros que colgaban de ramas como frutos largos. Mirando hacia el saco, vi formas oscuras retorciéndose en la parte inferior.

—Quédate aquí —dijo Illuminos—. Subiré a mi trono antes de que todos lleguen.

Illuminos se alejó del tronco. Su mano derecha agarró un bastón transparente, un cristal largo de seis lados. Se detuvo y se dio la vuelta para ponerse de frente al árbol, que bajó una de sus enormes ramas al suelo. Se subió a la rama, luego caminó toda su longitud hasta la plataforma circular. Una vez que se paró en el disco brillante, el árbol levantó su rama a su posición original.

Las criaturas comenzaron a materializarse a través del claro estéril, una por una. La mayoría eran más altas que yo. Algunas tenían alas. Una tenía tres pares de alas. Algunas brillaban como la luna. Unas pocas flotaban sobre el suelo como Brillantez, arrastrando apéndices que no podía identificar. Eran lisas, emplumadas o peludas, de todos los colores y patrones. Todas las cabezas voltearon hacia arriba, hacia Illuminos, que estaba sobre la plataforma de lapislázuli disfrutando de la atención. Su bastón de cristal reflejaba las nubes espigadas, rojo-naranja en el cielo que estaba oscureciendo.

Las criaturas no se reconocían, pero fijaron su mirada en Illuminos. Sus cuerpos se desplazaban y se balanceaban de una manera inquieta e impaciente.

Una criatura cercana con extremidades alargadas se fijó en mí. Me miró con sus ojos marrones, enormes y redondos como ojos de loris. —¿Qué es esto?, —Dijo—. ¿Un mono sin pelo? ¿Es la mascota de alguien? La criatura se acercó y me pellizcó.

Le empujé la mano.

Otra criatura se acercó. —Sea lo que sea, es feo.

Esa criatura tenía seis brazos y un anillo de ojos brillantes y azules que rodeaban su cabeza. Se acercó a mí con una mano de seis dedos.

—No acosen al humano —dijo Illuminos desde la plataforma de arriba—. Es mi invitado.

Todas las criaturas alargaron los pescuezos para mirarme.

Una voz de la multitud dijo: —¿Por qué invitaste a esa cosa aquí? No es uno de nosotros.

—Eso es cierto, pero es un independiente —dijo Illuminos—. Nuestras reglas no exigen que los miembros sean ángeles o glorias.

Otra voz dijo: —No ha jurado su lealtad. Debe cumplir ese requisito para convertirse en miembro.

—Le daré la oportunidad esta noche —dijo Illuminos—. Deja que se quede hasta entonces. Ahora, comencemos la ceremonia.

Levantó en alto su bastón. —Todos ustedes han elegido la independencia. Por voluntad propia son ustedes miembros de esta sociedad y están de acuerdo con sus reglas. Como recompensa por su lealtad, les ofrezco la exaltación, el poder de gobernar sobre sus propios dominios. Vengan, muestren su lealtad y reciban lo que les corresponde.

El árbol gigante se desplomó como si se inclinara ante la multitud. Dos enormes ramas bajaron al suelo, una a cada lado de la margarita lapislázuli.

Me vi transportado hasta el final de la rama derecha. Algo presionaba mi mente, como una espada opaca en cuero. Una vez que penetró, me sentí mareado y nauseabundo, y oí a Illuminos hablar dentro de mi mente. —Quédate ahí y entrega una sola hoja Etreum a cada miembro que pase por aquí.

Las criaturas formaron una línea frente a la rama izquierda. Una a una, cada criatura ascendió al árbol para estar delante de Illuminos. Cada uno, a su vez, lamió el nódulo graso y amarillo en el pecho de Illuminos. Ver el espectáculo me indispuso. Después de dar reverencia, cada criatura bajó caminando por la rama derecha. Al pasar por mí, entregué a cada uno una hoja del saco blanco. Ninguno de ellos me miraba, pero me arrebataban la hoja de la mano con disgusto.

Las criaturas se metieron las hojas en la boca. Después, entraron en trance. Ajenos a su entorno, se toparon entre sí hasta que se extendieron por el claro, algunos sentados, algunos esparcidos, todos ellos en un aturdimiento semiconsciente.

Después de que todas las criaturas habían sido servidas, Illuminos caminó por la rama derecha hasta mi ubicación y se detuvo a mirarme. Me quitó el saco.

—¿Me puedes dar una hoja a mí también? —Pregunté, recordando sus efectos.

—Sólo si demuestras tu lealtad.

Miré el desagradable nódulo amarillo y me pregunté qué precio tendría que pagar por haberlo lamido.

Capítulo 96

Costo

—No estoy listo para mostrar mi lealtad —le dije.

—Déjame adivinar. Tienes que pensarlo —dijo Illuminos—. Vete.

Agitó las manos como si empujara una mosca. —No regreses a menos que estés dispuesto a demostrar tu lealtad. De lo contrario, voy a dejar que esta multitud te destroce.

De camino a casa, el cielo se puso de un índigo profundo, del mismo color que la plataforma de Illuminos. Las salpicaduras de nubes negras cubrieron las primeras estrellas. Esperaba hacer un amigo esta noche, pero nadie parecía interesado en la amistad. Su único interés era conseguir hojas de Etreum que, como aprendí esta noche, provenía del árbol de la muerte. Otro de los secretos de Ardi. ¿Me mintió sobre la falta de hojas porque quería conservarlas para sí mismo? ¿Por qué no las escondió todo el tiempo? ¿Fue la amistad la razón por la que las compartió o la razón para retenerlas pensando que eran perjudiciales para mí?

Si fumar las hojas proporciona un escape de mis sentimientos dolorosos, entonces comer una hoja cruda debe traer una mayor liberación. Quería probar una y averiguarlo, incluso si significaba lamer el nódulo de Illuminos.

Al día siguiente, llegué al árbol de la muerte antes de la puesta del sol y esperé a Illuminos. Estudié la herida hecha por mis dedos en el tronco del árbol. Cada dedo había cortado una ranura en el tronco, exponiendo la madera debajo de la corteza. Ahora, cuando lo toqué, la corteza de color carbón se sentía firme y áspera.

Illuminos apareció a mi lado. Su mano derecha agarró la parte superior de una forma larga y cónica que se asemejaba a un colmillo animal. La punta del colmillo blanqueado atravesaba el suelo duro.

—¿Buscando placer o dolor? Dijo Illuminos. Su rostro sin expresión confirmó que no tenía ningún respeto por mí.

—He venido a mostrar mi lealtad y obtener una hoja.

—Sabia elección, pequeño renacuajo.

Illuminos esperó mi acto de lealtad.

Me acerqué más cerca del nódulo que estaba a la altura de mi barbilla. Su color amarillo era desigual como un hongo podrido. Extendí la lengua, cerré los ojos y empujé la cabeza hacia adelante hasta que mi lengua la tocó. Sabía amargo como moho.

—Has demostrado tu lealtad —dijo Illuminos—. Ahora, puedes tener tu golosina.

Esta vez no tenía un saco de hojas. Se acercó a una rama baja, agarró el aire de la tarde, y tiró de la rama. Cuando bajó la mano y abrió el puño, una hoja se retorció en la palma de su mano.

Tan pronto como le quité la hoja de la mano, se fue. Me apresuré a irme antes de que pudiera asignarme alguna tarea desagradable y antes de que aparecieran los Independientes para acosarme. Corrí a casa, ansioso por descubrir el poder de la hoja. Mantuve la hoja apretada para que no se escapara entre mis dedos.

Me senté en mi cama en la oscuridad. Con aprensión y emoción, metí la hoja en mi boca. Chocó contra mi lengua y el techo de mi boca. Traté de masticarla, pero la hoja era dura como las hojas externas de una alcachofa. El morderla liberó un sutil sabor agrio. Entonces, antes de que pudiera detenerla, la hoja se deslizó hacia la parte posterior de mi boca y por mi garganta. Se retorció dentro de mi garganta, y tuve que tragar dos veces para ayudarle a bajar.

Esperé a sentir algo en mi estómago y me pregunté si la hoja intentaría arrastrarse por mi garganta. No pasó nada físico, pero mi conciencia comenzó a cambiar. Me expandí más allá de mi cuerpo, mi refugio, mi mundo, y lo dejé todo atrás mientras flotaba en un espacio infinito. Mi conciencia llenó este reino ilimitado. Mis pensamientos generaron ráfagas de luz que brillaban como un relámpago dentro del vacío. Mientras me centraba en las luces, se unieron y se solidificaron en formas. Vi una manada de gacelas saltando a través de un amplio prado. Los bordes del prado se desvanecían en el vacío al igual que las gacelas después de cruzar el campo.

Cuando pensé en los Maestros, aparecieron alas unidas, dentro de la escena. Dijeron: —Tú eres más grande que Nosotros, porque nos has creado. Esperamos tus órdenes.

—Desplúmense el uno al otro —les dije.

Tiraron de las grandes plumas de las alas uno del otro hasta que sus alas estuvieron destrozadas.

—Deténgase —dije, y se detuvieron. Plumas marrones estaban esparcidas por el suelo.

Invité a Ardi a la escena. —Castiguen a Ardi —ordené a los maestros.

Rascaban y arañaban a Ardi, pelando sus pieles una por una hasta que rasparon su carne desnuda. La última piel en salir de su cuerpo fue su propia piel con cicatrices.

A continuación, llamé a Illuminos y lo hice pequeño como un sapo. Lo obligué a bailar alrededor del árbol de la muerte hasta que se agotó y suplicó parar. Luego lo coloqué encima de la plataforma circular y le dije al árbol que levantara sus ramas para aplastarlo hasta que no quedase nada.

Creé mundos enteros y los llené de criaturas de mi creación, instruyéndolos a cumplir mis órdenes. Después de un lapso de tiempo sin medida, mis creaciones comenzaron a perder sustancia, desvaneciéndose a medida que mi conciencia se redujo a mi diminuto cuerpo.

Abrí los ojos y me encontré sentado en mi cama. La luz se traspasaba entre las ramas horizontales del muro de mi refugio. Me dolía el cuerpo de agotamiento y dolor punzante. Al examinar mi cuerpo, vi docenas de arañazos enrojecidos en mis piernas.

Rasguños y ronchas largas también cubrían mi torso y brazos. En algunos lugares, la piel estaba rota y sangrando. Me alarmó ver sangre en mis uñas. ¿Me había hecho esto a mí mismo?

Cuando toqué un punto doloroso en mi cabeza, me punzó. Me estremecí. El lugar estaba húmedo. Miré la humedad en mis dedos y vi sangre fresca. Cuando me concentré más allá de mis dedos, descubrí que mi cama estaba llena de grumos de mi propio cabello.

Capítulo 97

Quebrantamiento

Mi automutilación me aterrorizó. Recordé las hojas negras que se arrastraban hacia el árbol de la muerte para consumirlo en un ciclo perpetuo de autodestrucción. Tragar la hoja me había hecho infligir esa misma destrucción sobre mí mismo. Al despertar se había desatado la pesadilla. Me prometí a mí mismo que nunca volvería a comer una hoja Etreum.

La cama de plumas debajo de mí se sentía mojada. Descubrí que había orinado durante mi trance o lo que fuera. Buscando escapar de la humedad, me paré y casi me desmayé del hambre intensa. Alcancé la pared más cercana de la cueva y me estabilicé. Rebuscando en mi refugio, devoré cualquier comida que encontré, pero mi hambre se mantuvo. ¿Cuántos días habían pasado después de haber tragado la hoja? ¿Por qué me sentía tan cansado?

Me deshice de mi cama sucia. Después, viajé a mi jardín para conseguir más comida. El agotamiento total me frenaba mientras me tambaleaba a lo largo del camino. Mis heridas dolían y seguía mirando mis brazos y piernas, cada vez más molesto con cada mirada. Cuando llegué a mi jardín, me atiborré un melón entero.

Incapaz de permanecer despierto, me acosté junto a la valla, ansiaba un sueño reparador.

Cuando desperté, me arriesgué a mirar mi reflejo en la superficie del lago. Los arañazos enrojecidos cruzaban mi cuerpo. Lo más horrible era mi cabeza desplumada de la que brotaban unos mechones feos de pelo. Donde me había arrancado el pelo, veía mi cuero cabelludo ensangrentado. La aparición fue horrible. Mi reflejo me recordó al cuerpo de Ardi, marcado por su propia automutilación.

Me bañé en el lago para lavar la sangre. El agua hizo que me picaran las heridas. Las lágrimas me llenaron los ojos, no por mis cortes, sino de la vergüenza.

Después de salir del lago, me senté en la orilla y sollocé. No tenía futuro que me animase. Ni amigos. Ni sentido. Ni paz. Mis rasguños y heridas reflejaban mi alma lacerada que no tenía voluntad de cojear hacia adelante. Me dolía dentro como si algo vital se hubiera roto.

Lleno de dolor por mis repetidas malas decisiones, hablé desde la oscuridad de mi alma. —Creador, estoy perdido. Por favor, encuéntrame. Por favor . . . —irrumpí en más sollozos—. Me siento mal por haber elegido la independencia, por sacarte de mi vida. Ayúdame a vivir por ti otra vez. Ya no quiero mi vida. No quiero nada más que a ti. Por favor, rescátame. Sé que no merezco tu ayuda, pero confío en Tu amor. . . .

Lloré porque mi corazón estaba roto sobre mi esterilidad de alma. No me quedaba nada. Sentado en la orilla del lago, lloré y lloré hasta que me gasté.

En ese momento, el sol colgaba bajo en el cielo nublado. Vi las ondas viajar a través del lago mientras la brisa las obligaba a formarse. Sin Creador, yo no era nada, sólo una onda impulsada por la brisa, impulsada por las circunstancias. ¿Mis acciones importaban en absoluto? ¿Algo importaba? En ese momento de apatía y resignación, decidí castigar a Illuminos por arruinar mi vida.

Regresé a casa, até mi portador de armas a mi espalda, y llené sus bolsillos con cuchillos y lanzas. Agarrando una lanza en mi mano, corrí hacia el árbol de la muerte. No sabía si podía matar a Illuminos, pero tenía la intención de tratar.

Llegué al árbol antes que nadie. Buscando un lugar para esconderme, encontré un árbol grande y retorcido que crecía cerca del borde del claro circular. Mirando lejos del claro, apreté la espalda contra el árbol y esperé y escuché. Mi corazón latió. Mis tensos músculos temblaban. Mantuve un tenso apretón en la lanza en mi mano, esperando no perder mi objetivo cuando llegara el momento de lanzarla.

Illuminos apareció de repente frente a mí, sorprendiéndome. Me arrancó la lanza con la mano derecha y me inmovilizó contra el árbol con la izquierda. No podía coger ninguna de mis armas porque estaban atrapadas entre mi espalda y el árbol. Sus asas se me clavaron en las costillas.

Él entrecerró los ojos y acercó su cara a la mía, tan cerca que vi sus aberturas nasales vibrar con cada respiración. —Eres un tonto al pensar que puedes hacerme daño. Olvidas quién soy. Soy la estrella más brillante del universo, el señor de la luz y la oscuridad, temible destructor. . . . —Miró hacia arriba y hacia abajo mi cuerpo desfigurado y sacudió la cabeza con disgusto. —Que lamentable. Es hora de sacarte de tu miseria.

Capítulo 98

Sometimiento

El nódulo de Illuminos brillaba con una sustancia aceitosa que rezumaba. Un aroma picante me dominó. Casi saboreo el aceite amargo otra vez. Me resultó difícil enfocar los ojos o concentrarme. Mi boca se secó, mis rodillas se debilitaron, todo mi cuerpo anhelaba la secreción aceitosa. Todos los nervios se dolían por el seductor líquido. Me dañé los músculos del cuello y la lengua al tratar de alcanzar el nódulo, pero Illuminos mantuvo su mano contra mi pecho, sujetándome a un brazo de distancia, aplastándome contra el árbol. Incluso traté de alcanzarlo con mis manos para poder lamerme los dedos, pero él dio un paso atrás, manteniendo su pecho más allá del alcance.

—Mi aceite fluye dentro de ti —dijo—. Te somete a mí.

Sus palabras estaban muy lejos, borrosas y débiles como si estuviera bajo el agua. Mis pensamientos eran tan distantes y brumosos como sus palabras. Continuó hablando, y sentí que mi cuerpo obedecía sus órdenes habladas. Mi cuerpo ya no estaba bajo mi control.

Cuando la niebla mental se despejó, pude rastrear mis pensamientos de nuevo. Mi cuerpo volvió a mí, y pude sentir de nuevo la mano de Illuminos presionada contra mi pecho. Mis manos se habían movido. No miraba hacia abajo, pero las sentí ahora agarrando una asta de madera frente a mi estómago.

Los ojos color granada de Illuminos me miraron a la cara con odio desenmascarado. Cada mechón de su cabello apuntaba a mí como un aguijón. —Tu obra auto infligida necesita un toque final —dijo, burlándose—. Primero pensé que lo apropiado era que te hicieras la siguiente herida tu solo, pero lo disfrutaría más si yo te apuñalo.

Sentí un golpe en mi estómago. Al bajar la vista, , vi que yo mismo me hería la piel con la punta de mi lanza que sostenía en las manos.

—Déjame ayudarte —dijo Illuminos—, como ayudé a Saub.

Empujó el extremo de la lanza con un dedo. La lanza me perforó la piel y sacó sangre.

—¡Detente! —gritó una voz. Brillantes rayos de luz alumbraron a Illuminos desde la dirección del claro. Los rayos iluminaron su rostro sorprendido contra el cielo que oscurecía.

—Creador me ha enviado para rescatarte, Amado —dijo Brillantez. Mi espalda aún estaba presionada contra el árbol, así que no podía verla.

Illuminos agarró mi lanza y la tiró. En ese mismo momento, salté y corrí hacia la luz. La lanza perforó uno de los ojos de Brillantez y desactivó el rayo de luz.

De repente, docenas de Independientes aparecieron y revolotearon alrededor de la esfera. Me detuve y los vi golpear con sus manos o armas los ojos de Brillantez. Unos momentos más tarde, le habían cegado todos los ojos. Brillantez estaba indefensa como un insecto cuyas piernas habían sido arrancadas. No daba luz.

Illuminos y los Independientes se rieron y aplaudieron. Algunos de ellos se turnaron para patear y empujar la esfera, haciendo que Brillantez rodara como un juguete gigante.

Una criatura con alas blancas y emplumadas dijo: —¡Cuidado! Creador ha enviado a Brillantez para aplastarte.

Entonces la criatura empujó a Brillantez entre la multitud, haciendo que se quitaran del camino, riendo.

Me quedé paralizado, incapaz de ayudar. Tenía armas, pero estaba muy superado en número.

Otra criatura, un gigante con cuatro brazos, recuperó el orbe y lo levantó sobre su cabeza. —Por tu rebelión, Creador te arroja a este planeta—rugió. Arrojó a Brillantez en el aire. La multitud esquivó la esfera, ya que aterrizó con un fuerte chasquido. La esfera rodó en la dirección de Illuminos y él le salió al paso para detenerla.

—Renacuajo —dijo Illuminos, volviéndose hacia mí—. Tengo una tarea para ti. Ve a buscar un gran agujero y deja caer este excremento repugnante en él.

Consentí porque quería evitar a Brillantez cualquier otra lesión o humillación. De esta manera, podría ponerla a salvo. Con todos los ojos fijos en mí, caminé hacia Brillantez y puse mis manos sobre la esfera. Brillantez estaba húmeda por sus heridas. Empujando a Brillantez a través del terreno duro, los mirones se reunieron a nuestro alrededor y se burlaban. La esfera era tan alta como yo, así que no podía ver hacia delante.

—Mira eso —dijo alguien—. Parece lo que se escupe después de masticar algo indigerible.

Le siguieron las risas.

No sabía si se referían a Brillantez o a mí.

—Un pedazo horrible de cartílago —alguien siseó para provocar más risas.

Seguí empujando a Brillantez mientras la multitud burlona se apartaba para dejarnos pasar. Entonces alguien delante de mí bloqueó la esfera, impidiéndome seguir adelante. No sabía qué hacer. Más que nada, quería escapar del claro y llevarme a Brillantez conmigo.

Miré hacia atrás a Illuminos, esperando que le dijera al bromista que me concediera pasaje. Pero él tampoco podía ver quién estaba detrás de la esfera. Se puso de pie con los brazos cruzados, viendo el espectáculo, sin decir nada.

Algunos independientes jadearon.

Me volví hacia el sonido.

Detrás de la esfera salió Saub.

Capítulo 99

Rescate

Saub ya no se veía frágil ni arrugado, sino vibrante y fuerte, su cabello aún era largo y blanco.

—Te maté —dijo Illuminos, retrocediendo.

—Lo hiciste —dijo Saub, pero nunca tuve la intención de quedarme muerto. He vuelto para hacer bien las cosas.

Saub puso sus manos sobre Brillantez y dijo: —Te doy más que una gota de gloria, mi fiel siervo.

El orbe brillaba. Los ojos de Brillantez fueron restaurados de inmediato. Se abrieron, lanzando rayos de luz tan intensos que toda la escena se volvió brillante como el mediodía. Los Independientes gritaron. Los rayos de Brillantez brillaban y se enrollaban alrededor de los independientes cercanos, atrapándolos dentro de los blancos brazos como tentáculos. Algunos Independientes desaparecieron y escaparon junto con Illuminos.

—Llévatelos, Brillantez —dijo Saub—. Tú sabes qué hacer con ellos.

—Sí, Creador —dijo Brillantez. Desapareció con los Independientes capturados.

Saub y yo estábamos solos en el claro, ahora silencioso y oscuro bajo el cielo de cobalto.

—¿Creador? Dije, perplejo.

—Sí. Yo soy Manna.

—No entiendo. ¿Por qué estás disfrazado?

—Esto no es un disfraz —dijo Manna—. Soy humano en todos los sentidos, con un espíritu humano y umbilicentro. Tuve que ser humano para poder ocupar tu lugar. Mientras moría, asumí tu albedrío. Debido a que el albedrío se opone y repele al Creador, me separé de Creador y de la Vida. El costo del albedrío es la muerte. Pagué el precio muriendo en tu lugar para que otra vez pudieras tener una relación con nosotros.

—¿Así que estás separado de Creador como yo?

—Mi conexión se restablece porque pagué el precio en su totalidad. Por lo tanto, estoy vivo de nuevo para darte mi conexión y mi espíritu. Una vez que se han dado, nadie puede quitarlos.

—¿Cómo los recibo?

—Tú sabes cómo. Que muera tu albedrío para que regrese la inocencia.

En ese momento, Creador me dio un nuevo entendimiento. Lo que parecía imposible ahora se hizo posible. Tomé las manos de Manna en las mías y dije: —Creador, acepto la muerte de Manna por mi voluntariedad, y recibo la inocencia que Manna me restaura.

Sentí un estallido en mi alma, como la sensación de agua drenando mi canal auditivo. Como si hubiera estado conteniendo la respiración todo este tiempo, mi alma inhaló aire fresco. A través de mi nueva conexión, una cálida avalancha de amor fluyó en cada partícula de mi ser. El vacío estéril en el interior se inundó de luz y vida. Sentí a Creador de nuevo.

Cuando me recuperé, Manna se manifestó como el Manna de mis recuerdos con la garganta esmeralda brillante, y enormes y hermosas alas. Vinculados a esas alas estaban Ennoia y Aable, cuyas mejillas estaban húmedas de lágrimas. A pesar de mi aspecto horrible y manchado, Sus rostros brillaban de alegría al verme.

Inundado de alegría, abracé a Manna, apretando con todas mis fuerzas, y luego soltándolo cuando me dolieron las heridas. Ennoia y Aable envolvieron Sus brazos a nuestro alrededor y lloraron. Yo también lloré. La calidez de sus cuerpos me aseguró que esto era real.

Ennoia y Aable expresaron su alegría al reunirse con Manna.

Lloraron, rieron y besaron Su rostro.

Aable dijo: —Estoy tan feliz, Manna, que estemos juntos de nuevo. A partir de ahora, nunca estaremos separados.

—Oh, Manna —dijo Ennoia—, cuando se cortó nuestra conexión, Nuestra agonía era tan grande como la tuya.

Nos quedamos en grupo hasta que todas las estrellas abrieron sus ojos para mirarnos. Esos lugares dentro de mí que se habían marchitado volvieron a la vida. Sentí un albedrío persistente, pero sabía que la muerte de Manna había borrado su poder para destruir mi conexión. Mi albedrío ya no tenía dominio sobre mí. En cambio, experimenté una renovada libertad de las demandas de mí mismo.

Mi nueva conexión tenía una calidad diferente a la de mi antigua conexión. Mi acceso al Creador se sintió más inmediato, más íntimo.

Cuando nos soltamos de nuestro abrazo, Manna dijo: —Recuerda, tu conexión está cortada y no puede ser reparada. Tu espíritu está muerto. Te he dado mi conexión y mi espíritu. Estás unido a Nosotros a través de Mí y ahora participas en Nuestra comunión eterna.

Jadeé de sorpresa. —¿Eso significa que soy igual a ti?

—No —dijo Aable. —Significa que siempre eres bienvenido a entrar en nuestro grupo. Eso es todo.

—Todavía tienes mucho que aprender, Amado —dijo Ennoia—. Nunca pienses que has llegado a tu destino. Te hemos creado con la habilidad única de crecer para siempre, de expandirte sin límite a lo largo de la eternidad. La razón por la que te diseñamos con esa capacidad es para hacerte un socio adecuado para Nosotros, alguien con quien podamos tener una relación que evolucione para siempre. Tú, Amado, eres nuestro amado compañero. A partir de este momento, tu nombre será Compañero.

Capítulo 100

Comprensión

Creador de flecos dorados y yo paseamos por el bosque como en los primeros días. Caminamos bajo la sombra ondulada de los abedules cuyas hojas revoloteaban, la luz del sol parpadeaba en sus tapas amarillas brillantes. En la base de los árboles, los arbustos de color verde azulado extendían los brotes de los cuales las pequeñas campanas rosas temblaban en la brisa ligera de la tarde. Inhalaba el aire fresco y fragante con respiraciones lentas y satisfactorias.

Las plantas y los árboles brillaban con una luminosidad interior como solían hacer. No habían cambiado, sino que yo había cambiado en que podía volver a ver el toque perdurable de Creador dentro de ellos.

Este paseo se sintió más rico y más satisfactorio que los del pasado. Ahora que Creador había restaurado mi conexión, mi aprecio por Ellos profundizó con cada momento que pasé con Ellos. Lleno de gratitud, tomé la mano de Creador y apreté. Más que nunca, atesoraba mi relación con Ellos, atesorándola como un regalo insustituible.

Mis pensamientos se volvieron hacia Ardi, a quien no había visto desde la muerte de Saub. Temía que Ardi me hubiera olvidado o hubiese vuelto a sus viejos hábitos autodestructivos. Él no sabía que Creador me había restaurado, y yo quería decírselo para que pudiera tener esperanza.

—Creador, ¿qué le pasó a Ardi?

—Siguió un camino lamentable.

—¿Puedes llevarme con él?

—Sí, pero no te gustará lo que verás.

—No me importa. Tal vez le pueda ayudar.

Creador me miró y sonrió. —Amas mucho a Ardi. Te llevaremos, pero prepárate para la decepción.

Creador se volvió, y yo seguí, ansioso por reunirme con Ardi.

Caminando de la mano, recordé mi separación de Creador, el largo período durante el cual Ellos estuvieron separados de mí, silenciosos e inaccesibles. ¿Cómo sobreviví esos días? Si Illuminos no me hubiera engañado, si no hubiera pedido el conocimiento del bien y del mal, me habría ahorrado todo ese dolor.

—Amado Compañero —dijo Creador, volviéndose hacia mí—. El corte de tu conexión estaba destinado a suceder. Era parte de nuestro plan.

Me detuve y miré a Creador, asombrado. —¿Tenías la intención de todo ese dolor y miseria?

Creador puso una mano en mi hombro y me miró a los ojos con una intensidad que me hizo prestar toda la atención. —No pretendíamos tu miseria. Queríamos que crecieras.

—Crecer? ¿Cómo podría crecer sin ti? Mi vida fue un desastre.

—Sin embargo, creciste. Tu fuerza, resistencia y humildad aumentaron. Las dificultades a las que te enfrentaste crearon tu madurez y carácter. Tu relación con Ardi te enseñó paciencia, compasión y perdón. Todo lo que te pasó estaba destinado a transformarte y prepararte como un compañero para Nosotros.

—Tal vez sí, pero no puedo imaginar ningún bien proveniente de una conexión interrumpida. Fue horrible. No tenía ningún propósito. —Reanudé mi caminar, mirando el suelo delante de mí. Creador venía al lado, y sentí Sus ojos penetrándome.

—El propósito era generar una comprensión más profunda de Nuestro amor —dijo Creador con paciencia—. No puedes experimentar el poder salvador de Nuestro amor a menos que necesites ser rescatado. No puedes comprender la profundidad de Nuestro amor a menos que seas testigo de Nuestra voluntad de sufrir en tu nombre. ¿Cómo puedes conocer Nuestro amor a menos que lo experimentes por ti mismo? Nada es imposible para Nuestro amor. Tiene poder para sanar lo que no se puede sanar, restaurar lo que se pierde para siempre y amar lo que está más allá del alcance del amor.

—¿Estás diciendo que todo está destinado a ser una oportunidad para Tu amor? ¿Incluso las cosas malas?

Creador inclinó la cabeza. —Así es.

Con claridad repentina, vi cómo todos los acontecimientos de mi vida tenían sentido. Cada uno de ellos fue una oportunidad para confiar en Creador y para que ellos mostraran Su amor. Mi conexión interrumpida les había dado la oportunidad de demostrar su amor ilimitado por mí de la manera más real posible.

Me quedé asombrado y lo miré fijamente, con los ojos abiertos.

—Nada, por terrible que sea, está fuera del alcance de Nuestro amor —dijo Creador—. Incluso antes de que te creáramos, sabíamos que Illuminos te engañaría para destruir tu conexión con Nosotros. Incluso entonces, Teníamos un plan para rescatarte.

—¿Por qué no me lo dijiste?

—No queríamos que confiaras en un plan, sino solo en Nosotros. Creías en Nuestro amor, y esa creencia te sacó adelante.

—Me alegro de que esa experiencia terrible haya terminado.

Creador sonrió. —Más seguirá.

—¿Qué? Mi cuerpo se endureció del miedo.

Capítulo 101

Conmemoración

—¿Por qué debería tener que experimentar más pruebas? Dije.

—¿De qué otra manera vas a seguir creciendo? Creador me miró a los ojos y sonrió. Sus ojos dorados comunicaban un amor infinito que nunca podía esperar captar plenamente.

Mi mente luchó por encontrar un escape de esa pregunta, alguna manera de evitar cualquier dolor futuro, pero no vi ninguna manera de evitarlo. —¿No puedo crecer por algún otro método?

—Compañero, cada prueba es soportable cuando confías en Nosotros. El miedo y la preocupación convierten una prueba en un tormento.

Suspiré. —Tienes razón. —Arranqué una hoja amarilla de un árbol de abedul cercano y enredé el pecíolo entre dos dedos mientras la estudiaba—. Intentaré no pensar en futuras pruebas, pero me sentiría más seguro si Illuminos se mantuviera alejado.

—Vamos a contener a Illuminos en el momento adecuado. Hasta entonces, su mal aumentará sin control.

Una onda de miedo zigzagueó a través de mí.

Creador puso una mano sobre mi hombro para calmarme. —Las cosas deben seguir su curso. Illuminos se oscurecerá tanto que pensará que puede derrocarnos. Su intento será su caída.

Consideré preguntar cuándo pasaría eso, pero yo mismo sabía que no iba a ser tan rápido como yo hubiera Amado.

Llegamos a un pequeño claro, escondido entre algunos árboles de abeto azul plateado. Vi los restos de una fogata. Una pila de escombros carbonizados y cenizas llenaban el amplio círculo de piedra. Junto al fogón, las pieles de Ardi estaban amontonadas

323

en un rimero ordenado. En la parte superior del rimero estaba el brazalete tejido del tobillo de Ardi. Su paquete de armas, envuelto en una piel gris, estaba al lado del rimero. Un torbellino avivó las cenizas en el fogón y las levantó para crear un fantasma gris giratorio.

Ver las posesiones de Ardi me emocionó y busqué a Ardi en los alrededores con esperanzadoras expectativas. Cuando me di cuenta de que Ardi nunca abandonaba sus armas, mi entusiasmo murió.

El horror creció dentro de mí. —No. Ardi se. . . .

—Sí —dijo Creador—. Se prendió fuego. Sus restos están dentro de esas cenizas. Lo lamentamos.

—Llego demasiado tarde.

El dolor aplastante exprimió mis pulmones, forzando todo el aire en ráfagas irregulares. No podía respirar. Mis ojos se cerraron. Luego, después de inhalar bruscamente, liberé un gemido largo, menguante y adolorido. Incliné la cabeza de la desesperación. Las lágrimas brotaron por entre mis párpados rígidos.

Creador envolvió Sus brazos a mi alrededor y me sostuvo mientras sollozaba. Cuando terminé de llorar, me limpió las lágrimas, observándome con una mirada de compasión y ternura.

—¿Qué pasó con el espíritu de Ardi? —Pregunté.

—Ardi eligió la separación en la vida, por lo que su espíritu sigue ese mismo curso.

El peso de la tristeza se derramaba en mí como arena. Me incliné contra Creador y puse mi cabeza contra Su pecho. —¿No hay esperanza para Ardi?

—Ardi destruyó el único cuerpo que se le dio, y su espíritu murió hace siglos. Ahora, todo lo que queda es un espíritu discapacitado aislado de todo. Es demasiado tarde para ayudar a Ardi.

—¿Por qué no puedes ayudarlo? Dijiste que nada es imposible para Tu amor.

—Sí, pero no podemos anular el libre albedrío. Sólo podemos ayudar a aquellos que quieren ser ayudados. Ardi nos rechazó durante su vida. Eligió la muerte, en cambio. Tú debes aceptar su elección.

No podía aceptarlo. ¿Por qué no se puede hacer nada? ¿Mi amor por Ardi no servía para algo? Quería que encontrara curación y paz, no esto. Mi dolor y mis lágrimas se reanudaron, y me froté los ojos con la parte posterior de mi mano.

—No dejes de amar a Ardi —dijo Creador—. El amor nunca se desperdicia. Puede crear oportunidades que no existían.

Esas palabras me dieron esperanza.

—¿Hay alguna de estas cosas que quisieras conservar? Dijo Creador.

—Sí.

Mientras caminaba hacia el rimero de pieles, Creador se movió hacia la fogata y se inclinó sobre las cenizas. Cogí el brazalete tejido y lo coloqué alrededor de mi tobillo izquierdo como lo hacía Ardi. Cuando me di la vuelta, vi un pequeño árbol creciendo en el centro de las cenizas. El extremo de cada tallo tenía siete hojas puntiagudas.

—En memoria de Ardi, he creado un nuevo tipo de árbol —dijo Creador—. Lo llamaremos fresno. Cada una de las hojas en forma de lanza es para las siete armas que Ardi siempre llevó consigo.

Creador abrió Su mano y me mostró lo que parecían alas de libélula de color marrón. —Estas son semillas de fresno. Tómalas y plántalas cerca de tu refugio para que puedas recordarlo.

Tomé las semillas y dije: —Gracias, Creador. No olvidaré a Ardi. Después de colocar las semillas dentro de mi bolsa de piel de animal, envolví mi mano alrededor del silbato de madera que todavía colgaba alrededor de mi cuello y recordé lo que Ardi significaba para mí.

Más tarde, cuando estaba solo en casa, planté las semillas de ceniza en el lugar donde Ardi solía agacharse junto al fuego. Imaginé un pequeño árbol tomando su lugar junto a la fogata por las noches. Después de regar el pedazo de tierra, me senté y miré el montículo húmedo. La vida me había decepcionado con la muerte de Ardi, pero la promesa de las semillas de una nueva vida me animó. Lo que más me animó fue el amor de Creador. Sabía que una cosa es verdad y fidedigna, que, si confío en Creador, Su amor nunca me decepcionará.

Capítulo 102

Culminación

Estaba regando mi jardín cuando Brillantez vino rodando hacia mí a lo largo de la orilla del lago. Ella brillaba mientras sus muchos rayos de luz golpeaban mis ojos. Gozoso, dejé caer la calabaza de riego y corrí hacia ella. Poniendo mis manos sobre su esfera, le dije: —Brillantez. Estoy tan contento de que estés bien.

Brillantez me envolvió en dos rayos curvos y me levantó en el aire, sacudiéndome al ritmo de su rebote. —Gracias por tu preocupación. Pero lo más importante es que Creador te ha restaurado. Estoy muy contenta. Echaba de menos nuestras charlas.

Me puse de nuevo en el suelo.

—Yo también te extrañé. Ahora podemos volver a ser amigos.

—Siempre fui tu amiga.

El movimiento de los ojos de Brillantez a través de la esfera parecía menos mecánico que antes. Se deslizaban con espontaneidad suave. Sus rayos de luz ahora tenían bordes más suaves.

—Estás diferente —le dije.

—Te diste cuenta. —Ella resplandecía aún más brillante—. ¿Recuerdas mi luciérnaga? Ya no está enjaulada ni es pequeña, sino que llena todo mi ser. Me he convertido plenamente en mi luciérnaga, mi yo interior, mi gota de gloria de Creador. Interior y exterior son los mismos, ahora.

—Eso es maravilloso. ¿Cómo sucedió?

Brillantez parpadeó un par de veces. —Fuiste tú quien me sugirió que divulgara cada pedazo de mí mismo a Creador. El resultado fue tan profundo que interioricé cada vez más profundo para rescatar partes enterradas de mí misma, partes que no sabía que existían. Al hacer ese trabajo, me volví más conectada conmigo mismo, tanto que me convertí en mí misma, en mi verdadero yo, si eso tiene algún sentido.

—Tiene sentido. Pero dijiste que los ángeles no cambian.

—Me equivoqué. Me equivoqué excesivamente.

—¿Sabes lo que eso significa? —Pregunté con creciente excitación—. Tal vez Illuminos puede cambiar, también.

Se detuvo por completo. —No repasemos ese tema.

—Lo siento. Lo voy a olvidar.

Brillantez se detuvo por un largo momento. Entonces todos los ojos se abrieron a la vez. Con un celo sorprendente, se desdibujó: —Te valoro, Amado. —Ella me envolvió en rayos de luz cálida y me sacudió de nuevo. Después de bajarme, me dijo: —No sé qué me hizo hacer eso. Quiero abrazarte y no soltarte.

—Es porque somos amigos.

—Es más que eso —dijo—. Siento un fuerte impulso que es mucho más grande que yo. Quiero darte todo lo que soy.

—Sé lo que es. Es amor.

—Eso no puede ser. Soy incapaz de amar. No es parte de mi composición.

—Tal vez has estado equivocada acerca de eso, también, Brillantez.

—Ayer mismo, discutí este tema exacto con otros ángeles. Me he vuelto algo popular últimamente, pero esa es historia que debo contarte en otro momento. De todos modos, todos acordamos que el amor está más allá de la capacidad de los ángeles. Es imposible que yo sea la única excepción.

Algo que Creador había dicho vino a mi memoria.

—Sé lo que te hace diferente del resto—le dije—. Has recibido amor. Mi amor. Creador me dijo una vez que cuando recibimos amor, somos capaces de dar amor. Debido a que Creador me ha amado, yo he podido amarte y, ahora, puedes amar.

—Por lo tanto, es cierto. Puedo amar. No lo creía posible, pero puedo amar. —Rebotó con júbilo, con los ojos parpadeando y tintineando.

Sonreí al notar su alegría y que ya no le importaba la presencia de entrometidos.

Brillantez brillaba tanto que tuve que entrecerrar los ojos. El brillo tenía una cualidad que reconocí. Su luz irradiaba amor, el amor de Creador, y recordé a Creador diciendo que ellos permanecen en el amor mismo.

Después de que se atenuó, Brillantez dijo: —Gracias, Amado, por amarme.

—¿No te has enterado? Creador cambió mi nombre a Compañero.

Sus ojos se ensancharon. —Han pasado demasiadas cosas en estos últimos días. ¿Pero un cambio de nombre? Eso implica una identidad completamente nueva.

—Todavía no lo he pensado mucho. Creador dijo que mi destino es llegar a ser un compañero de Ellos por la eternidad. Eso es un asunto mayor, supongo.

—Excesivamente grande —dijo, tambaleándose a propósito para el efecto—. La amistad que tú y yo tenemos, también la tienes con Creador. No se me ocurre nada más maravilloso . . . Espera. Me están convocando. Mi vida se ha vuelto tan ocupada últimamente. Tengo mucho que decirte, pero tendrá que esperar hasta la próxima vez. Hasta entonces . . . Compañero.

Brillantez rodó hacia adelante, simulando un arco, luego desapareció.

Me quedé junto al lago y reflexioné sobre el amor de Creador. ¿Qué obligó al Creador a amarme en primer lugar? Yo había aprendido que el amor, por naturaleza, se obliga a dar. Pero el amor de Creador siempre anhela dar más. Cuando nos separamos, Creador me amaba desde lejos, pero Su amor no se contentó con quedarse a distancia. Su amor necesitaba estar cerca y ser interactivo, para conectarse con mi alma. Con ese fin, ellos dieron todo lo posible para traerme a la comunión íntima con Ellos de nuevo. Brillantez tenía razón. No podía pensar en algo más maravilloso.

Capítulo 103

Renacimiento

Cuando envejecí y mi vida se había quemado hasta su última ceniza, la decrepitud se apoderó de mi cuerpo. Me quedé confinado dentro de mi cueva, su pared frontal de ramas atadas resistió muchos años de sol, viento y lluvia.

Creador atendió mis necesidades durante esos últimos días. Me alimentaban y me bañaban, y se sentaban conmigo, sosteniendo mi mano y relatando mis historias favoritas. Se acordaban de cada una de ellas. Muchas que yo había olvidado.

Cuando la muerte era inminente, Ennoia se arrodilló a mi lado y puso Su mano sobre mi pecho. Su rostro flotó sobre el mío, y en Sus ojos vi amor y compasión inagotables. Fuera de mi cueva, una brisa de mediodía se levantó, causando que las moreras susurraran. Me sentía inquieto por morir, sin saber lo que iba a seguir. Creador sintió esto y me dijo cosas reconfortantes.

—Puedes estar en paz —dijo Manna—. Nos quedaremos contigo mientras tu alma sale de tu cuerpo y entra en Nuestro cuidado. Por supuesto, sabes que tu alma siempre ha estado bajo nuestro amoroso cuidado.

Hablé, pero mis palabras salieron como un susurro ronco. —No tengo miedo. Después de todo lo que había pasado, supe que podía confiar en Creador con mi alma.

—La muerte es una transición —dijo Aable—. Cuando la transición esté completa, tendrás un nuevo recipiente para tu alma. Todavía estarás en el interior.

La conexión de mi alma con mi cuerpo se desgastó hasta un fino hilo que se rompió. Luego siguió una extraña sensación, una descamación, poco a poco, como una cáscara de huevo que se rompe a medida que un pájaro bebé picotea su salida. Cada grieta expuso mi alma a la luz creciente. A medida que cada fragmento se dejaba caer, mi alma se desplegó en el espacio.

Optimista y en paz, floté como una piña de pino en un lago amplio y tranquilo. Entonces una corriente me atrapó y me metió en mi umbilicentro, el conducto a través del cual la vida de Creador había fluido hacia mí. Ahora, la corriente se invirtió, mi vida fluía hacia Creador. La expectación se levantó en mí mientras viajaba hacia una brillante piscina de la luz más pura.

Como una gota de agua cayendo en el océano, mi diminuto yo se fusionó con la inmensidad de Creador. Me abrazaron en una unión extática e íntima. El tiempo y el espacio comprimidos en un solo punto donde todo se podía observar a la vez, la forma en que Creador ve el universo. Vi toda mi vida en un instante. Incapaz de tomar esta visión panorámica, mi mente se apagó.

Después de un período atemporal de ser, libre de pensamiento y razón, Creador habló a mi alma. —Compañero, hemos reservado un nuevo cuerpo para ti. Este cuerpo nunca se descompondrá ni morirá.

Me fusioné en una forma sólida y me encontré de pie en un prado. Los sentidos familiares de la vista y el sonido se reanudaron, pero se agudizaron. Podía ver detrás de mí sin girar la cabeza. Mi respiración se había detenido, y me preguntaba si todavía tenía pulmones. Inhalé y olí mil aromas a la vez. Mi nuevo cuerpo parecía el mismo que el que recibí en mi primer día de existencia. Miré la parte posterior de mi mano y me di cuenta de que había olvidado cómo era la piel nueva. Mi piel era lisa y lustrosa, sin imperfecciones.

—Lo viejo se ha ido —dijo Creador—. He aquí, hacemos todas las cosas nuevas.

Como una mariposa que recién rompió el capullo, me exultaba en mi nueva forma. Moví los brazos y di vueltas. Mis articulaciones no me dolieron. Me sentí ligero y libre y enérgico. Este nuevo cuerpo no creó una sensación de separación como mi viejo cuerpo. Seguí experimentando la misma euforia de la unión con Creador que cuando estaba incorpóreo. Ahora estábamos unidos para la eternidad, compartiendo el uno en el otro, regocijándonos el uno en el otro, amándonos el uno al otro.

Mi alma se llenó a reventar. Expresé mi admiración y gratitud. —Creador, eres grande en el amor, perfecto en sabiduría, impresionante en poder. A Ti te doy todo lo que soy y todo lo que tengo. Me vacío para que puedas llenarme de tu ser. Tu ser lo es todo para mí. Me llenas hasta desbordar tu plenitud. Todo lo que me das, lo vuelvo a Ti con Acción de Gracias. Te amo, Creador.

—En el amor, te vuelves completo —dijo Creador—. Nuestra alegría se hace plena porque ahora somos uno en espíritu, uno en el corazón, uno en mente. Nuestro amor se cumple porque has aprendido a corresponder el amor que has recibido, permitiéndonos disfrutar del fruto maduro del amor dado. Has aprendido a reflejar Nuestra naturaleza para que en ti nos veamos claramente a nosotros mismos. Nos alegra mucho el ver Nuestra imagen evidente en ti.

Mientras Creador hablaba, noté que el cielo no tenía sol. En cambio, Creador iluminaba el mundo con la luz de Su presencia.

Un nuevo viaje se extendió delante de mí. En mi exploración no había hecho más que tocar la superficie de la amplitud y profundidad del amor. Entendí, ahora, por qué Creador había asignado una eternidad para este esfuerzo, porque ningún lapso finito de tiempo era suficiente para adentrarse en algo tan ilimitado como Su amor.

Fin

Las tres hojas del florecimiento
en la parte superior de cada capítulo
representa al Creador Trino.

El tallo sencillo y único en la parte inferior
representa la conexión de Amado
a esa relación divina.

Preguntas y Temas para Reflexión y Discusión

1. El tema de este libro es que la vida puede transformarnos si confiamos. ¿Cómo ilustra ese tema el libro? ¿Cómo se define la transformación espiritual? ¿Por qué es importante?

2. Esta historia se cuenta en primera persona para que los lectores se sientan como si estuvieran experimentándolo de primera mano. ¿En qué situaciones se relaciona con Amado?

3. ¿Qué escena o sección te impactó más y por qué?

4. ¿Qué elementos de la historia del Jardín del Edén encontraste en este libro? ¿De qué manera difieren las historias?

5. Aunque este libro está clasificado como fantasía, el autor escribió sobre realidades espirituales que cree que son verdaderas. ¿Qué elementos de esta historia crees que son verdaderos? ¿Qué elementos consideras ficticios?

6. Al comienzo de esta historia, ¿cómo respondió Amado a los maestros? ¿A Creador? ¿Qué papel desempeñó cada uno en el desarrollo de Amado?

7. Los conceptos erróneos de Amado sobre Creador fueron corregidos a lo largo de esta historia. Identifica esos conceptos erróneos. ¿Qué conceptos erróneos acerca de Dios tienen a menudo las personas? ¿Por qué son conceptos erróneos comunes?

8. ¿Cómo cambió la relación de Amado con Creador con el tiempo? ¿Qué desencadenó esos cambios?

9. Brillantez se consideraba poco importante en relación con su

servicio al Creador. ¿De qué manera cambió Brillantez? ¿Cómo logró esos cambios? ¿En qué situaciones pones el servicio a los demás por delante de tu propio auto-sustento? ¿El auto-sustento mejora u obstaculiza la espiritualidad? Explícalo.

10. Ardi representó a aquellos que no confían y tratan de manejar la vida por su cuenta. ¿Te resultó fácil o difícil simpatizar con Ardi? ¿De qué manera te identificaste con Ardi?

11. Esta historia exploró la tensión entre dependencia e independencia. ¿Qué conclusiones sacas de esta historia con respecto al libre albedrío y la independencia?

12. El amor de Creador era una constante en la vida de Amado, pero ese amor a veces se expresaba como disciplina o abstinencia. Da un ejemplo de disciplina amorosa. Da un ejemplo de distanciamiento por amor o separación. ¿Volvería Dios alguna vez a actuar de esta manera hacia las personas? ¿Por qué si o por qué no?

13. Cuando Creador disciplinó a Amado, ¿viste a Creador como un ser de paciencia o de castigo? ¿por qué? La disciplina o la separación implica dolor. ¿Tu visión de Dios te permite actuar de una manera que podría causarte dolor?

14. ¿Puede el amor llevar al dolor? Explícalo.

15. La relación de Amado con Creador fue dañada varias veces porque el ego de Amado a menudo se interpuso en el camino. ¿Cómo se curó la relación en estas situaciones? ¿Cuál era la mayor prioridad de Creador para Amado? ¿Cómo determinó esa prioridad la respuesta de Creador?

16. ¿Cómo afectó esta historia tu relación con Dios o tu comprensión de Dios? ¿Qué aspecto de Creador te ha costado mucho aceptar? ¿por qué?